回声

HUI SHENG

周珈毅 著

北方文艺出版社
·哈尔滨·

图书在版编目（CIP）数据

回声 / 周珈毅著 . —— 哈尔滨：北方文艺出版社，2023.3
ISBN 978-7-5317-5779-5

Ⅰ.①回… Ⅱ.①周… Ⅲ.①长篇小说 – 中国 – 当代 Ⅳ.① I247.5

中国国家版本馆 CIP 数据核字 (2023) 第 024421 号

回 声
HUISHENG

作　　者 / 周珈毅
责任编辑 / 富翔强　　　　　　装帧设计 / 树上微出版

出版发行 / 北方文艺出版社　　　邮　编 / 150008
发行电话 / (0451) 86825533　　 经　销 / 新华书店
地　　址 / 哈尔滨市南岗区宣庆小区 1 号楼　　网　址 / www.bfwy.com

印　　刷 / 湖北金港彩印有限公司　　开　本 / 710×1000　1/16
字　　数 / 180 千　　　　　　　　印　张 / 15
版　　次 / 2023 年 3 月第 1 版　　 印　次 / 2023 年 3 月第 1 次印刷
书　　号 / ISBN 978-7-5317-5779-5　定　价 / 98.00 元

作者简介

周珈毅

贰〇〇〇年 写作者

不要痴逐雨水的遁影
疲倦时应望着宇宙高歌
指针已来到刻度的尽头
悼念从未出生的希望
成为我吧，成为我吧
零星的同类
追寻无果便知终要返航

蜉蝣的哀叹远高过狮吼
因它更懂得与命运战斗
从猿猴向文明的演进
也不过是另一浪猛地扑来
成为我吧，成为我吧
无情的尸骨
在某一瞬间也曾鲜活

怒吼着，发出最后的怒吼
黑暗攀爬上我的声音
它不过一位谦和的绅士
带着我进入温柔的良夜
成为我吧，成为我吧
你便理解我心中的痛苦
成为最亲密的爱人

(●)

我们的相遇,是一场奇迹。

(●)

"我们的悲剧是因为年轻,或者因为训练不足,以及在把握住良心之前,遭受到无耻之徒的非难。"

——芥川龙之介

"我们的喜剧是因为年轻,或者是因为训练不足,在遭受无耻之徒的非难之后,好容易才把握住良心。"

前 言

亲爱的读者，我非常荣幸你能翻开这本书。

从下笔到出版，前后经历三年，这段漫长的创作和打磨的过程，凝聚了我对写作饱满的匠心与诚意。我在此感谢所有支持我和批评我的人，你们极大地帮助了我和这部作品的成长。

我是2000年出生，这本书具有的时代特质，恰是新一代对当下环境的所思所想，也是对未来的展望——我们追求一个更加公平和谐的世界。在追求的路上，少不了磕碰、艰难、黑暗。因此我们迫切地探寻意义，寻找同类，追求盛大而深刻的内涵。

"我们用身体记录许多痛苦，正因此，我们成了痛苦；也正因此，我们对他人便成了善良。"

《回声》不同于通俗小说，它扎根于中国传统文化，与现代年轻人的思维相互碰撞；它凝聚了日本文学特有的思辨性，也结合了"歌剧式"的呼唤。

这不仅是一面映射青年人精神画像的镜子，亦是一首写给孤独患者的神圣赞歌。

这本书用细腻的笔触刻画了两个主人公——徐秉超和林霏。他们是两个代表少数派的抽象的符号。重要的是，在你读完这本书后，你会从他们身上看见只有你能看到的东西。

《回声》在我看来是一本互动式小说——之所以这么说，是因为每个阅读它的人也身在其中，每个人的情绪、欲望，以及独有的内心羁绊都会被这本书调动。

因此，故事中角色们寻求答案的同时，作为读者的你也能够看见自己的答案。

我想这就是它最完整意义的体现。

"我们对生命的理解突破了虚假质地,而看见真正的安慰之物——爱、善良、慈悲、孩子。但这个过程漫长而又艰辛,可能要度过许多痛苦和黑暗才能看见背后的希望,才能真的完成对人类和宇宙的朝拜。"

最后,祝你能得到那份属于自己的认知,祝你能明白爱,祝你不枉此生。

目　录

一　深色梦幻　1

二　惊世骇俗　35

三　寂寞莲花　79

四　命运交界　115

五　美景良辰　161

六　世界回声　191

一
深色梦幻

一　深色梦幻

1

他走进车厢，橘色的灯光，统一制式的座位和换风机的轰鸣都带来弥足的安稳感。顺着人流找到自己的位子坐下来，开始无意地四处环顾。他坐在三个并排座位的中间，观察会有谁在他身边停下，以便随时站起来让出空间。

男人看上去有三十来岁，穿着白色棉麻衣裤，面容整洁，身形干瘦，浑身散发轻微的香皂气味。他的目光没有快速移动，而是以平稳的速度审慎地观察四周。

举止缓慢，透露礼数，这是他习惯的生活方式。他是气场沉稳的男人，很难从他脸上看出什么情绪变化。

上车的乘客大多衣着朴素，拎着大包小包，并且乡音浓重。这与列车前往的目的地有关——一个偏远的西南小城。因此乘客也都是一眼就能看出来的外来务工者，借着盼了好久的假期回一趟家乡。

这和男人的认知不大一样，他以往乘车只在东部沿海城市间来回，多是因为工作短途出行，因此以往的车厢不仅人少，还有着浓浓的商务气息。此时男人被夹杂在质朴粗俗的人群当中，气质多少有些不合。

过了一会儿，先是一个戴着黑框眼镜的微胖的年轻人坐在靠过道的位置，他穿着灰色的运动外套，眼睛始终盯着手机屏幕。发际线有些高，发型和脸型实在不太搭配，脸上有些出油，坐下来的时候把空间塞了个严实。

二人之间没有眼神上的交流，年轻人独自操作手机，压根没有在意他的存在。

男人像一个局促不安的孩童，双手不知该放在何处，心里有些慌张，担心如果坐在靠窗的人出现，挪位置会成为一件麻烦事。预期性压力源，这个不知在哪看过的名词忽然蹦入他的脑海。

站在车厢里的人越来越少——如果那个乘客不出现，或许可以坐到窗边。

•回声

窗外浅蓝色的风景在吸引着他，靠窗会使自己暂时远离车里的一切。

"不好意思，您可以让一下吗？"一个年轻女子出现，示意自己正是坐在空位上的人。一个有气质的女人，充满穿透力的语气。

女人穿着风衣，很搭配她高挑的身材。坐在外面的年轻人尽力挪动他圆润的身体，后来干脆站起来让出空间。轮到男人时，只是尽量地把双腿贴近座位，女人在他面前缓慢穿越，风衣的衣摆摩擦他的裤腿发出冗长的声响，带起一股来自女人身上的香水味道冲入他的鼻腔里。

男人忽然不那么烦闷了，他对这样的女性有强烈的好感，一个年轻时髦的女子坐在他身边至少可以使自己感到心安。或许会发生交流，他想。

男人暗自观察着女子的一举一动。她的气场独立于众人，安于沉浸在自我的世界中，高级香水的气味成为她和其他人之间的屏障。

她正对着笔记本电脑断断续续地打字，内容大概是金融之类的东西。他不在意她在写些什么，敲击键盘带来的声响有一种持续的安宁。

不知从什么时候开始，男人对细微的声音感到好奇。衣服擦碰的声音，敲击键盘的声音，即使是四下什么也没有，似乎也能听见从远方而来的沉闷且巨大的声响。他沉浸在这些声响里，因为声响是没有生命也没有复杂意义的，像是大脑可以暂时寄宿的安稳去处。

"真是个漫长的过程啊。"女人停下工作，转而望向窗外自言自语地说。

她转头对他报以微笑："你也是回老家吗？"

男人愣住了，随后有些紧张地回答："算是吧。"

他有些被女子热烈的笑容灼伤，自己阴沉的模样如同阴暗角落的积水，被光线照亮，蒸腾着热气。

"你的脸色不太好。"

"啊？我只是有些疲惫。"

既然女人会这么说，那么他想自己的神情一定憔悴极了。事实上也确实如此，这几天他的睡眠严重不足，几乎任何人都能看出明显的黑眼圈和眼睛里的血丝。

"你需要吃点什么吗？我这里有巧克力可以补充糖分。"女人的目光让他有些难以适从。

"谢谢你，我不需要。"他连忙说。

"要是你感到不舒服可以告诉我，我会联系乘务人员。"

一　深色梦幻

"你真是太善良了。"他差一点就要说出这句话，女人的关切令他颇为感动，眼睛甚至有些酸涩。

"谢谢，谢谢。"他假笑起来，摆了摆手。

眼前的女人和他的妻子——现在只好说是前妻——实在太相似了。只要稍微偏过头去看她的侧脸，心里便忍不住浮现出前妻的容貌来。可一想起她，心里便不是滋味，上一次见她竟然已是半年前了。

男人这些天太过疲惫，身与心都在超负荷运转。这一段时间里，脑海里只在不断循环着发生过的片段。发生过的回想起来不再那么可怕，只是不可逆的过去常使他感到隐隐的难过。

他觉得自己应该在列车上好好地睡一觉，熟睡至昏迷，什么也不顾。等他醒来，或许能够好受一些。

漫长的旅程使人昏昏欲睡。这也同样是他一直以来的状态。昏昏欲睡，然而内心总是揪着，担心熟睡会发生可怕的事，因此总是强迫自己浅浅地休眠。

在这个状态下，他能感到自己的精神在飞速地漫无目的地旋转，什么都在想，就像眼前有无数个发光的飞蛾，或许偶尔有几只停留，但很快地离去——

这里距离铁丝网已经有几百米的距离。你顺着礁石不停地走，总是觉得会有一个距离陆地最远的地方。你要到那里去，尽可能到没有人能够到达的地方。

东部沿海的城市，只要从城区往东驱车半个小时就可以到达海岸。如果不是在专门开发给游客的浴场，没有热烈的阳光陪衬，大海看上去不过是单调的巨物。海浪打在礁石上发出巨大的轰鸣声，盐水夹杂在风里洒在你脸上。

你周身皆是冰冷之物，你也无法感受到自身的情绪，只是沉默而坚定地走。艰难地行走在礁石上，每一步都小心翼翼，生怕会滑落跌入水中。

你找到一处突出的岛礁，内心放松下来，随后徒手挖出有半米深的洞。

你近乎无情地强迫自己做这件事，指甲缝里全是黑色的泥沙，又忽然停下露出哀伤的神情来。你起身感到腰部的酸痛，转头望着大海的尽头，风里的水珠落在脸上。大海以它的方式对待一个前来朝拜的生命。

实在没有什么美感可言，在阴沉的乌云下就像嘲讽的野兽。你原本的愤怒被一阵一阵的巨浪拍得稀碎，手上感受到的每一滴水都使你无力。

你靠着旁边一块礁石坐了下来，抱着双腿望着眼前不断重复的浪潮。远远地

•回声

看，你不过是一个黑点，散落在无数石块之中。

曾经自以为重要的东西在生命面前不堪一击。

你忽然发觉自己的懦弱，心中积蓄的愤怒即便在无人的陌生的地方，即便面对着如此庞大的事物也无法发泄。发泄有用吗？你早已是一个三十多岁的人，你从小就知道没必要的情绪只会带来迷雾。

你只是明白自己将要面对的是新的一生，新的属于你的陌生的一生。

忽然惊醒，已是晚上，窗外的景色还在变化，身旁的二人已经熟睡。车厢里只有黯淡的光。他想要去洗手间，只是由于邻座男人的身形，自己没有办法在不打扰对方的前提下出去。

觉得这列列车行驶了好久好久，冲破了屏障，把一切都丢在脑后。

就算这样憋到终点站或许也有可能。

这份强迫性的自觉是自小养成的习惯，不论做什么都不希望给别人带来一丝麻烦，在求助别人和自己忍耐之间，会自然迅速选择后者。过去带给人们的后遗症，如同烙印一样被烫在性格上。

几天前男人卖掉自己的房子，房里的大部分物品被转赠、变卖，最终只剩下空荡荡的房间，什么也没有留下。他将剩下来的保留数十年的物品全部装进几个纸箱子里，开车载到郊外无人的地方一把火全部烧毁，把能够捐赠的旧物一并寄送到慈善机构。随后，他卖掉汽车。

他拥有的所有事物被折现，成为银行卡上的一串数字，那些东西被简化、压缩，被他带在身上。

在出发的前一个晚上，最后一次躺在房子里。他的卧室已经完全清空，地上只残留废纸和细小垃圾。无法处理的床板孤零零地被放置在卧室里，他躺在木板上，盖着一条毯子。

粗糙的木头隔着衣服也能扎疼他的皮肤，木板发出的刺鼻气味使他难以入睡。从窗户透进的月光照亮房间里的一切，他平躺在床板上，伸直双腿，逼迫自己静止。

就那样躺着，清醒着，似乎没有入睡的念头。只是试图思考，在连续一段时间的忙碌后，终于放空自己，从外界转而向自我探索。

一　深色梦幻

在这不长的时间里，他尽量了结所有与他人的关系，丢弃所有带不走的东西，成为一个"独人"——真正不与外界产生一点关系的人。

在完成这一切以后男人感到前所未有的轻松。那一夜是最轻松的夜晚，他感到兴奋，因为他重获精神——他似乎已经看淡此世的一切，或许下一秒，他就能够从这块床板上升起，前往另一个国度。然而这是不可能的，他只是在这里躺着，思考着，漫无目的地幻想着。

死亡、爱、责任……虚无的意象在他眼前游走飘荡，如同精灵引诱着他的魂魄。那些细碎的白光从眼前掠过，朝着某个方向游移，可他看不清那是哪里。

月的清辉使他疲顿，再回想白天的种种，那些复杂的狂热的东西被揉捏为巨大球体，被屏蔽在精神以外。

一天时间，从繁华之都逃离到边陲小城。眼里的一切不能更加简陋——任何颜色都被蒙上一层灰，行人的面容朴素沧桑，不论是大人还是小孩，肤色黑黝，因为临近高原，面颊都带有深深的红晕。

欢迎来到西南。

他的脑海里只留下这句话。

空气潮湿且闷热，靠近赤道带来的气候变化使他感到不适。毛孔被堵塞，额头布满细密汗珠抵抗挥发。他走出车站，从口袋里翻出一张皱巴巴的纸，纸上是先前和房东联系询问的交通路线。

"打车？去哪里？给你便宜点。"旁边凑上来个干瘦的男人，用本地话不停地问道。这个男人穿得还算齐整，但看上去实在脏了点。

如果这些黑车司机能注意一下仪表，生意应该会好一点，他们不晓得包装自己，这在上海是大忌。

"不用不用。"他短促小声地拒绝，一边看着自己随手画下的简陋地图一边穿过火车站，按照指示过了一条街走进公交车站，上了一辆老旧的城际大巴。

人群不断向车里冲击，空气闷热，耳边是听不懂的嘈杂。忽然觉得自己又陷入另一个怪圈。被曝光于完全陌生的环境，周遭的声响、事物如同张牙舞爪的鬼怪向他逼近，他感到惊慌和失望。

身旁妇女怀里抱着婴儿，啼哭声带着不甘不断震撼着他的耳膜和沉闷的空气。他忍不住缩起脖子，尽可能使自己离声源远一些，可是自己无路可去。沾满汗渍

•回声

手印的玻璃将他与希望隔离。

"没有位置了？"

"你往后挪挪，后面不是还有好大空间？"

"这是谁的行李啊，往边上靠靠。"

他就像一只不会说话的鸟，被囚禁在一大群动物之中，他们发出牛叫、羊叫、河马叫，无论是什么，他都不懂。他们毫不顾忌地靠近他，挤压他。

他仍然很困倦，努力在逼仄的空间里入睡。发动机的震动将他"翻炒"，连同体内器官一同颠簸。他的心思在混乱环境中独立，自我保护，静止，冷静等待一切喧嚣离开。

他有着前所未有的耐心，因为他离梦幻中的终点只有一步之遥。

2

眼前妆容精致的年轻女孩正穿着婚纱笑盈盈地看着自己。聚光灯打在彼此的侧脸，台下人不多，全都注视着接下来神圣的一刻。

他听见女孩简短娇俏地说："你可不要让我失望啊。"她笑得很轻松，似乎已经为这个问题填补上答案。

他不会让她失望。她的笑容充满自信，这一点尤为坚定——他不会让她失望。

父亲拿着话筒颤抖着说："他可从来没让我失望过。"说这句话的时候，父亲情绪激动，眼睛含泪，但语气坚定。

所有人都说，他不会令人失望的！

他沉浸在这样的氛围里，直到阴影里忽然出现一个人远远地望着他。而他也像是有心灵感应一样，猛地朝那个方向看去，即使什么也没有看见——在聚光灯下，几乎什么也看不见——他却感到一阵心悸。

如果有一天，我必须要让你们失望呢？

不！他想要大喊，却发不出任何声音。

还是会如此，只要闭上眼睛，过去的种种会扑面而来。或许是时间不久，留有余症。人们擅长遗忘，任何事在时间面前都如沙丘一般，不知不觉很快被抚平，

一 深色梦幻

不是吗?

仍然是浅睡,时间过去得很快,睁眼时窗外已是夜幕。大巴穿越整个城市来到另一头,他的终点在城郊的住宅区。车上的人下去了几波,还剩下两三个零星分布在车厢里,空间变得宽敞很多,也没有了先前的不适,开始感觉到饥饿。身边还有半瓶纯净水,他一股脑儿全喝下去,清凉的液体滑过空白的胃。

到站后,男人进超市买了面包和水。他在住宅区附近找到一家宾馆,决定在此过夜。那是个很小的宾馆,空间狭小,看上去廉价的地板,简陋的床铺,被褥带着刺鼻的消毒水味道。

自己如何落到这样的地步。

他洗完澡躺在床上,一天的行程使他疲惫不堪,然而在过度的疲惫之中,心跳得有些快,无法安然入睡。

窗外偶尔有汽车经过的声音,犬吠和人声,它们属于另一个世界,那个世界不属于他。他抛下烦琐的生活,只剩下纯粹。纯粹的什么呢?可以是纯粹的沉闷,可以是纯粹的欢愉,或者仅仅是纯粹本身。

他相信,这是旧世界的最后一个夜晚,他已度过无数个像这样的夜晚,杂乱无章的苟活终于要迎来终结。明天,当他进入新的环境,屏蔽与外界一切的联系,他将获得重生。

有一天你醒来了,依稀记得微弱的声响和零散的画面。如释重负的感觉,又使你有些不愿睁眼,然而终究是睡得太久,甚至感到头脑昏沉。

你睁眼是小孩模样,你只觉得后怕不安,激烈的对抗仿佛发生在不久之前。可是你没有能力回忆和描述,它们变成渺远的抽象的墨。

你感到委屈,这种委屈超越了所有情绪。如同被全世界误解,你拼命挣扎后,忽然被原谅。

周遭是一片洁白,没有事物或声响。你大声地哭出来,你哭得如此放肆,潜意识里知道有人会出现。

她来了,慌张地走来坐下,她抱住你,轻声地唤:"秉超。"

"秉超,秉超,妈妈在这儿。"

你无法言语,只是哭,难以表露心里的万语千言。

"做噩梦了吗?别怕。"

•回声

　　是的，原来只是噩梦。它是多么漫长，多么具体，多么深入骨髓。一个六岁的孩子是体会不了这样的感受的，他只是觉得被惊吓。

　　母亲搂住你，将你的头贴在她身上。这种感觉是生疏又新鲜。她发出抚慰的低吟，轻轻拍打你的后背，摇晃你的肩膀。你渐渐只剩下抽泣，最终平复下来。
　　所以，只是噩梦。你还只有六岁，还不知什么是黑暗，还不知比他者厌恶更可怕的是自我厌恶。一切是梦吧。

　　你以为自己摆脱了黑暗，后来才知原来光明也不属于你。什么都不属于你，你到底需要什么？你是神明吗？为何你努力一生，总有无法填补的空白？
　　你凭借拙劣的演技，寻得暂时安稳的角落，然而你又觉得失去了许多。你变得务实起来，你的光环被无情地忘却了，你甘心落入凡世一角。
　　可你又感到不自由起来，仿佛一匹烈马再一次被禁锢。你到底该有什么样的归宿，你到底能否被伦理定义，你到底能否找到救赎之路？
　　永恒啊永恒，神性啊神性，你只是个凡人，请你不要再折磨自己。为什么你追寻的东西永远使你不安。

　　你只想从头再来，活在温暖里，活在和谐里。
　　黑暗是才华的代价，你的光明又使你感到不甘。你这一生就这样被决定了吗？接下来的路还要一直忍受吗？
　　你只是希望有一天，孩子们再也不必如此，重复你的黑暗，孩子们啊！
　　孩子们啊！

3

　　躺下，并且尽量不让被子发出一点声音，周围是彻底的宁静。距离上一个室友离开已经一个多月，虽然那是个沉默的女孩，至少能带来一些动静。现在，这席卷的宁静笼罩在林霏周遭，造成这个世界只有她一个人存在的假象。
　　然而并不是什么声音都没有，她可以听见剧烈的心跳声，似乎带着不甘想要跳出她的胸腔。还有缥缈的男人的声音令她感到害怕，好像近在咫尺。

眼前又是一片模糊的印象——一个半裸女子被昂贵的拍摄器械捕捉，每一个动作都被定格在相片中。白天时常这样度过，完成摄影任务。不过更多时候仍然是待在家里，一直睡到下午，晚上照常去熟悉的夜店或者酒吧。固定好的生活，似乎没有什么变化。

她在寂静的深夜中重拾起自己的羞耻心，为自己走过的道路感到紧张和彷徨。回想自己几年前还是个青涩的姑娘，期间发生的种种都使她感觉像坐上一列不停的列车带她去陌生的地方。

但她享受这个职业。直白地说，她享受自己的身体被包括自己在内的所有人欣赏，也享受自己的身体被摄影，被展览，被众人观看。

这是她的秘密。

二十二岁的林霏被认识她的人称为现实中的阿佛洛狄忒，希腊神话中代表爱情与美丽之神。林霏不裹挟一丝来自俗世的污浊，几乎趋近于抽象意义上美的定义——她的美无法被比较，无法被刻画，无法被破坏。

但她时常感到自己很矛盾，在清醒的深夜尤为剧烈。自己似乎早就习惯被当成一个提线木偶。

应该找一个新的室友，这样就可以分摊一些房租和家务，最好还会做饭，很久没有吃到家常菜了。或许应该找一位男性室友，不过很有可能陷入危险。谁不喜欢我呢？喜欢我的人太多了，又有哪个是真心？再过几年，不知道我会和谁结婚，生小孩。小孩，真是麻烦！

思绪快速旋转和远离。

第二天，被头痛疼醒。随之而来是长久头晕，像被活生生撕裂拉回到现实。凭借稀薄的意识微微睁开一只眼睛，周遭还是阴暗，一些光线透过窗帘照射进来，氤氲的闷热的气息猛扑过来。

蜷缩在被子里的身体有点麻木，汗水把皮肤和布料粘连在一起，产生强烈的想要摆脱被子的欲望，幻想着皮肤接触新鲜空气的清凉感。

然而还是不想动，闷热感越来越明显，带着自虐的情绪忍受。

思维依旧混乱，迅速地变化，莫名其妙。但怎么也想不起来的，是昨天。

昨天发生的事情，似乎总是用排除法来回忆。

• 回声

　　白天是拿来睡觉吗？还是工作呢？似乎上次工作还是几天前的事，因此大概是睡觉了。晚上或许又去了夜店，只是在夜店发生的事，并不想回忆。

　　发生的无非是一些突如其来的关系罢了。

　　想到这儿，她突然有了力气，起身转头看了一眼床，确认这张床上只躺着她一个人后便忽然有种莫名的被解救感。于是重新躺下来，她等待着自己再次陷入昏迷以躲过这阵迷茫。

　　每次醒来都不确定自己到底是躺在家里，还是陌生男人的床上。

　　她还是没有蹬掉被子，用这种燥热煎熬着自己的身心。

　　觉得明天也不过如此。或许会有电话打过来，已经有好几日没有参与摄影。她凭感觉意识到现在已是下午，头疼和昏沉阻止她起床。有一个瞬间，觉得自己像被囚禁的野兽，没有任何出路，甚至逃不出这个房间。

　　思维像半固的胶水，不知道在映射什么。

　　只是突然听见一阵敲门声由远而近，由近而远。再过一会儿，有轻微的用钥匙开门的声音，一个男人打开房间的门，随之而来一阵凉风，把她燥热的心情也吹得冷静。

　　男人看着穿宽松睡衣的女孩伸展着身体躺在床上。他靠着女孩坐在床上，一语不发，颇有耐心地等待女孩起身。

　　"我不想去。"她说。

　　林霏最终跟着宋墨下楼，她穿着卫衣和短裙，赤脚踩着凉鞋，露出好看的脚背来。二人一同上了越野车，宋墨一言不发地发动汽车，带着林霏离开小区。

　　林霏将头靠在窗户上，无神地望着窗外，似乎总有什么事牵动内心。向外看，这是一座与精致无关的城市，每一幢楼房仿佛都为简洁而生，灰墙土瓦，被雨水冲刷而暗淡的色彩。无表情的路人，似有若无的植被，浑浊的空气。

　　实际上周围的郊区要比这里好许多，西南边陲的森林很茂密，不知在多久以前，林霏去过一回乡下，原始的气味浓郁，远离喧嚣且膨胀的人类社会。

　　"他们说你最近不认真，"男人开口道，"他们让我劝劝你，让你别玩得太分心，你不能继续这个样子。"

　　林霏没有回答，她没想到宋墨忽然靠边停了下来，对她很严肃地说："我是为你好,也是为了所有人好。我希望你认真一些。"他带着不由分说的语气。

林霏用余光看见车里摆着的烟盒,一把抓了过来。心里的郁闷随着烟雾被林霏都吐了出来,她转过头看着宋墨微笑着点头。

宋墨继续开车的时候,林霏打量了他一眼——普通的面容,略微发福的身材,凌乱的头发,粗短的脖子。袖子被捋上去露出健壮的小臂,小臂上有青色的血管,麦色皮肤下透着血液的暗红,那是还算好看的地方。

眼前的男人是寥寥可信任的人之一。

这真的是她想要的生活吗?毋宁说,自己想要的是什么还尚不可知。近些日子来,她越发感到力不从心,开始敷衍起所有人,包括敷衍自己。

"我来这两年了,"林霏对宋墨说,"为什么感觉像被困住了一样?我们当初来到这里就是为了不那么疲惫。"

宋墨有所缓和地笑了一下:"我们都在努力,总有一天你会得到自己想要的生活。所有人,包括我在内,都对你有信心。"

他的内心有些惶恐不安。

"今晚你得陪我去见一些人,他们会投资我们的拍摄。"

林霏靠近宋墨,狡黠地打趣道:"你愿意我为他们做些什么吗?"

她晃着腿,脚上的凉鞋跟着摆动,马上就要从她的脚尖掉下来。

"林,为你自己感到骄傲,而不是廉价。"宋墨眉头紧皱,他很讨厌女孩说这样的话。

林霏转过头去,眼睛里又露出冷漠来。

只有在面对宋墨的时候会表现得像一个渴望关注的幼稚女孩。宋墨是个好男人,她无所回报。

她清楚这一点。

但林霏不想欠任何人,这样离开的时候心里不会留有愧疚。

• 回声

4

　　五年前,他正坐在一家连锁饮品店的角落里完成电脑上的工作。靠墙的沙发上可以看见外面步行街人来人往,夏天的气温烘烤地面,行人面色煎熬,以手遮日。

　　繁华商城一如既往地喧闹拥挤,纷乱的色彩,混杂的气味,难以辨析的声音,似乎全部汇聚成为另一个很难形容的紧张世界,它们被隔绝在玻璃之外。

　　饮品店里没有多少人,这是他常来的地方,一切都过分地熟悉——屋内摆设,饮品口味,店员面相,甚至哪些人经常光顾这里。

　　宋墨是不久前离开经纪公司的,作为模特行业的年轻经纪人,他在这个北方城市已经小有名气,从他手上出了不少优秀模特或者作品,原先的模特公司已经满足不了他的野心。带着积累起来的行业资源和人脉,宋墨做起来得心应手,只不过他需要亲自寻找素人,这个工作要是放在经纪公司将由其他部门来完成——而现在,所有工作都需要他亲自出马。

　　宋墨随意地停下手中的工作,拿起手边的咖啡抿了一口。他朝门口望去,恰好看见一个身影从外面进来。距离恰到好处,既不会被发现,又可以看清来者的特征。

　　男人看见那个少女,眼睛便再也不能离开。

　　年轻女孩穿着白色衬衫和牛仔短裤,从炎热外界进来的她,全无流汗或面色发红的迹象。她的皮肤显现天然的肤色,透出均匀的淡淡的红晕,眉眼间显露出轻快的情绪。

　　而关于她的样貌——那是一种天然的美,身上的每一处都无比和谐地融为一体。女孩不仅面容清秀,五官精美,身体的线条也绝无仅有:别说像玉石一般温润立体的脖子、锁骨;别说曲线优美的脊背和蜂腰;更不提那多一分嫌胖少一分嫌瘦的双腿;那既不过分饱满也不贫瘠的前胸和紧致后臀已牢牢地锁住在场所有人的目光。

　　若非得一言以蔽之,她便是:动则充盈,静则清绝;喜则懵懂,悲则乱世;自然如水,一尘不染。

男人愣住了，痴痴地看着少女点单。

随即在那一瞬间，他敏锐地发觉自己似乎离行业巅峰触手可及，而巅峰此刻正以一位绝色佳人的形象出现在他不远处，静静地，大方地等待他伸手摘取。

宋墨立刻停下手里的工作，整理了一下自己的衣着上前对少女说："我叫宋墨，我必须要认识你，这是我的名片。"

他近距离地去观察女孩面部的每一处细节，而每一处细节全部大方地展现在他眼中，如同一朵刚刚完全绽放的莲花，将自身的美与气质一股脑儿地抛洒出来，甚至叫人难以相信。

她无疑最适合做模特，或者偶像。然而偶像这个职业早早被他内心否定——如此一尘不染的形象是无法成为偶像的，偶像不过是一群逢场作戏的骗子，贫瘠精神的迷幻药，有人甚至妄称他们是当代心灵危机的拯救者。

在这个世上，有些人需要极力修饰自己的形象，有些人只需要一点点装扮即可俘获人心，而就算她什么也不做足以让任何一个人的精神受到洗礼。

"我叫林霏。"她接过名片端详起来。

眼前的少女丝毫没有戒备之心，如同无防备的属于森林的精灵，她的眼睛是那样摄人心魄，并且大胆地向男人投射太阳一样的光芒。

"你非常年轻。"宋墨直入主题，"你应该，还不到二十岁吧？"

"为什么要问这个？"林霏轻挑眉毛，举止很从容。

"这决定我接下来的话适不适合对你说。"

她第一次没有对成年男人产生反感，对方穿着高级而简约，岁月痕迹印刻在脸上，但是看得出他有着年轻的内核。

一个干净的积极的男人，她这样定义。

林霏狡黠地笑了一下。

"我比你想得要小，但你放心，我已经过了'违法的年纪'。"宋墨显然没能理解她的意思，她只好补了一句，"十七岁，我刚满十七岁。"

十七岁，多么转瞬即逝的年纪。

她对自我的重视冲破家庭对她的束缚，在这个年龄达到最鼎盛的程度。她对一切赞美大方接受，毫不犹豫享受着身边男生对她的殷勤。

"你是模特经纪人吗？星探？"

· 回声

"可以这么理解,不过我不是为娱乐圈工作的,我是做模特行业的。"

"你觉得我适合做模特?"

"林姑娘,不是你适合做模特,是没有人比你更适合做模特。"

她百无聊赖的神情终于有所触动,自己从来没有想过这个问题。

模特真是个遥远的世界,同她从来一点关系也没有,可是男人的话使她感到前所未有的惊奇。

"你知道自己有多美吗?"

林霏的脸有些泛红:"我还不到做模特的程度吧。"

"我想任何一个职业都不能像模特一样满足你的条件,模特可以让你最大限度发挥自己的优势。想想看会有多少人看见你,欣赏你,将你视为艺术品。这是你的天赋!"男人是那样诚恳,他的一字一句皆出于真心。

如果说在这之前,林霏还不知自己到底为何而活的话,那么这一刻,她便有了醍醐灌顶的感觉。毫无疑问,她享受被人欣赏,她需要更多人欣赏。

这是逃生的机会,是重新开始的契机。

"真的吗?"女孩显然有些心动,眼神里有掩不住的光。

"没错,经我之手,你一定能成为全国顶尖的模特,所有人都将为你痴迷。"

林霏忍不住挺直了腰,又对突如其来的机遇有些犹豫,她不确定宋墨是不是在欺骗她。

"相信我。"宋墨的神情郑重极了,语气也十分坚定,"如果你感兴趣,打上面的电话就好了。"

他比她大十岁,他被她这样地捕获。

林霏常与宋墨说:"宋墨,这很奇怪。像是道路早已铺好,一切准备就绪,我生命里每一个要素都是为了遇见你而生。是你拯救了我,你对我的意义绝不止善良。可是我又无法告诉你,你到底代表什么。"

或许是一位骑士,或许是一位父亲,或许是不同于其他同龄人的代表成熟的符号,或许是代表通往光辉形象的途径,她对他的感受是那样复杂。

在之后的岁月里,林霏喜欢在周末去他的住处。宋墨亲自下厨为她准备好饭菜,她会在那里耗费一个下午和晚上,直到八点多才回家。

她尽情地享受来自他的温暖，刻意不考虑任何后果。事实证明，他的爱是纯粹的，他对她没有任何不善之举。

那时的宋墨身材良好，有健康作息和稳定工作，脸上的胡子是最吸引林霏的地方。他满足了一个少女对成熟男性的一切幻想，她喜欢他。

晚饭过后，林霏在浴室里洗澡，宋墨会准备好自己的干净衣物。他们一起散步，林霏穿着男人宽大的衣服，披着湿漉漉的长发走在楼下花园里。她搂着他的手臂，男人的健壮手臂使她感到安心。这是对内心缺失的填补，她感到自己如同孩童般纯粹。

男人会偶尔亲吻她的额头，但止步于此。她从未亲吻过他。

"所以我才选择这个行业，我希望我可以施展自己的理念与抱负——对我来说，模特只是个入口，人们通过这个入口可以看到更多的东西。艺术品，你知道吗？你可以为每一个模特赋予独特的艺术内核。"

"那你觉得我是什么内核？"

宋墨摸了摸林霏的头回道："我还没办法告诉你。应该由你自己来发现，然后由我来教你展现。"

"宋墨，为什么你一个人生活在这里？"她习惯对他直呼其名。

"我在这里工作啊。"

"我是说，你已经二十七岁了，为什么不结婚呢？"

"我不希望被婚姻捆绑的感觉，或者说我还没有找到我真正爱的人。虽然在这行业见过不少很好的女孩，却总觉得不合适。"

"那你看我合适吗？"她用手抚摸自己的脸颊。

"也许时间会证明。"宋墨伸手揽她入怀。

林霏此前没有想过自己面对一个比自己大十岁的男人会产生依恋，以及打破世俗伦理的快感的混合情绪，如同果酒散发扑鼻香气并使人陶醉。

相识一个月以后，他们已经能够自然地相处。林霏很喜欢宋墨健朗有型的身材，她总是挽着他的胳膊。

宋墨对她说："你美得不可方物，如同活生生的阿佛洛狄忒。任何人看见你都会视你为此世宝物。我没有资格占有，但我一定是最懂你的人。我希望你能够好好保护自己。"

• 回声

"宋墨,这一段时间你一直在照顾我,谢谢你。"林霏低着头说。

"你不用感谢我,我要的也不是感谢,我要你成为你自己。"

"我自己?可我还不知道我是什么样子。"

"不急,我会一直陪着你,直到你明白。"宋墨笑起来的时候,嘴角的弧线总能让林霏心动。

"你爱我吗?"她问得很诚恳,她需要一个诚恳的回答。尽管这种问题并不是很必要——大部分场合下,它并不是征得同意的必要环节,而是自我欺骗的开始。

"如果你允许的话,我会比任何人都要爱你。"

她轻声说道:"待在这儿。"随后宋墨关上房间里的灯。窗外的月光立时像潮水一样倾泻进来,它比任何时候来得都要梦幻。

林霏走近床边,转过身,两手搭在窗台上。

他爱她。

这是他唯一知道的事。

她的眼睛里含着一层薄薄雾气。他看着女孩悲伤的情绪,在那个瞬间,他的自我已被完全消灭。

不论做什么,他都要保护眼前的少女,使她成为全世界的光明。

"宋墨,宋墨。你知道,烂俗故事里总有一个绝美女子,她的作用是为了吸引观众。可现实里没有观众,也没有绝美女子,更没有烂俗故事。我披着这身皮活着,心里已经溃烂不堪。他们强加品性于我,只会让我感到不被理解的孤独。"

"爱我吧,宋墨。"

她轻声地言语。

5

她穿着睡衣直挺挺地坐在床上,卧室里一片黑暗。自己不知道在想什么,但是内心沉重,好像有什么事马上就要发生。就在那扇门背后,隐约传来争吵声,迷幻得如同无意义的电磁脉冲杂音。

她就坐在那,手心里全是湿湿的感觉。是眼泪吗?发生了什么?在这以前,自己在做什么？

登时，一声巨大的碎裂声从门后传来，惊得她打了个哆嗦。

被一阵敲门声催醒，醒来得如此快速，充满警觉，这是如同动物本能一般的惊动。林霏对突如其来的敲门感到匪夷所思，此时是清晨，是她漫长时间都不会触碰的时空。

昨日又是晚归，陪同许多人，熟练而枯燥的社交。宋墨一直陪同在身边积极解围，自己如同困在笼中的马戏团的野兽。

每天醒来都是如此，每天都是前一天的延续。敲门声在日复一日中显得突兀，这让林霏感到惊奇，她很快穿好衣服前来开门。

打开门，一眼看见房东阿姨笑盈盈地站在门口，后面站着一个陌生男人。

"林姑娘，哈哈，好久不见！这位徐先生，他几天前就和我联系好要租房，但是原本要离开的那家人忽然留下续租，而我又没有多余的房子租给他。正好，我问了徐先生，他也打算过来看看，我就把他带来了——你之前不是和我说过，异性也可以考虑嘛。"房东热情地解释，希望能缓解二人的尴尬。

林霏只是抱着手臂倚靠在门上，冷冷地注视徐秉超。她的确说过类似的话，不过是否出于玩笑却记不太清。她知道自己对男性的吸引力，以及因此带来的潜在的风险。

与此同时，徐秉超也一言不发，他正为自己的设想一点点被打破而沮丧——原本计划独自生活，不再和他人产生瓜葛，却从一开始就没了这个可能。

然而，当他看见眼前的女子，眼中忽然闪过一丝欣喜。"不同"，这是他想到的词，她与他见过的所有人都不同。

不可否认，徐秉超被林霏的容貌所惊艳，他在看着女人的那一刻，心中掠过许多自以为美的事物——茫茫的宇宙全景，巨浪下孤独的影子，女性身体的肋骨。那些大概都出于他对美的界定，而在未完全看清林霏的一刻里，她占据了他对美的追求，如同一束刺眼的白光出现在他的世界，剩下的部分被自然虚构和完成。

在这么一个场合之下，在他尚未认识她之前，林霏已经幻化成一具抽象意义的皮囊，任由他将自己追崇的高尚品性填装进去，创作一个无限完美的形象。

这是幻觉吗？是凭她的容貌而杜撰的内在吗？是他想要留下的自造的借口吗？

● **回声**

他的内心有些慌乱，神情上极力克制自己不做出任何变化。

房东的热情没有得到任何一方的回应，有些突兀地站在二人之间。

"谢谢阿姨"，林霏开口说道，"如果徐先生不嫌弃，我愿意与他合租。"

林霏眼前这个面容素净的男子眼神带有独特的冷淡，即使直视自己的目光也毫无表情。她用她的观察和敏锐的嗅觉判断着这个男人的危险程度——说实话，林霏对这个男人没有一点好感。

骨瘦如柴，沉默高傲，面容显出干瘦的惨淡。

如果有一天他坦白自己是个杀人凶手畏罪潜逃至此，林霏也不会感到意外。只是面对这个什么也看不出的男人，她的内心隐隐有了相识的冲动。徐秉超面无表情的神态如同一把锋利的刀戳进林霏的心，甚至为自己一向的自信蒙上阴影。

这一切变化迅速而隐秘地完成。

房东嘱咐徐秉超晚上办手续后就离开了。徐秉超直直地从林霏身旁经过，找到唯一空着的房间。

住宅区的楼房都是相同的样子，就连每一间房子都是大同小异。从门口进去是一条走廊，走廊连接着客厅、餐厅（餐厅和厨房彼此连接）、卫生间，还有两间卧室。长廊尽头是主卧，也是最大的一间，左右两侧分别是另一间卧室和餐厅。

林霏对徐秉超不告而入的举动有些反感，翻了个白眼便转过身跟了过去，以同样的姿势再次倚在空房间的门上，目视徐秉超拉开窗户，探头观察外面的环境。

四幢相同的楼房围出一片方形区域，中间种植许多植被，设有花园和一些健身器材。窗户在东面墙壁正中央，正好可以俯视中间的宽阔区域。外面的花架上摆着干枯的盆栽，或许是上一个室友留下的。

"收拾好记得看放在客厅的合约。这房子除了我的卧室以外，你可以随意使用，"林霏的语气带着傲气，"徐秉超先生。"

"你看上去不像本地人。"徐秉超背对着她说，"我像是在哪见过你。"

他断定一定是见过这名女子的，脑海里搜寻半天也想不出到底在哪里。

"我来自北方。"她在几步之外漫不经心地回答，"很多人都说见过我——或者其他类似的把戏。"

"北方。"徐秉超呆滞了片刻。

"真是遥远。"他喃喃道。

一　深色梦幻

是夜凌晨，林霏比以往更加睡不着，距离上个室友已经过去一段时间，自己不太适应房子里多了一个人的存在。她听见门外的声响——先是木质房门的"嘎吱"声，松动的瓷砖互相碰撞，随后厨房传来细碎的声音。

她本无法入睡，当下陷入更甚的清醒，卧室之外的陌生声响在威胁她，也在诱惑她：她已很久没有与人好好交流——她是指不带目的随心所欲地交流——但她不确定这个男人是否安全。

白天陌生的男子眉眼中什么也没有，如同雾气弥漫使她难以洞察。干练的举止，简短的对话，自然得如同相识很久，互相没有寒暄与提问。

男人接了一杯水，回头看见林霏站在餐厅门旁。她穿着藏青色睡衣，披着一条米色绵巾，精简的穿着，无所顾忌，举止从容。

林霏随后走进来，对他友好地笑了一下。徐秉超另取了杯子为她接水，放在桌前。林霏无动于衷，拿出酒瓶倒了一点红酒。

他的眉头皱了一下。

"这是我第一次和异性合租，我不避讳男女差别，很多时候做事都是顺着性子。有没有人住在这，对我来说没什么差别。"她刺探他。

徐秉超沉默片刻，她的言语如同落入海面的石子，惊不起丝毫波澜。

"这当然最好，"他这样说，"我同样也不在乎你的感受。我来到这里的本意是逃离所有人独自生活。生活最终都由不得我们，不是吗？既然我没有办法独自生活，只好在这里待上一阵子就离开，不会长久。"

"那你为什么来到这里？"

"所有地方对我来说都一个样。"

那一股被努力抑制却不慎流露的情绪被她捕捉到了。

"今晚我要睡个好觉。"徐秉超自顾自地说，像是说给自己听，同时也结束了这段不明不白的对话。

林霏粗浅认为男人旅途疲惫需要休息，不便继续发问，只好放徐秉超离开餐厅。她灌下最后一口酒，感到身体发热，自知疲倦。

他或许真的是个杀人凶手。她这么想。

· 回声

徐秉超躺在床上，陌生的环境令他难以入睡，心里的执念强迫他什么都不去想，只为完成这场脱胎换骨的仪式。

沉睡，苏醒，遗忘，重生。

他无数次幻想过这一次苏醒，告别了破旧时代后，面对纯粹自我的苏醒——午后金色炽烈的日光从窗外泼洒进来，温柔地映照在他的侧脸。如同神迹一般的光线，充满了救赎意味。万物是干燥粗糙的质感。这样的好天气多出现在他的童年，又或许于他一生各个阶段都照常出现，只是自己越来越忽视它。

他的苏醒应该是如释重负的，持续十二个小时的睡眠，如同孩童般嗜睡。醒来后，他将充满被宽恕的欣喜，遗忘过去种种遭遇，内心颤抖着接受命运的恩惠。他失去久居于心的隐痛与煎熬，并发自肺腑地感叹道："生命啊！"

没错，生命赐予他的所有痛苦都是为了这一刻的到来，慷慨的生命终将在他除去一切阻碍，抛弃旧岁月后给予他大方的馈赠——一颗完好的纯净的内心！

从他年少时期起便开始对这一场盛大仪式的幻梦，整整持续十余年。在他被城市生活囚禁的日子里，甚至在他失去对生的希望之时，如同分割生死，分割光影，分割新旧世界的苏醒成了他最后的执念。

6

"秉超，再见。再见，秉超。"

母亲的声音像落入平静湖面的石头，惊醒熟睡中的孩子。嗜睡的男孩没有睁开眼睛，而是凭借感觉亲吻母亲的脸颊。女人俯在他身旁良久，最终起身离开。卧室的门被轻轻合上，锁头锁门的声响成为他再次入睡前现实与幻觉的分割。

他没有看见那一天的清晨：还没有响起的闹钟，太阳尚未升起的浅蓝色天空，偶尔传来的麻雀啼叫，仍在沉睡中的朴素城市。属于这个清晨的一切皆随着时间的延续而永远被埋没在他不知的地方。

父亲对他说："秉超，桌上有一些钱，这些天你需要自己上学，自己去买晚饭吃，爸爸很快会回来。"

几天后，父亲出现在他所在的中学里。时值中午，徐秉超准备午休，忽然被告知前往办公室，父亲和班主任注视他进来，脸上带着沉重神情。他迷茫且不安，对即将转学离开的事情一无所知。

班主任是位中年女性，他听她说话时一直盯着她的嘴角。嘴角一开一合，没有任何声音进入他的脑袋，他只是在意眼前这个表情凝重的女人，每到停顿的时候，就会轻轻抿住嘴唇，带动两旁的肌肉形成"一"字。

他捕捉这个细节，进而认定她实际不在乎他的感受。

一个以教学为工作的人早已习惯学生的变动，他不是第一个，也不是最后一个。她实际比看上去冷淡得多，尤其是面对徐秉超。

这个班里最顽劣的学生从小学到中学一向如此。他在小学二年级明白思想品德课的老师只是因公办事，于是养成旷课的习惯；他将多余的时间用来耗费在学校无人的角落，独自玩乐和休憩，如同一只野生动物；他会在英语课上大叫，在教室后面走动；他会在语文课上睡觉，用滑稽的腔调朗读课文；进入初中后有所收敛，大多时间拿来睡觉，下了课和其他孩子疯跑。

徐秉超经常在课堂上走神，思考不着边际的问题。他观察其他摆着同样苦脸的同学然后突兀地发笑，在老师板书的时候故作夸张地吃东西，等老师转身又假装严肃。

于是，当他听着班主任的安慰时，他内心的恶被唤醒了。这份恶躲藏在伪装下，透过一个小孔看穿了她的虚假，看穿了她对远离这个难以教化的男孩的庆幸。

那鄙夷的嘴角就是证据，这一切不过是善后工作。他明白这一点后充满了胜利的喜悦，他内心对这个比自己大几十岁的女人的批判使他感到满足。

到了下午，父亲将他带去地下车库。汽车的后备厢和后排座位被衣服、电器和家具填满。

父亲说："秉超，我们去一个新的城市。秉超，你母亲离开了，她再也不会回来。"眼前的男人面容憔悴，发动汽车驶向出口，汽车顺着坡度抬头，外面的白光刺向徐秉超的双眼，他感到一阵眩晕。

决绝地离开，甚至没有回家，这更像是仓皇逃离。眼前的中年男人丧失往日的气势，只是看着前方眉头紧锁，握着方向盘的手偶尔发力，皮肤紧缩发白，皮制方向盘发出低沉摩擦声。

父亲为了不让徐秉超受到影响，没有告诉他有关母亲病情和死亡的任何消息，只是简单地告诉他，母亲再也不会回来。因此，他对母亲的突然病故没有一丝触

·回声

动，甚至为此感到释然——过去的争吵忽然消失得无影无踪，如同在水中憋气终于浮出水面。

他回忆着脑海里的鲜明画面，父母如何争执，如何撕扯，如何不断地在现实反抗与妥协。他细腻揣测父母的心理，感受愤怒，碗盆碎裂，一声声破碎和嘶吼如同惊雷令他不得安宁。

在那些难挨的日子里，徐秉超学会自动无视和过滤发生的事，举止谨慎，习惯自闭。久而久之，每当遭遇重大变故时他会不自觉地变得冷酷无情，只感受到自己平稳的呼吸和心跳，启动自身某种防御机制。

他不在乎即将前往何处。

长达一周的跋涉，一路东行。汽车、父亲、家电，他全部的东西被安置在狭小的空间里不停移动。挡风玻璃上满是虫子的尸体，到了晚上更多，需要经常开雨刷器清理。

他看着那些像糨糊一样破碎的尸首，生怕自己有一天也会撞上飞速路过的巨物。

"没有事情再干扰我们父子俩，爸爸会竭尽全力照顾你长大成人，你只要好好学习，爸爸把全部的希望放在你身上，你是我此生唯一的寄托。"父亲说。

他的身体在奔波中受挫、疼痛、疲倦、成长。这些同时加速了他内心的恶的膨胀，对一切遭遇尽然吸收，理解和内化成为他的一部分。

一切都在无声中进行，对他人的不信任，始终的危机意识，过分的自爱和自卑。这些无人察觉的种子生根并茁壮成长，日后成为他的心魔。

"秉超，再见。再见，秉超。"

在一身冷汗中惊醒，睁开眼睛，迎接自己的不是缱绻的阳光。房间被浅而昏暗的蓝色微微照亮，窗外传来单调循环的鸟叫，四下的凉意告诉他现在只是清晨，太阳还未升起。自昨晚入睡起，睡眠似乎只持续了四个小时，此刻头脑异常清醒，再无入睡可能。徐秉超轻声叹了一口气，原来这就是他梦寐已久的苏醒。

一切都没有改变，一切本不该改变！

他幻想了十余年的重生，不过是在陌生的环境同往常一样醒来。一股强烈的孤独感和绝望感席卷而来，自己所做的一切最终都是徒劳。

徐秉超起身站在窗前，仔细感受吹进来的属于清晨的凉风。他一边回忆着梦里的细节，一边走进厨房给自己倒了一杯水喝。路过紧闭的房门，意识到还有另一个人存在。他对此不感兴趣，而是专注于自己过去的天真。

是啊，太天真了！

自己是怎么相信一次睡眠就可以从往日的不幸中解脱出来呢？这种幼稚的想法恐怕要叫人笑掉大牙了。

那一股汹涌混沌的浪潮反复拍打在深处，一遍又一遍摧毁他重振起来的意志。他似乎陷入末世后的冷寂，他看见过去狂热的自己，身陷囹圄无法自拔，企图凭借对觉醒的执念求生，到最后却什么也没有获得。

巨大的幻灭感席卷他的全身，在这无人的清晨，他同过去无数个自己一道感到悲哀。这是他渴望的重生吗？他什么也没有获得，什么也没有失去。

死去的人仍然死去，活着的人负隅顽抗。

剩下的完整的白日、夜晚，剩下的无数个白日和夜晚，他到底该怎样度过，难道只有通过唯一的途径实现自己的解脱吗？

不！

7

"新来了室友，是个男人。"

她背对着他，兀自说着。湿漉漉的黑发粘在脊背上，氤氲升腾的热气夹杂香味进入他的鼻腔。他有些恍惚，不知她的神情如何，或许只是半眯着眼随口说出，正如谈论去超市买了什么一样平常。

宋墨知道她在把玩着自己。

她时刻都在把玩他的心思，如同调和各种试剂的实验者，用一两句话将他弄得心神不宁，自己却心不在焉。

这对她而言不算难事，这项技能伴随她的外表而生，是处世方法。自懵懂记事起，林霏知道如何取悦长辈，取悦异性，这使她能够在坚硬的环境里自由地生长。

林霏想让宋墨明白一个事实，即使她近在咫尺，只需伸出手掌就可以将她拥入怀中——她的精神会永远驰骋在他视线之外，永远无从获取和占有。

•回声

"注意安全就行。"

宋墨知道如果提出质疑,随之而来的将是林霏或轻蔑或冰冷的目光。她的心思如同顽劣的孩童,其中又不知隐藏了多少深意。

她转过来看他,眼神里是无辜的纯洁。她用指尖小心体会着他肩膀的轮廓,动作缓慢,富有耐心。她无意伤害他,也不在乎他是否受伤。

对宋墨的献身,林霏未曾迟疑过。

他说:"不管多少次我都无法拥有你,你总是让我紧张。"

"这样的问题我们已经讨论过太多次!"

"我是爱你的。"宋墨坐起来。

她笑着回答:"你看上去像个幼稚的孩子。"

她拉开房间的窗帘,眩目的白光照亮她的侧脸,她出神地望着窗外。他出神地望着她。

"你美得不可方物,"他说,"我到底该怎么办?"

林霏靠近他,轻轻地在他额上留下一个吻。

"这是我对你的回报,可是你得告诉我,你对我的爱和其他人对我的爱到底有什么不同?"她坏笑一声,随即离开房间。

市中心的西式餐厅,百货大楼的顶层。从落地窗可以看见灰暗云团和灯火通明的城市。城市在灯光里显得繁华而拥挤,和室内形成反差。这是城市顶级的西餐厅,除了每桌单独的橘色灯光外,只有亮度很低的修饰光勉强照亮四周。实际上顾客寥寥无几,分散在偌大厅堂的四处,偶尔能听见低声人语和餐具碰撞的金属声。

她和他一同出席聚餐。晚餐过程中,宋墨和其他男人交谈的声音被混杂、处理,直至最终变成无法进入她耳朵的无声符号。她忽然想起叫作戴夫的胡言乱语的游戏人物。这个奇妙的联想让她浮现轻微的笑容,随后又忽地消失。

林霏喜欢这里的牛肉,也喜欢这里神秘的氛围。她把这些告诉宋墨,后来每次和投资方见面,他都会选择这里。另一个原因是宋墨清楚林霏的气质与昏暗的光线相得益彰,使她原本诱人的气息多添几分魅惑——这利于谈判。

她穿着深红色礼裙,后背完全暴露在光影中。长而卷的披发,鲜艳的妆容,以及置身事外的散漫。她坐在人群中间，目光从食物之间穿过，打量远处阴影中做事的服务生。

那是一个面容干净的男孩，她看着他布置餐桌，和同事说笑。她跟着远处的男孩一起笑起来，随后切了一块牛肉送入嘴里。

"林小姐，你可是我张某一直以来的偶像啊，两年前我盼星星盼月亮，就盼着哪天能见你一回，没想到两年以后，咱们能在这鸟不拉屎的地方相遇，我必须要敬你！"对方忽然站起身，端着红酒杯穿过座位走到林霏近处，宋墨连忙起身挡住。

"张总，林姑娘今天喝的酒实在太多了，又刚结束工作，这酒我替她喝了吧。"

"哎，我只是表达我对林小姐的诚意，要没有林小姐，我这内衣广告找谁拍去？又怎么能取得这么好的效果呢？我看林小姐能喝得很！"

那男人脸上泛着红光，身体挤兑着宋墨，宋墨连连后退，还尽力用身体挡着。林霏没起身，百无聊赖地玩弄着餐叉，好像这根本与自己无关。

"林小姐不必担心，喝醉了有我负责，我送你。"男人也明显有醉意，又或者是假醉，"我家也有不少好酒，好酒配美人，今宵有酒今朝醉！"

林霏渐渐觉得无趣，双方的对峙很久没有结果，她示意并起身前往盥洗室，丝毫没有往这边的对峙看一眼。

自己需要暂时逃离紧张的气氛。宋墨随后慌忙跟了上来截住她。

"为什么你总是一副事不关己的样子？"他充满愤怒地质问。

每一次都如此，不同的人，同样的欲望，同样的反对，同样漫长的争论。

她疲倦地笑了一下："不过是几次陪伴，喝喝酒，打打球，吃吃饭，聊聊天，我去就是。"

他不断逼近："为什么糟践自己？为什么所有人都要凭借他们的权势要挟你？为什么每一次我替你抵挡，你都像看戏一样幸灾乐祸地看着我？林霏，你怎么变成现在这个样子？！"

她伸出手抚摸宋墨的脖子："每一个男人都想拥有我，我不在乎。宋墨，自从我决定和你逃离之时，我就已经预见这副身体带来的命运，就连我自己也无法拒绝——当你拥有众人渴望的宝物而拒绝将它展示给众人的时候，你是有罪的。"

他愣住了。

"你真奇怪，我快要不认识你了！"

•回声

林霏的样子令他感到难以置信,这和几年前的林霏简直判若两人。

"你永远也不能明白,没人可以明白。"

她回去了,轻轻将手搭在对方的肩上,做出最完美的笑容来。

"张总说话算话,家里有什么酒可别对我藏着。千万不要做内衣做昏了头,连给谁穿的都忘了!"林霏饮下杯中的红酒,她用余光看向远处驻留的宋墨,内心毫无情绪可言。

"没人可以明白。"这句话残存在耳边。

两天以后,林霏回到家里,看见徐秉超从厨房端出饭菜,她停在门边有些意外。原本空无一物的餐桌被摆上三道菜和一碗米饭,徐秉超坐在桌前,才注意到林霏的存在。

"我做了饭,这是一直以来的习惯。如果你没吃的话可以一起。"他说这句话的时候,脸上看不出情绪,但她能明显感受围绕在他周围的独特气场。

"谢谢你,我得先去洗个澡。"

"我只是无事可做,不用客气。我把它们留着,吃好了我会洗碗。"

她去洗澡,徐秉超新盛了一碗饭放在桌上。除了洗手间传出的水声,四周如凝固般安静。徐秉超感到头晕,他坐在餐厅里,望着眼前的饭菜陷入沉思。林霏洗好换了干净的睡衣来到厨房,她的确很久没有吃到家常菜。

徐秉超坐在一旁看着她,忽然露出干涩的笑容:"我一直喜欢做饭。我以前有做饭的习惯,就算来到这里也没办法放弃。我喜欢转化它们的过程。没有动机,没有意义,你只是完成了做饭这样的行为,简单的付出和回报过程便可以让人感到满足。"

林霏朝他笑了一下,她喜欢他的口味。这让她觉得他没有那么难以接近。

"你做的菜让我觉得自己回到了小时候,这种味道只会存在于记忆中。"

"谢谢你。"

"你为什么想来这儿?这个城市什么也没有。"

徐秉超拘谨地说:"我只是随便选了个地方。"

"那你真够奇怪的。"女孩哼笑一声,男人没有理会她的反应,"难道你打算什么事也不做吗?"

"没错,我打算什么事也不做,也不打算外出,每天都会待在房间里。如果你觉得我的手艺不错的话,每天都可以吃到我做的饭。如果你想吃什么,就把食材买回来。"

这顺了女孩的意,她只抿着嘴轻微点了点头,没有继续发问。

饭后林霏回到自己的房间,徐秉超着手清洁餐具。持续的水流声,机械重复的动作都带来安定的作用。眼下有大把时间可以挥霍,没有从前的紧迫和烦琐。

他陷入沉思,几乎感觉不到自己身处何地,在做什么。

忽然随着一声巨响,林霏快步走进厨房,看见地上散落的瓷碗碎片,以及徐秉超冒着鲜血的手臂。她看见徐秉超凄绝的目光,狰狞的面容,如同喘息的恶魔一般直勾勾地看着她,仿佛下一秒他就要举起手里的刀向她冲来。

她无法想象一个完全隐藏自己情绪的冷漠男子竟能产生这样强大的气场,那道毫无人性可言的目光穿透林霏的外壳,直逼精神深处。

她感受到被剥光的恐惧,那一秒里她的隐秘,她的阴暗,她的一切都暴露在这道目光里。

她被瞬间看透,心里猛地一惊——完了!

8

宋墨打来电话告诉林霏他已在楼下等候。今天她要完成最后一次拍摄,下午两点钟前往近郊乡村。两点的光线最适合林霏,她只需要在自然的野外展露自己的线条,日光会在她的表面形成辉煌的色彩。

所有人在完成工作后会一起聚餐,广告方已经订好今晚的宴会。长达四个多小时的晚宴不算一件稀奇事,他们会围绕一切可谈论的话题无休止地讨论。这种场合需要宋墨时刻陪伴在林霏身边,作为一堵防火墙阻止外界任何不怀好意的试探。

林霏穿好衣服经过徐秉超的卧室,房门紧闭,里面没有一点声音。直到今天中午,她也没有看见徐秉超,如同消失一般。她产生敲门的想法,又马上否定。突兀的打扰一向不是她的习惯,并且自己也已习惯和室友不闻不问的生活。

林霏在门关换鞋时,听见徐秉超打开房门,站在卧室门口看着她。男人一言不发,脸上带着明显的倦意,五官像一张被揉皱的纸。

·回声

她猜测不出他的眼神，充满虚无的疲倦的眼神。她下意识地明白，男人不会说话，他只是盯着林霏的一举一动，如她心中所想的那样——一只休憩的猎豹观赏近在咫尺的鹿。

直到林霏打开门快要离开的时候，徐秉超忽然对她说："对不起。我昨天一定吓到你了。"

林霏迎合地发笑："没关系。"

"我只是，有些时候会这样，想起很多以前的事情然后感到害怕。"徐秉超像是憋了很久，又发问，"你有这样的感觉吗？"

林霏点了点头。

"是的，我有。"她补充了一句。

徐秉超若有所思地点头，他不再看着林霏，转身进入餐厅。他需要一杯水使自己清醒。

林霏等待徐秉超消失在自己的视线后才离开房间。

宋墨的车停在楼下，一辆黑色越野车，下半部分被泥土覆盖，长时间没有保养。林霏看着眼前的车，而她明白自己必须进入。这是一段艰难的旅途，永远是。

作为一个极具魅力的女人，她知道工作最困难的部分在哪里。在这里，终点。因为没有人甘愿她就此离去。

徐秉超无法忍受大脑带来的疼痛，如同强制让他观看一部使自己痛苦的电影。从他记事起的一切事情，他所记得的细节被一一展现。这是自身的苦果，现在是吞噬自我的时候。

爱情、家庭、疾病、矛盾。过去和未来从两个对立的方向同时挤压他。没有什么事是永恒的，只有极微小的时间刻度使人产生永恒的幻象。

徐秉超从柜子里取出药片，就着凉水灌入肚里。洗手间、卧室、餐厅、厨房、阳台。他走过每一块地砖，强迫自己接受新的环境。

他看见餐厅的墙壁上有奇怪的痕迹，像是之前有一个巨大的相框被挂在此处，然而现在却空空如也，只留有四周的划痕。

那里一定挂过什么东西。

徐秉超和林霏合租的几天里，彼此都不知道对方的工作和身世。他们保留无言的默契，比其他人看上去更像是合同里的甲方乙方，严格遵循这个规则，没有深入的交流，也无所顾忌。

必须承认的一点是，林霏从某个时间节点起，占据徐秉超心里很大一部分。同住在一个房间里，他们也没有见过多少面，林霏时常在外留宿，或者半夜而归。但她成为他的安慰剂，是外面世界的寄托。

他越发肯定自己是在哪里见过她的。

直觉告诉他，林霏没有看上去那样简单。而剩下的空白，他可以任意充填。他幻想她的遭遇，正如一直以来的思考习惯。他将她视作虚构的人物，给予她美好的想象——被孤立，坚硬，充满慈悲，神性。而她看上去似乎也是如此。

被藏起的东西一定被放在林霏的卧室。那个被锁着的房间里。他的心跳加快了，他忽然产生了欲望。

欲望是可怕的黑洞，有强大的引力。任何人都可以有欲望，唯独他不能有。他深吸了一口气，他想念森林的气味。

"林霏，昨晚我记起从前的一个片段。那是正处雨季的夏天，外面大雨滂沱，雷电交加。新闻里说那是罕见的天气，那样的天气足够让全城人感到恐慌。窗户被大风拉扯，树木剧烈地摇摆枝条，白天像黑夜一样黯淡无光。街上一个人也没有，只有雨水一阵一阵地冲刷地面。待在屋子里也可以听见巨大的雨声，透过紧闭的门窗形成低沉的嘶吼，那几天世界如同地狱。

"那时已经晚上十点，我听见敲门声。我打开门，看见你站在门口，我吓了一跳。你从来不会在那样的时间光顾，可我看见你，真实地站在那里，雨水浸透了你的衣服，你的头发被粘连在脑门上。从你身上不停落下水滴，在楼道形成水泊。你看上去惊慌失措，我从未见过你如此受惊。我想象不到你是怎么来到我家，你我之间有几条街的距离。

"你不愿告诉我原因，而是换了干净衣服后很快入睡。你躺在客厅的沙发上，裹着毯子。我观察过你，近在咫尺。你入睡的时候眉头紧锁，呼吸急促。我猜测你在做噩梦，你像颤抖的雌鹿。"

汽车引擎嗡嗡作响，经过缓速带会有"咯噔"的声音。她对这辆车的一切细节都了如指掌。汽车和男人，这两个曾经组成她完整世界的事物，陪伴她整整五年。车内的气味，行驶的摇晃，座椅的质感，全部被刻进她皮肤表层以下。

• 回声

她歪头望着窗外，景色渐渐从楼房变为田野，透过深色玻璃的过滤，快速摇曳并消失。

她的眼前展开一幅画面：十七岁的她站在陌生的浴室内，恍惚而静止。穿过蒸腾的雾气，从镜子里正视自己的表象。瘦弱的臂膀，纤细的身体，模糊的五官。她无法看清自己的脸，雾气缠绕在她周围，遮住镜面阻止她探寻残忍的真相。如果没有这层保护，她将看见自己空洞的双眼。

没有声响，残留的水滴从水管滴落，冰冷摸索而来。皮肤表面遇冷，毛孔收缩，胸部发胀，全身颤抖。她盯着镜子里的模糊身影，大脑一片空白。她对着镜子机械地重复只有自己可以听见的声音。

"你自找的，你自找的。"

林霏伸出手抚摸他的手臂，安慰性地微笑："你一直是个好男人，宋墨。有时我对你太刻薄了。我只是个年轻的女子，缺乏安全感，喜欢控制所有事情，这是我自保的手段。"

"我理解你，林。"

"我不想参加聚会，我害怕这些人，他们想控制我。过去我一直在试图承受，但很多时候感到失落和沮丧，我想摆脱这一切。"

宋墨有些慌乱，但没有表现出来。他早已习惯她时好时坏的心情，然而每当她表露逃走的想法，自己仍然感到无助。

他害怕林霏离他而去，害怕甚于死亡。他无法回应。

到达一定年龄，开始害怕重要事物的失去。林霏指引他走向不能回头的独木桥，她行走在前方，时而回头等候，更多时候他看见她独自前行，若即若离的距离使他无法心安，毋宁说自从五年前开始这趟旅途，他注定遭受这样的折磨。这到底是他的选择。

城南的郊野，再往前是森林。这里是一片空阔的旷野，下午时分的日光放肆挥洒在此处，初夏的植物颜色深而浓密。他们选定地点，调试设备，设置光板，随行的人们围出一块区域，留给摄影师和林霏。

她换好衣服，站在土丘上，这是她最喜欢的部分。没有黑暗，没有折磨，没有占有，没有世故。她不需要臣服于任何人，连同她自己。她只需要站在光线中，尽情舒展自己的身体，在自然之中同大地在一起。她被昂贵机械捕捉、定格，继而同光和影一样构成艺术的一分子。

城外的风更加清冽和温柔，触碰、安抚着人类的娇躯。她的脚掌接触宽厚的土壤，尘土渗入指缝。隐秘的触觉令她沉迷。自然，于她眼中成为最绅士的男性，她不介意这位理解她的具有宽广胸怀的男人观赏。

接近三个小时的拍摄，太阳移动，光影变化，他们不断寻找最恰当的时机。直到一切结束之时，所有人露出愉快的微笑。她的心情也随之变好。他们驱车回城，前往预定的晚宴。

"你看见了吗？我叫他帮我拿一下衣服，他看都不敢看我！我说你不要那么紧张，难道你没见过？你猜他说什么？他说，他说………"

林霏在宋墨的车里咧嘴大笑。

宋墨无可奈何，但心里同样感到高兴——他清楚她离不开这份工作，他同样清楚她离不开他。

林霏忽而对他露出无辜的表情："被那么多人欣赏，你会嫉妒吗？如果没有这次晚宴，我们可以享受一个美好的夜晚。"

"今晚是他们买单，你可以放开吃。"宋墨回答，脸上带着无奈的笑容，一手把着方向盘，一手牵着林霏。

他们最终来到市中心的西餐厅，一如既往的社交过程，枯燥乏味，很难让林霏寻找到关注点。

她在用餐之余寻找曾经看到的服务生，很快在人群中找到他——这个年轻的服务生经常出现在她视线中，看上去阳光单纯，富有礼节，偶尔会彼此对视，男孩都会很快低下头去。林霏不由得幻想他们相识的情节，自己或许会被对方的真诚与善良触动。

她暗自发笑，而同桌的人们也都附和地引起一阵笑意。

林霏知道一部分目光自始至终都在看着自己，试图传递欲望的鱼钩。她举起手中的酒杯，向所有人敬酒，脸上的从容已是对他们自私想法的回应。

她对宋墨说："我今天不想太累，结束后你送我回去吧。"

二
惊世骇俗

二　惊世骇俗

1

持续的小雨，杂乱无章的敲击声如同细小快速的爆裂，无休止地进行，打在树叶或者遮板上发出噼啪声响。窗户没有被关上，因此从外面飘进属于春雨的气味，潮湿里夹杂热气，泥土气味混杂其中，但更多是腥气（或者说闻起来和腥气类似）。

西南地区都被阵雨覆盖，如果从上方俯视，茂密森林笼罩在茫茫雾气里，有神秘和缄默意味。

他起身，看见窗外一片昏暗，此时已接近中午。实际上他六点钟起床，这是无法改变的习惯，后来无事可做再度入睡。在过去的生活里，他有着超乎常人的自律。准时起床，晨跑，开始一天的工作，阅读，入睡，每一个环节几乎掐准时间。

结婚以后也是如此，妻子也有相近的生活作息。不得不承认这样的配合让日常生活非常高效，可以挤出很多时间用来陪伴或者冥想。在结婚以后，徐秉超发现自己很喜欢逛超市，这也是他为数不多与烟火气为伍的时刻。

来到新居后，开始强迫自己变得懒散，只是苏醒仍未被影响。他醒来的时候天还是黑的，那时已有雨声，不仔细难以听见。几个小时后，天还是一样昏暗，外面的雨没有先前的扭捏，大大方方起来。

房间里只有窗户是他最喜欢的部分，是整个房子最大的窗户，没有被其他楼房遮挡，几乎可以看见完整的天。他站在窗前，实际上什么也看不见，外面全部融入昏暗里。他张开嘴，大口呼吸新鲜空气，夹杂水汽的浓郁味道使人陶醉。

他说："这场雨让我想起高中时代的事。某一天也有这样的雨，除了通亮的教室外，其他地方都处在黑暗里。那时天还没有这样昏暗，反而透着暗红色。外面

• 回声

下着雨，我坐在窗边，把窗户打开一条缝，让风吹进来。气氛沉闷的教室里，只有我独自沉浸在风里，力量正好使人爽快，又不至于难以呼吸。"

工作结束后的时日里，林霏没有外出，只是刚起床。她就着牛奶吃面包，徐秉超坐在她旁边。他所说的话，用极缓慢的温柔的语气吐露，没有看她的眼睛，而是对着某个方向。

"西南接下来会持续地下雨。"她的神情十分闲适，"我也没有可做的事，有很长一段时间待在房里，倒不如趁着这个机会我们相互认识一下。"

徐秉超看向林霏，看见一双毫不躲闪的眼睛。那真是一双漂亮而危险的眼睛，如同雾气飘游其中，使人无法看明她的内心。而它的光又是那样直白，强大到摄人心魄，企图探索一切。

这是一双二十余岁少女该有的眼神吗？

他在那一刹那明白了，她隐瞒着另一个世界，一个不曾被别人探知的辽阔世界，就躲藏在迷雾般的双眼之后。

"前几天晚上，你忽然面露凶光，说不出到底是凶狠还是惊慌。你可以告诉我发生什么了吗？"

她时常想起那个夜晚，徐秉超向她露出的凶恶目光。这幅画面——男人站在破碎瓷片中间面露凄绝神情，姿态却充满戒备——成为挥之不去的影子盘旋在她身边。她肯定他受到惊吓，那不自知的凶狠只是为了保全更加脆弱的事物。

男人看上去更像是一头野兽，毋宁说只是被困住不得已展开防备的幼兽。

他故意遮掩的惊恐，于她是过分熟悉的。

徐秉超闭口不提。

"你以前是做什么工作的？"林霏打算先让话题轻松一些。

"金融。"

"金融？"

男人点了点头，又重复了一遍。他的眼神有些躲闪，不太愿意继续下去。

"你从哪儿来？"

"东部，沿海那一块。"

"哦，我出生在东北，两年前来到这儿的。"

"嗯。"徐秉超闷闷地回应。

"你不想问我是做什么的吗？"

二 惊世骇俗

"不想，我不关心。林姑娘，我说过我不想和别人产生什么关系，我只是在这里住上一段时间。"

"所以聊一下不是更没什么顾忌吗？莫非你真的是杀人凶手？"

他站了起来，没有言语。徐秉超回到自己的房间，站在窗前，观察眼前的雨水。他内心的自持被扰动了，正如眼前的雨水扰动平静的水面，这是无法阻挡的。

徐秉超应该早就意识到，当他决定与林霏同住的时候，已经意味着自己不能真正做到脱离他人而存在。有关他少年记忆的回声不断出现在他耳旁，冥冥中预示了这份记忆自有它与外界产生共鸣的时候。

和林霏的不期相识，那双分外熟悉的眼睛，以及这块实际上对他有重大意义的土地，一切像是早就安排好了的。

徐秉超叹了口气，重新回到餐厅，眼前的年轻女孩直勾勾看着自己，等待他主动开口。

林霏心里得意地盘算着，自己又能听到一段有趣的往事，或许她能凭此让徐秉超对她俯首称臣——没错，她可以得到任何想得到的东西。

"林姑娘，我断绝自己与他人的一切联系，来到这里销声匿迹。在这个过程中我拒绝与其他人交流，我失去了对别人的耐心和期盼。

"不过我在你眼中看见一些东西，一个熟悉的巨大的神秘世界。你让我想起一位旧友，你眼睛中特有的光，我在她的眼睛中也能看到。"

她对徐秉超的回答有些意外，随即立刻明白他话语背后的含义——眼前这个男人是不会轻易分享自己的过去的，如果她非要探寻，就要做好准备。冥冥中，她意识到自己当下正要做一个意义重大的选择，这个决定很有可能完全改变她此后的道路。

林霏嘴角上扬露出笑意，她见到的所有异性都可以被自己控制，她永远站在他们的上层。而徐秉超，意外地（或意料之中地）成为她见到的第一个难以被控制的男人。

三十多岁的男人，洁净的面容。眼睛里什么也没有。当一个人已达到某个境界，过去的曾被言说的一切都可不必言说，它们成为混沌的一体，成为"遭遇"。遭遇是不再重要的，并且即将成为遭遇的事物也是不再重要的。没有什么事可以

•回声

避免所有意义上的死去。

"你的朋友是个什么样的人？"

徐秉超摇了摇头，有些犹豫地说："她也许是这个世界上最明白爱的人，也许是最不明白爱的人。我们相处过一段时间，分开已是二十年前的事情。"

"二十年前？那时你才十几岁。"

"十四岁，是的。"

"你是说，你一直为二十年前的分别而耿耿于怀？"

"嗯。"

"为什么？"

"因为我徘徊了二十年，尚未找到自己人生的意义；而二十年前，她就找到了。"

"告诉我你的故事，秉超。我想知道！"

林霏迫切地想要了解，而更深处，她需要的是印证。她有一种预感，眼前的男子连同他口中的旧友，那些故事与她能够产生共鸣，她需要知道故事的走向最终去了哪里，有了什么结局。

"不。"他轻声说。

一个二十岁出头的拥有年轻和美丽的少女，他笃定她无法吸收和理解。如果只是对一个懵懂之人讲述，无疑是将他的故事与其他烂俗故事等同，什么也明白不了，空成一段风流。

这段故事并非不能讲，只是需要寻找合适的人。

"过分敏感的人群，或许是吸收的东西太多，能够轻易将人看穿。只需要一眼，便可知此人的三五分内心，至少勾勒出关于他的下限与上限。

"当你遇到一些人的时候，你会在刹那间识别和捕捉对方，判断他是否为自己的同类。只有在同类之间，简单的言语才能传达最深刻的体会，甚至只是一句话，个中的艰辛或幸福即可感同身受。但如果彼此没有站在同一纬度，说得再多也难以产生共频。"

他很肯定地说，即便语气温柔，不愿有任何冒犯意味。他面对眼前的绝美女子，自动采取防御，不会透露任何软肋。他深知她的危险，不愿再惹是非。

林霏交往过的任何男人，都迫不及待要告诉她关于自己的故事，企图引起她的关注与同情。

然而，直到现在，徐秉超对待她的每一次试探皆妥善应对，防备得当。她没有见过眼前男人因她而改变情绪,也未曾向她透露任何关于过去的事。

他在她眼里是一片空白,也正是这片空白,又更加唤起她的好奇,渴望探知男人为何隔绝外界。

"徐先生,你根本不了解我……"

"对不起,林小姐。我无法相信别人——尤其是一位年轻靓丽的女子,这注定你不能理解我,我们是两个世界的人,因此我也没有和你倾诉的必要。"他打断她。

"你觉得自己很难以理解?"她感到冒犯,眼前的男子说话不带任何情绪,这好像是一股彻底的傲慢,不给她任何回旋。

他竟这样否定她!

"不,"他离开餐厅,"从来没有人理解我。"

除此以外的一切都成为静默。

傍晚时分,雨暂时停了。窗外传来无规律的滴答声,没有浓厚腥气后,草木的清新味道飘进来。徐秉超打开屋内所有窗户,通透的空间被这样的清新贯彻充满,只是雨后的空气仍然潮湿,或许要持续很久。天空已没有之前的昏黑,乌云消耗殆尽,更加漆黑的天空显露出来,纯粹的夜幕要比混沌云团好看许多。

那双眼睛,那眼睛里隐藏的世界。

徐秉超心里清楚那是一双怎样的眼睛,他并非真的断定林霏阅历浅薄,在他见到这位女子那刻,就立即明白关于她的一切——从很深的层面上,他甚至对她了如指掌。

但他真的太过于疲倦——与人的交流,话语太多或者太少,都会使意思走样。或者一些事注定了在被说出来时就已经扭曲。

既然决定与此世断绝关联,就要持续下去,直到离开。

临近六点钟,林霏穿好衣服离开,临走前告诉徐秉超不用为自己准备晚饭。她带着明显的冷淡。徐秉超的本质同其他男人一样,这打消了她对他的好奇。

不如像过去那样,两人不闻不问就好。

林霏心里记挂一个人,在拍摄结束前便计划好去找他。在过去,这些无聊的时日大多被浪费在酒吧、夜店等地,酒精、陌生的气味、迷幻的氛围,都构成她

• 回声

逃避平淡世俗的要素。

  但是这一次,她想要尝试另一个途径。迷雾般的生活,自身被困在湖中小舟,四周不见光亮,只得摸索前进,她有自己想要的答案。

2

  四年前,宋墨凭借自己的资源打点好了一条从东北开始,途径北京,止于上海,贯穿所有一线大都会的路线。他相信林霏只要盛装出席就能够捕获所有人的注意。

  越野车成为宋墨和林霏的移动堡垒,他们白天赶路,林霏会赤脚躺坐在后排座位,有时望着窗外纷繁变化的景象出神,大部分时间会安静地阅读有关模特的书籍。他们晚上就近选择住宿,闲暇之余宋墨会向林霏传授所有他知道的关于模特的内容,包括她需要掌握的社交礼仪和专业技能。

  宋墨始终是一个对待职业一丝不苟的男人,并且对这个行业怀揣理想愿景,他不愿自己成为这个行业潜规则的一员,很多时候只眼睁睁看着各方势力相互交易。人们用有的换取没的,有时这样反而正常无比。只是他不愿意这样的事情发生在他自己或者林霏身上。

  在极短的时间内,林霏从一个还有所拘束的年轻少女蜕变成为一位浑身上下无不显露韵味的绝色美人,如果说之前的她仅是将自己的美暴露出来,那么如今她已能够完全掌握自己的魅力,使之恰到好处地倾泻。

  宴席、酒会、活动现场、商演现场……林霏做的仅仅是穿上与自己相得益彰的衣裙,化上充满艺术性的妆容,挽着宋墨的胳膊来到每一处社交场合,所有人的目光便无法再从她身上挪开。

  ——她将与哪座城市约会?

  在短短两年的时间内,林霏成了所有一线城市的梦中情人。每到一个新城市,那里的人们都开始为她疯狂,媒体猜测她的动向,打听她会参加的活动,当地的广告商和模特公司递来无数高额出场邀请,所有人都想要抓住这次难能可贵的机会脱颖而出。

二　惊世骇俗

林霏或优雅或野性，或清绝或艳丽，驾驭着不同的风格以不同的面貌示人，如女王一般高傲地掌控舆论浪潮。

完美，一个不可能存在的意象，正在以一尊女性的形象真实地出现在这个世界。

——艺术界的神雕侠侣！

宋墨作为经纪人也将他的才能发挥到了极致，不仅将林霏包装成为全国无可匹敌的明星，同时保护林霏不受任何束缚。他们没有签约任何公司或者长期合同，只凭借宋墨的职业素养和林霏的才华便将这个行业踩在了脚下。

他们结束一个城市的浪潮便随即前往下一个城市。他们在车上奔波，累了就在车上休息，林霏将自己的全部展现给宋墨，直到对宋墨再也没有任何顾忌。

对外人而言，她是拥有绝对美色的女子，对宋墨而言她是一个年轻的普通女孩，拥有黑暗和私欲。

"……徐先生与我的合作，源于我们共同对这个世界的热爱。模特不仅仅是高雅人士的独赏，而应当成为文明与先进思想的名片。在我们成长的这几年里，我们进行了许多公益性的捐赠和倡导。我们关注身体羞耻、性别平等、乡村小学、妇女权益以及无数年轻设计师，不断为了实现雅俗共赏，全民共赏而努力着。女士们先生们，我代表徐先生，以及行业内的所有奋斗者，谢谢你们。"

林霏享受这个过程，仿佛她就是为此而生。人们瞻仰着她的美，更瞻仰着她的事业。与此同时，她也知道如何应对那些不怀好意的人——她喜欢靠只言片语挑逗那些凑近的男性，喜欢穿布料稀少的丝质长裙，那双眼睛成了无限放大他人欲望的利器，而在完成这些小动作后，她却又消失得干净利索，不给任何人留下机会。原本用以讨好她的东西一转眼便成为慈善活动的一份助力。

只是这总让宋墨感到担忧。

"是你说的，宋墨。是你要组织这些捐赠，我不过是在帮你啊。就算没有我，他们也会拿这些钱去骗其他的小姑娘，不是吗？"

"但你这样很容易受到伤害，你不知道他们会用什么办法将你留下，这很危险。"宋墨站在门口，看着林霏自顾自地洗漱。

女孩对着镜子说："我喜欢这样。"

"但我不允许你这样，你不应该站在危险的边缘，我很难保证你的安全。"他的声音有些大。

•回声

　　林霏停了下来，在那一刹那，她的眼神中掠过一丝冷漠。这个充满傲气的女孩叹了口气，随即挂起笑意靠近宋墨，搂住他的脖子轻声说："宋墨，你在担心我会离你而去吗？你对我的意义非常重大。如果我无所依靠，早晚会被自我反噬，或者戴上面具慢慢忘记自己是谁。我需要一个角色，一个我不需要任何掩饰和顾忌的角色，能够寄放一个普通女人的念想和脆弱，我需要这个角色和我彼此信任没有任何猜忌，我能将自己的背面完全暴露给他。其他人都不能够胜任这个角色，唯有你。"

　　宋墨的心中产生一股复杂的情绪，他为林霏的这番话有所平复，又觉得自己很难掌握她的心。

　　这个诱惑他与她私奔的少女内里有不可想象的能量。

　　"或许对男人而言，相比于神明，你更像是恶魔。"

　　"神明和恶魔的区别是什么呢？人们总是用自己的道德去衡量无法理解的东西。女人需要的是自我满足。甚至对我来说，是谁和我在一起都不重要，只不过在这个过程中我感到自己是完整的。"

　　他冷笑道："那你何不去找那些渴望得到你的男人？"

　　林霏猛地扬起双手："也许有一天我必须如此。"

　　"林霏，你的小把戏能让你赢得更多关注，但你要谨记不被抓到把柄，否则谁都会吃了你的。"

　　"那么他最好连渣也不要剩。"紧接着她又把手移到身前。

　　"为什么你总是这么想？"

　　"有时我会觉得自己被困在这副身体中，它迫切地想要被看见，被供奉，被占有，似乎我不这样做就是一种罪孽。但与此同时我也明白所有想要占有我的人都不是出于善意，他们并不是为了得到，而是为了控制——人们对爱的渴望不是在于得到的能力，而是在于失而复得的权力！"

　　林霏仰着头转身，走过散放着衣服的地毯。

　　"你之所以能够出现在任何重要场合，都是因为他们想要借你得到更多关注和舆论。不论是什么事，只要你出现，就一定是大事。"

　　"所以我只是个工具？"她用手指着自己的鼻子。

　　"当然不！我对你的期望很高，你要给别人带来希望，带来安慰，带来信仰，带来爱。这是你给每一座城市赋予的意义。"

"或许我们应该去下一个地方了。"

"我们已经去过所有的一线城市,梦幻之旅已经结束了。接下来就是你的职业生涯,这是你的工作。"

"可是我们有好多钱。"

"是的,但我们不能一直在路上。如果你要彻底地征服别人,单靠你的把戏是不行的,你要有所成就。是你,不是我。如果你只是照本宣科的话,迟早会被人看穿的。"

"什么才算成就呢?"

宋墨想了一会儿说:"一些更深,更宏大的东西。比如对生命的赞颂,对女性权利的表现,我觉得这些未来都可以加入你的……我们的信条当中。林霏,模特并不只是一个衣架子,它是一个载体,一个器皿,它盛放的东西不在你身上,而在你身体里面。"

"你是一个善于激励别人的男人,我很敬佩你这一点。"林霏由衷地回应道,"我很希望自己可以达到你的要求,也许再过几年,当我更成熟一些或许就会理解你的意思。只不过现在我只是一个拥有七情六欲的女孩,饿了就要吃饭,困了就要睡觉,并且幻想自己是一个等待王子的可怜公主。"

她向后一跳,瘫倒在床上。

3

普通人的生活到底是什么样的呢?

从少年时期一跃进入社会,她的经历无法被复制或借鉴,一头扎入不能重来的道路前行,就连自己也不知未来如何。

她已经二十二岁,内心却像年迈体弱的老妇,亲身的遭遇已经超出同龄人太多,而最终得到的是四面八方涌来的迷茫。

如果按照正常的秩序,林霏此时应该在大学里学习她不太喜欢的专业,在同龄人之间交际,拥有和他们相仿的喜好,在互联网世界里和不同的人喝彩或"对线"。

有限的朋友圈,近似的喜好,明晰的规划,若干场幼稚的恋情。在这些发生

回声

之前，她可以算得上是优秀的中学生，正是因为同龄人在她眼中显得幼稚，学习一度成为她唯一能够专心做的事。

可是现在，她的形象同懵懂的女大学生有着巨大的落差：一个二十二岁的女孩，身着昂贵长裙，脸上尽是阅历社会后的老练。

只有在无人的时候，她才变得毫无表情，只透出成年人独有的憔悴和淡漠。这让她想起一些公主童话，或许这就是某种诅咒。

所以平凡到底是什么样的呢？一个年轻的，轻易获得光鲜生活的少女无法体会，她甚至没有观察的机会。她在生活中看见的，只有她透过这扇门能够看见的东西。那是很小的一部分。而这也正是林霏感到无力的地方，因为她的遭遇，她的痛苦是不能被分享的，只得内化和潜伏。

她急切地渴望一段简单持久的关系。

林霏坐在西餐厅一角，百无聊赖地摆弄着餐具并且漫无目的地幻想，她不确定到底是那个男孩引起了恋爱的冲动，还是恋爱的冲动使她找到那个男孩。

那个她见过多次的服务生，常常在远处和同伴打闹，露出单纯笑容的干净少年。

原本顾客稀少的高档餐厅因为下雨的缘故，只有林霏一人坐在窗边。从巨大落地窗可以窥见整条步行街全都浸在雨水里，绵绵不绝的雨水会让这条街道持久湿润和拥挤，路面被染深，街上的一切都使它变得拥挤、逼仄，难以忍耐。

林霏只点了一份牛肉。

熟悉的服务生靠近，脸上带着羞涩的笑容。从眉宇、鬓角、嘴角都可以看出那一份纯真。

"我见过你很多次了。"男孩说，"今天是一个人。"

被随意挽起的袖口，精心打理的蓬松卷发，黝黑的皮肤，修长的手指。她被他吸引，不是因为他的独特，而是由于他的简单。

精致的男人她已见过无数，他们熟练隐藏自己的欲望，占有手段隐秘而危险。眼前男生只有憨厚的笑容。

林霏含蓄地笑："我现在正在休假。"

男孩点头，为她整理餐桌，摆放纸巾，行为舒缓富有礼节。他的嘴角细微蠕动，有些话想说又不敢，他知道如果离开将再也没有靠近的理由。

"你叫什么？"林霏问。

男孩愣了一下。

"念善。"

"念善，多么好听的名字！我叫林霏，"林霏笑着伸出手，"我可以等你工作结束。就在这儿。"

他很早就认识这个叫林霏的女人，每一次出现都身着华服和不同的商务人士用餐。他知道彼此世界不同，刻意远离，只选择在暗处远远看她。

毫无疑问，他不是第一个被她迷倒的男性，也绝不是最后一个。

林霏？这是真的吗？他不得不产生怀疑——她的话没有使他兴奋，一个本分的男生怎么可能轻易相信绝美女郎的邀请？他内心在揣测，前面好像有什么危险的东西在等着他。

现实从来不像童话故事般充满惊喜。是的，他想，也许它会发生，但绝不会有好结果。

"念善。"她打断他的神游，"请相信我，我只是……想认识你。"

他感到自己太失礼了！

他竟然对主动的请求这样迟疑，于是连忙摇头："没有没有，我很快来找你……"说罢，男孩迅速离开了餐桌。

林霏看出他的迟疑，如果二人互换，自己同样会犹豫不决。只因为她的面貌，她的气质，她的世界，即便男孩无意冒犯，她也因此感到委屈。

能使林霏感到难过的从来不是对自己的怀疑，而是永远使别人对他们自己感到怀疑。

在餐桌前坐了一个小时，念善和同伴换了班与林霏一同离开。换掉工作服后，男生穿灰色线衫和牛仔裤，粗黑眉毛，目光深邃，带有一些暗红色的卷发使他看上去有异域气质。

他的确很有礼貌，走在林霏左侧为她撑伞，没有说话，路过台阶时总会提醒她一句。或许是工作需要他变成绅士。

接近十点钟，步行街人很少，罕见的情景。除了巨大广告牌和闪烁灯光外，

· 回声

一切无法再过朴素。商家大部分已经歇店打烊，还有一些在紧张备货，小型面包车来来往往，搬动货物偶尔发出沉闷的声响回彻上空。

男孩撑伞沉默无言，林霏也很羞涩，她很久没有这样的感受，面对男性露出笨拙的一面。在过去与各色异性交际时，性格多变，交际手段娴熟，有时自己也无法分清哪个是自我。而现在，她内向如同孩童。

沉默太久，念善才主动问道："林小姐，我有什么可以帮你的吗？"

他的语气十分坚定，如果不是因为林霏遇到什么麻烦，是不会突如其来找到他的。他相信这一定和那些和她聚餐的人有关。

林霏连忙摆手："不，你不需要帮我。我只是想认识你。"

"认识我？"

"当然。"

"可是我和你一点关系也没有，"念善警觉起来，"你直接告诉我你要做什么吧。"

"我……"林霏正欲反驳，却难以启齿——没错，任何人都会这么想，一个女郎忽然找上一个服务生，肯定没有什么好事。

"我在这个餐厅吃过很多次，也见过你很多次。我很难解释清楚为什么，但冥冥中我明白自己必须要认识你。你和那些人不一样，我可以看出来，你很干净。"

"干净？林小姐，但我可不傻。"

"当然，我没有这个意思！"，林霏干脆停下脚步，带着哀求的神情对念善说："求你了，我只是想认识你。"

这让念善有些不知所措，随后笑了起来，那是像太阳一样温暖又亲切的笑容。他说道："我相信你，林小姐，我相信。对不起，我冒犯你了。"

"不，你没有冒犯我，是我太冒失了。"

他们重新顺着街道往前走，气氛相比方才轻松了很多。

"来这个餐厅比较频繁，我经常看到你。他们谈论工作的时候我不能玩手机，只好四处观望，很多时候都在盯着你看——这么说真是有些不好意思，不过我确实很喜欢这么做。"

"为什么？"

"因为你笑起来令人感到温暖。那些男人，就像你看见的那样，大我几十岁，抽着烟，满脸假笑，眼睛里全是可恶的猥琐的光，你叫我如何与他们相处！"

"可是在我看来，他们都很儒雅……"念善的声音有些微颤。

"他们简直是虚伪的代名词。"

"可是这和我有什么关系呢？"

"我只做喜欢的事情，比如认识你，我会采取行动，哪怕对你来说有些唐突。我从未怕过任何事，只是近来我的境况常使我担心，所以我需要一个倾诉的对象，你不嫌弃就好。"

"我当然不会嫌弃。"

"我只是无法脱身，也无法妥善处理这些琐事。工作一直在逼迫我，并且变本加厉。我感到恐惧，想放一个很长很长的假，念善，你是一个纯粹的人，不像他们各怀鬼胎。所以我想认识你。"

"我……我很荣幸，林小姐，从小别人就说我是个非常好的倾诉对象。"

"不要再叫我林小姐了，叫我林霏吧，就像我叫你念善，而不是念先生。"

念善愣了一下，犹豫着喊了她一声："林霏……"

"就是这样，念善，我是一名模特——或者，曾经是。我也不知道现在我是什么。我很早就进入社会，工作，奔波，很快我就厌倦了那样的生活，来到这个偏僻小城，开始真正地关心自己。即便我还没有什么进展。"

从前那个不可一世的年轻女孩早已成长，懂得隐藏自己的需求和情绪，这是所有人都必须要学会的技能。但是在这个时候，林霏才终于明白二十二岁的概念，她小心翼翼感到兴奋和快乐，庆幸自己结识一个纯朴少年。

她有很多话要讲——当然只选择一部分讲给他听。她喜欢被热烈欢迎的感觉，而这种热烈来自纯粹的内心，是她太久太久没有体会到的。

"是什么样的模特？"

林霏想了想说道："时装、摄影、艺术……我做过很多事，如果你翻一翻几年前的杂志，说不定就看见我了。"

"那你一定很有名吧？"

"恰恰相反，在这里谁也不认识我。"

念善有些支支吾吾，但他知道必须要告诉她心里的想法："其实我很早就注意到你，就连你最喜欢牛肉我也记住了，不过这并不是为了刻意接近你，或许只是出于工作习惯吧。你知道，我只是一个服务生，我也只能做到这些。"

• 回声

"原来你一直偷看我？"

"我总是在暗中观察你，你在那些男人面前的样子，我知道那不是你。我做这一行，见了很多人情交际，他们虚假，带有极强目的性。虽然你在他们中间，但你从来置身事外。"

林霏对这番话十分感动，这就是她想要表达的意思。

"没错，念善，永远置身事外。"

他们散步到十一点，念善随后送她回家。临走时，林霏告诉念善自己会经常光顾餐厅，如果有空，希望他能够陪伴自己。

念善对她说："林霏，一定有许多人想认识你，如果不是今天，不知道我要排几年的队。"

"但也许你已经拿到内场票。"她笑意盎然，悄悄在他手心里塞了什么，随后转身离开。

念善打开手心，却发现什么也没有，只有指尖短暂的温热。

念善的存在成为希望的寄托。因为他，林霏想到男性时，脑海里便出现积极的事物：阳光、水流、干净的面孔。他没有熟练控制他人的能力，他只是一个普通的少年。

在普通少年面前，她也就成为一个普通的少女了。

4

念善在她的餐盘中放了一张明信片。正面画着一个笑脸，背面是山谷中的老旧寺庙，经幡被风吹动五彩斑斓。看得出明信片被存放很久，略微发黄，照片色彩也变得暗淡。

他说，这是他偶然碰见便随手买下的明信片，其中的风景来自他的家乡。念善有少数民族血统，看上去比别人黝黑健壮，眉毛粗黑，单纯的笑容可以给人带来愉悦。

林霏和念善已经相处两周，她穿着一身棉麻衣裳和布鞋，只有少许放松时候才会穿这一套衣服，棉麻上衣里只穿运动内衣，全身透气，是最舒服的搭配。

她在他面前转圈，想要得到赞美。

念善笑着说："不论什么衣服都很适合你。"

"如果不是这样，那我怎么会成为模特呢？"她笑着说。

"我找到了几年前的时尚杂志……天哪，原来你那么火。我不敢想象你的生活是什么样的。"

"不，不要这样想。我的生活和你没有什么不同，或许比你更加辛苦，所以我才选择逃离。我喜欢和你在一起，散步或者聊天，这让我感到惬意。"

"你的父母呢？他们应该会支持你吧。"

"我太久没有见过他们了，他们是我最不希望见到的人——这么说可能会很幼稚，但这是事实。如果不是你提起，我也许在很长时间里都想不到这个名词。父母，对我而言和一个物理词汇差不多。"

念善扬起头望着天空："其实早些年我可以去外地创业，但我离不开这个城市。我和母亲在这个城市相依为命，我得照顾她。我想这就是家庭的意义——你就像一只风筝在风里飘着，但你知道有根线一直牵着你。"

她随着他的话陷入沉思，很久没有回应。她内心深处的某些东西忽然被唤醒，被刺中，一股隐藏的耻辱如同水中气泡浮出水面散开波纹并且难以平静。

家庭带来的影响吗？她内里的黑暗全都是因为"家庭"吗？她好像找到一个合理的答案来解释自己久久挣扎的东西——那个沉默沧桑的女人，那个陌生虚幻的男人。

他们令我感到羞耻！

"你父亲呢？"林霏面不改色地问道。

"我父亲早年去世了，后来我就一直在照顾母亲。我哪里也去不了，但是从没有后悔，因为我母亲是我唯一在意的人。我爱她，她也爱我。只是偶尔想起会有些……不甘，又因为这股不甘感到愧疚，母亲为我做了太多……"

林霏看见念善眼中的失落，她伸出手去抚摸男孩的脸庞，凑近他，轻声对他说："嘿，你是个好孩子，你母亲会为你感到安慰。我想她也会一直为连累你而感到歉疚，你应该顾及她的感受。"

"她希望我可以遇见一个好女孩，能够相互照顾。她的初衷是为我好，但她偶尔流露的伤感成为我无法承受的重量。哎，我的未来是清晰可见的路，这条路上没有惊喜和转折，明明白白铺在我面前，我要做的只是走完它。"

• 回声

"所以你和其他人都不一样，念善。因此在那群人之间，我只注意到了你。你不像他们那样浮躁和忠于玩乐，你有自己要完成的使命。我们才刚刚相识半个月，可你带着我见识到一个纯粹而安稳的世界。"

"不过是个平凡的世界罢了。平凡，平凡好吗？"念善自嘲道。

林霏松开握着他的手，举起并且观察自己的手背。手背上细浅纹路交织，一双纤细素净的手。她想要在空中握住什么东西，随后又展开。

她知道这双手触碰过哪些事物，干净或者肮脏，光明或者隐晦。可此时，它只是这样一双手，没有任何东西遗留于上。

"不，念善。有些人会无比渴望拥有平凡的生活。一个平凡的生活，这是我唯一想要的东西。我想平凡并非烦琐、平俗的生活，而是一个干净的没有杂音的心境。你知道吗？那些灰暗的耻辱和痛苦灰飞烟灭，像是打一个响指，然后全都忽然消失。"

她说的时候，打了个响指，发出清脆的响声。

当念善说到母亲希望他能找到一个般配女子的时候，林霏心里掀起一阵波澜——她猜想那个人如果是她会怎么样。

或许她真的应该抛弃一切同念善一起生活，像念善一样看着未来能够有一条清晰可见的路。

"一路走来，我一直活在未知里，时常为此感到后怕。好在我认识了你——你得知道这么做所付出的勇气可能要比其他事情大得多。你可不能让我失望！"

念善抿着嘴笑："我可不敢拥有你。"

林霏看着他，愣在原地，内心再一次失落，她再一次被判断和拒绝，即便面对的只是一种可能性，他人也要否定。

"是的，所有人都这样想，最终我只能成为众矢之的。我从来都在独自探索，没有人真正靠近。我遇到的所有人，不是仗着他们的权势控制我，就是太过畏惧我的光芒而远离。别人被孤立或许出于他们的缺点，我被孤立是因为我……"

"不，林霏，一定会有人可以体会你的所有感受，接纳你，成全你，给你归宿。"

她苦笑："我从来不相信这种善良的祝福。"

他们顺着街道这样交流和行走，直到双方都陷入沉默才感到疲倦，街上已无人，偶尔有车辆掠过带来一阵风声。他们朝着林霏的住处走，一直走到楼下，看着林霏进入楼道他才转身离开。

二　惊世骇俗

他被林霏握住的手接触新鲜空气，汗水蒸发，这才发觉她牵了他一路。林霏在念善即将离开的时候叫住他，随后靠近对他说："念善，和你在一起无所顾虑，我们可以一直这样吗？即使时间短暂也没关系，我需要你的安稳。"

"当然，只要你想。"

"我会一直是你的太阳。"他心里说道。

徐秉超十点多听见林霏回来，正好看见她一手关上门，一手拿着雨伞。他没有见过她这样——没有妆容，没有锋利的眼神，甚至有些不像林霏。

那张天然精致的面容此刻素净湿润，依稀可以看见细微毛孔，这样的她忽然变得平凡了——的确如此，在以往即使不加任何修饰，她的面容也自然无可挑剔。然而现在，她嘴角的浅笑，略微凌乱的发角，还有泛红的鼻子，烟火气跃然面容之上。

"每天都在外吃，对身体不好。"他说。

"是吗？因为我不吃你做的饭而感到不快了吗？"林霏语气难以自掩的轻快。

"我不在意你是否吃我做的饭，"徐秉超出于礼节，为林霏倒了一杯白开水递过去，"你近来有些变化。"

他的语气平缓。

"这与你无关。"

"是的，与我无关。"徐秉超不打算与她继续交流，而是转身回到自己的房间，"我们这样的人，早就失去对爱的希望了，不是吗？"

林霏对他的话下意识地反感，随后反呛了一句："也许只有你是这样的。"

他忽然对林霏产生强烈的厌恶，以及被背叛的愤怒。厌恶是因为他忽然意识到林霏同其他许多女性一样，将希望寄托于华而不实的事物上：未来、正义、爱……而他认识的大部分女性都有这个特点，即便那些身遭痛苦的人最终也没有真正明白痛苦的意义，转而将自身埋没进世俗生活，企图以平凡时光掩盖耻辱的记忆。啊，那么痛苦不就毫无意义了吗！

而愤怒是因为徐秉超忽然发觉他太高估眼前的女人，因为她的外表，因为他对她的期望——她或许同其他人无异，她的一切都只是表象，压根没有他假想的"神性"。在他眼里林霏应当是一个独立稳重的形象，仿佛一件被供奉起来的充满

• 回声

神圣意味的青铜古器。

可是，人不正应该这样吗？即便遭遇痛苦也要充满勇气面对自己的生命，不顾一切追随着爱与希望。

或许是这样，可这绝不是徐秉超所盼望的。

是因为年少时那个女孩吗？还是因为他所见到的所有对痛苦无感的麻木的人们？正是因为他们如此，才无法明白痛苦的意义。黑暗，是通往光明的通道……

徐秉超烦闷极了，他感到有些失望，长大以后，他再也没有见到一个同他一样，明白他的感受的人。

他对林霏的幻想有些破灭，在徐秉超眼中，她近乎透明——他在她的面容中看见少年的自己，而他的结局，终究也将成为她的。

5

徐秉超跟着父亲来到陌生沿海城市，那时他十四岁。父亲安排他进入当地的初中，在离学校不远的小区里租了一间房子。学校附近的房子价格都很高，这些学区房同时处在初中和重点高中的范围内，都是简陋的旧式大院，建筑时间很久，墙壁斑驳，屋舍陈旧。除了一部分学生家庭在这里居住，更多的是老年人。没有改造过的小区，道路窄小，到处都是植被。树木的枝干伸到路上，经常可以从房子里听见车辆路过和枝叶擦碰的声音。

父亲对徐秉超说："秉超，你要考入这所重点高中，其他什么也不要想，有爸爸在，你的任务只有学习。"

来到新的地方，父亲同先前有了巨大变化。他变得沉默严肃，沧桑感忽然就这样暴露出来。一个不会任何家务的四十多岁的男人开始学习买菜，做饭，在工作之余照顾自己的孩子。

进入陌生环境的徐秉超受到很多人的关注，这个来自遥远北方的孩子自身带有独特气质，一种叫人想要亲近却又难以靠近的气场，面容清净，内向沉默，至少在最初，有许多异性对他产生好奇。

但是徐秉超无法自然融入这个群体，他感知到的一切，连同这一切的细节都无比陌生，很多时候自己理解不了别人的言行，久而久之也没了理解的欲望。父亲叫他一心一意学习，此外一切于他都毫无意义。

一个坚硬的保护壳正在逐渐形成，或许从踏上这段旅程开始就已不断发育。

他感知到心中恶的存在，一双毫无情绪的眼睛时刻洞察他的内心，在他快乐的时候以锋利的眼神使他惊恐，在他悲伤的时候以荒芜的眼神使他沉浸。

要说一个十四岁的少年觉得自身与外界的联系正在减少或许有些夸张，但至少，他忽然看见自身同世界之间的锁链，那一条淡绿色的线条连接着他的意识和这个日趋难以理解的世界。

这条锁链到底代表什么呢？是父亲吗？是自己的身份吗？是生命吗？他尚未得知。

只是在这一年，徐秉超忽然渴望一切从头来过，像做一场梦一样苏醒，然后被救赎。

他实在记不清有关那一天太多的细节。

"你是叫徐秉超吗？"她问他。

女孩从门口闪出来，径直走进教室来到他座位前，男生点点头，半眯起眼睛打量这个女孩，不确定她和自己是否同班。

她随即攥住徐秉超的手腕，硬生生将他拉出教室。他没有料到女孩有这样大的力气，手腕被攥得生疼，桌子也差点被撞翻，突如其来的惊吓使他来不及思考便和她一同离开人群。

他们来到办公楼的楼顶，办公楼比教学楼冷清得多，楼道里没有任何声响，只有两个少年的脚步声。徐秉超站在女孩身后，看着她吃力地推开铁门，天台便展现在他们眼前。

没有太阳，天空布满阴沉的云，还有来自高处的风。除此以外都稀松平常，天台不过是简陋的楼顶，水泥地面，一些太阳能板。女孩朝远处走，一直走到边缘，那里只有低矮的栏杆，刚好到女孩的腰。

"这里没有人来，这里只有我。有时会有一两个学生跑到这儿，不过见我以后很快就离开了。"

• 回声

　　她回过头看他，风把她的头发吹乱了，遮住了半边脸。她有同她形象不符的声线，那是极其温柔的，充满宽容的声音。他怎么也无法将这样的声音和她的外表联系在一起。

　　眼前的女孩有些胖，个子不高，整齐的刘海和黑框眼镜几乎霸占了她一半的脸。镜片是很厚的，从侧面看眼窝扭曲形变，眼镜后是她一双狡黠的眼睛。她的眼神飘忽不定打量周遭的一切，这使他心生厌恶。

　　"你是谁，为什么要带我来这儿？"

　　成修竹，她这样称呼自己。

　　徐秉超很后悔来到这。

　　可是——凡事皆有可是——他被她的声音所吸引，那是属于精灵般的声音，轻轻地落在耳边，又轻轻地被风吹走。不高不低的音量刚好能够被听见，但也只限于被他听见。

　　"你一定有许多问题想问。我是谁，来自哪儿，为什么我要带你来到这儿。可这些问题的答案对你而言不重要，真正重要的是你是否明白自己是谁。"

　　"我？"他伸出手指向自己。

　　"看哪，秉超，你从这里向下看，几分钟前你是他们的一员，而现在你站在高处好好观察一下，你会不会感到陌生？秉超，自从你来到这里，我就观察你，我知道你不属于他们。"

　　"我不懂你在说什么，我刚转学到这里，还什么也不知道……"

　　"在你内心深处，你是迷失的，你有说不清的恨，有止不住的恶，你不属于他们，不属于这个世界。你缺乏安全感，需要同类！"

　　他的心跳加速了，仿佛被人看见赤身裸体，羞耻感使他面颊发红。这一刻他意识到过去的时日中，他不过是伪装和附和，真正进入他内心的事物少之又少。

　　"你……你不回去吗？快要上课了……"他紧张得有些口吃。

　　然而少女的情绪没有一点变化，而是直直地看着他，眼神里流露出怜悯。没错，他看见了这份怜悯，这使他刹那间变得渺小起来。

　　过了一会儿，上课的铃声便响起了，回荡在这片区域上空。徐秉超急切想要逃离，他内心在惶恐。

　　任课老师会发现他逃课，班主任会得知，他的父亲会得知，所有人会得知——

一个刚来到这里的沉默的少年已经学会逃课,同一个异性厮混。他联想到一切可能发生的后果,而这铃声就是对他的通牒,最后一声警告。

她攥紧他的手,面无表情,攥得那样用力,徐秉超试图忍耐,来自关节的尖锐的疼痛瓦解他的任何勇气。直到铃声响过两遍,教学楼完全安静下来,周遭一切宛如静止,她才松开他,原本的皮肤已经青白,随即变得深红。成修竹没有为此产生任何歉意:

"秉超,我想拯救你——我们彼此互为同类。你知道同类是什么意思吗?同类相互识别,彼此依存,完全理解和信赖对方。哪怕只是一句话,一个词,一个眼神,就能完全明白对方的意思。同类之间没有顾虑,没有禁忌,没有性别,什么也没有,就像从来都是一体的。"

徐秉超不停揉捏自己的手腕,他对此充满愤怒:"谁和你是同类!"

"如果没有我,你永远不知道自己想要什么。你以为你像其他人一样上课、做广播体操、写作业就心安理得吗?不,你只是把自己伪装在人群里,对心里的黑暗熟视无睹。但它迟早吞噬你,让你在这个世界里找不到方向……"

"你闭嘴!"徐秉超没有想到他的声音会这么大。

她忽然歉疚地低下头:"对不起,对不起。我有些混乱,我不该对你做这些。你可以陪我到下课吗?"

女孩的笑容绽放出来,眼睛眯起来,眼角有着细微的纹路,她伸出手去触碰徐秉超的脸颊。

他的生命中这样闯入一个异性,带着未知的谜团和与自身不相容的特质来到身边。

"你为什么找上我?"徐秉超的声音有些颤抖,他心里觉得自己不应该害怕一个陌生女孩,忽而对自己受到惊吓的样子有些自怨。

"同类之间相互识别。我捕捉到你身上独特的气质,那股气质我在别人身上找不到。"

"什么气质?"

"和我一样的气质。黑暗、孤独、迷茫,和别人格格不入。我的爸爸妈妈前几年就去世了,舅妈一家收养我,她没有自己的孩子,也不太管我,因为工作原因经常不在家里。"

·回声

"那你一定很痛苦。"徐秉超的语气缓和了许多。

"痛苦得要死掉!很久以前我就没有认真上过课,每天都不知道该做些什么。我总是在想关于死亡的事,可心里觉得很不甘——直到我听说有个转学生到隔壁班了,我注意到了你,心里冥冥觉得有了答案。"

"什么答案?"

"我说不清楚,我只知道必须要和你相识,在这之后发生什么就不得而知了。"

"你不上课,以后怎么办?"

"我不喜欢讨论未来的事。富贵或者贫穷,这个职业或者那个职业,一个体面的律师和普通的工人并没有什么两样。秉超,你内心在接受来自这个世界的价值观,你在被物化。可是有一天你明白此世到底意义何在,这些将不再重要。"

她的每个字句都被徐秉超听进心里,就像唤醒他心中封印的咒语。徐秉超感到一阵慌乱,发觉自己已经沦陷其中。

是因为年少的叛逆吗?是因为无知而消沉吗?他不得而知,只是女孩代表的道路最终会走向哪里,终点绝不是光明。

"我知道你是什么感受。坐在那教室里,佯装和其他人一样,可你什么都听不进去。你的耳朵和脑袋之间像是横着巨大悬崖,两者无法连接。成绩下降倒不是什么大事,你知道什么最可怕吗?是有一天你发觉自己已经习惯了伪装,哪怕你内心自知始终无法融入他人,你也无力改变。"

"你是怎么知道这些的?"徐秉超忽然觉得自己被理解了,他立马轻松起来。

"我看见你眼中的秘密。"她忽然靠近他,以至于可以闻见她的气息,"前几日我便看见你内心深处的恶。这份恶诞生于你的遭遇,诞生于黑暗。只有我能看见,别人看不见,那是一道绝对冷静的光,从你心里照射出来,可是这份恶还太小、太稚嫩、太脆弱。总有一天它会侵占你,使你陷入迷途。"

"你凭什么这么说?"

"因为我就是如此。我从痛苦中习得的东西太过快速和庞大,我需要太多时间去消化,而不是陪同其他人演绎一个正常者。徐秉超,只有我可以指引你,使你习惯黑暗。"

"可是,什么是黑暗?"

成修竹的内心展现出一幅画面来,如同梦魇般缠绕在她周围,每每想起,她便情不自禁闭上眼睛。

父母是在成修竹眼前去世的。

她从小是一个聪慧的孩子，并且心智要比同龄人成熟得多。新闻上频繁出现的天灾人祸常常使她感到悲痛，一个又一个数字背后是鲜活生命的戛然而止，连带家庭一起跌宕在命运随机策划的把戏当中。

只是她从没想到这样的悲剧会发生在自己身上。就像是老天爷明知道她有一颗敏感的心，还非要用锤子狠狠地砸下去。越是这样，她就越迫切地想要找到爱，这个唯一能拯救她的东西。

徐秉超看着眉头紧皱的女生，她没有回答问题，而是转身向远处眺望，前方是一片平房，城市被尽收眼底。

"秉超，大部分时候我都在这里，如果你相信我今天说的话，你就再来找我。"之后是长久的沉默。

下课铃响起，徐秉超如梦初醒般离开楼顶，他再一次回到人声鼎沸的教学楼，朝原来的地方眺望，楼房顶端的人影已经消失不见。

他回到自己的教室，周围的人都用怪异的眼神打量他，羞耻感使他有些脸红。

他在杂声中捕捉到成修竹的名字，他们议论她——丑陋的女孩，乖张的孤儿，没有教养的人。

有那么一刹那，他站在她的身边替她感到不平，这个感觉随即消失。他想与她划清界限，因为谁都不会愿意他和她产生任何联系，包括他的父亲。

可他们看过她的真实模样吗？她是否对其他人也如此？

6

十四岁，他们不出意料地成了密友。

徐秉超无法割舍这一种特殊的关系——成修竹可以洞穿自己的一切秘密。

他们经常进行漫长而无边际的对话，成修竹仿佛是一个靠秘密为生的精灵，

•回声

生命力越发旺盛起来。

徐秉超养成的习惯，就是在周日下午前往成修竹的家里。

修竹舅妈因为出差时常不在家中，她总是孤身一人。徐秉超来到门口，轻轻地敲门，随后听见里面传来拖鞋靠近的声音。她凑在门边悄声问："徐秉超，是你吗？"

"是我。"男孩小声回答。

然后女孩扭动把手，徐秉超就进来了。

成修竹的卧室，床靠着墙壁一侧，桌子靠着窗户一侧。有时候她坐在桌前画画，徐秉超侧身躺在床上。

他望着她的背影，没有扎辫子的修竹仿佛一头温顺的幼兽，乌黑湿润的头发披在后背上，像瀑布一样倾泻下来，几乎盖住全部的身体，她习惯两只小脚赤裸着踩在凳子的横梁上。

成修竹有些微胖，那种胖对徐秉超有着特别的吸引力。从后面看，她的小腿像两根肉做的萝卜——至少在徐秉超尚未明白什么是欲望以前，他是这么想的。他只对此感到别致的可爱。

年幼的遭遇让他在内心深处垒起高墙，将自卑、恶、孤独隐藏其中，男孩面对其他任何女孩，心里都会产生排斥。

他只对成修竹没有如此，她和他是一类人——不被人待见，内心有痛苦。他愿意和她在一起。

"秉超，你为什么来到这儿？"成修竹背对着他问，手上还在写写画画。

"我妈走了。"

"是去世了，还是离开了？"

"应该是……病故吧。我爸不告诉我，但我猜得出来。"

成修竹回过头，眼睛里先是意外，而后变成理解。但她没有到他身边去安慰他，而是重新把头转了过去。

"你会为此难过吗？"

"也许你不信，但到现在为止我都没有太大的感觉，反而觉得家里终于没有争吵了。"他叹了口气，"修竹，我是不是很自私？"

"你不自私，我们是一样的，我不觉得你自私。"

"我四岁的时候,我家楼下有个杂货店,老板娘养了一只白色的小狗,我经常和它玩,老板娘也很喜欢我。有一天我和那只狗转圈圈,踩到了它的腿,它发出呜呜的声音,眼神中流露出惊恐与绝望。我瞥见那条被我踩到的腿,已经骨折形变,我趁老板娘不在就跑了。

"后来有一次我路过那家杂货店,我看见她抱着那只狗,那条腿已经瘸了。我不敢和老板娘对视,但我在余光里看见她正恶狠狠地盯着我。这是我第一次体会到什么叫内疚,我伤害了别人,到现在还记得。"

成修竹停下手中的画笔,站起来看着他,走近他,对他说:"一个年幼的孩子懂得了畏惧和愧疚,就会从只有自己的世界里解脱出来,允许别人进入他的世界。你一直记得那只狗的感受,由此你才不敢伤害别人。"

他若有所思地点头。

女孩忽然又落寞说道:"也正因此,内疚便永远都不会消失,久而久之变成一份负担。秉超,或许再过几年你会发现,许多事情发酵后会越来越强盛,占据内心很大一部分。"

"你是这样的吗,修竹?"

"不过我相信以后会找到答案。一个人找到他今生的答案以后,就会发现一切遭受的痛苦、黑暗,都是在逼你向这个答案靠近。甚至有些时候,你要主动去拥抱痛苦,对自己残忍一些。"

他笑出声:"你说话像个老人。"

成修竹蹬掉拖鞋跑上床去挠徐秉超痒痒,两个人开始放肆地打笑起来。过了一会儿感到累了,便背靠背躺在床上。

她仍然为那句"你说话像个老人"感到无名的难过。

她才十四岁,她不知道二十岁的自己会是怎样,三十岁会是怎样。那是怎样的一副光景,自己是否还如现在这样时常感到空虚。

"我只是个孩子,秉超。"她喃喃地说。

徐秉超翻过身,把头凑近去闻女孩的头发。那一股浓郁的湿漉漉的气味窜进鼻腔里,使人安稳。他感到她肩膀的颤抖,但没有胆量过问。

两个孩子就这样,没有任何目的,成修竹把冰冷的脚掌贴在他的小腿上,他也不言语。他一直知道她的脚掌是冰冷的。

•回声

"秉超,我看着我的父母死在我面前。我的母亲用最后一口气对我说:不要哭,要爱。在那之后,我就像亲自拿着一把刀杀死了一个什么都不懂的小女孩。这个世界有太多的事没有意义,人们只是在不断愈合他们的伤口,填补内心的空缺。"她想。

周日往往都是这样度过,等到醒来的时候,窗户外面是丰富的声响——风声、车声、对面楼里传来锅碗瓢盆的声音。天空已经是深蓝色,快要入黑,家家都在忙晚饭。这样醒来是惬意而安稳的,但徐秉超明白自己还需要在晚饭前赶回家里,否则父亲会生疑。

徐秉超见修竹没有动弹,便悄悄起身准备离开。他瞥见修竹站在门口痴痴地看着自己,内心有未名的伤感。

成修竹每天都要度过独自一人的夜晚,他无法想象一个孤单的少女是如何忍受这样的生活,但他明白自己是她唯一的依靠。

"秉超,你记起我了吗?"她忽然问。

他愣住了,不明白她的意思,随即看见女孩爽朗地笑起来。他关上铁门,下楼,离开,回到自己家中。

秉超,我离不开你。你出现以后,我再也无法回到只身一人的生活中去。你明白吗?等我们长大了也要在一起,一直这样。你内心的隐秘我都将理解,你的痛苦,你的矛盾,在我眼中如同影子般熟悉。你说什么是爱呢?这样是爱吗?但愿这就是爱吧,如果爱意味着以另一个方式来认识你。

父亲在吃饭时问起:"我听说,你们学校有个女孩子,姓成。"

他低着头吃饭,没有回应。

"据说她野得很,不上课,没人管教的。她不是你班上的吧?"

"不是。"

"哦。你要离这样的人远一点,把心放在学业上,不要胡思乱想。我们到这来就是外乡人,没有靠山,我唯一的希望就是供你上学,将来有出息。"

父亲语气平缓,但字字如针扎进他的内心,接下来陷入长久的沉默,那些回声仍然被放大回荡在耳旁。每逢这样的气氛,徐秉超内心感到惶恐和窒息,他没有和父亲反驳的勇气,自己懦弱如斯,一旦和父亲回嘴眼泪会不自觉流下。

他怀疑父亲知道他和修竹的关系才因此试探自己。这不算意料之外，在学校有不少人知道徐秉超和成修竹的关系非比寻常，只不过他们习惯去猜忌那个怪异的女孩，选择性忽略了相比更加正常的男生。就像是一股惯性使众人对成修竹已无任何理解的冲动，她成为情绪宣泄的阀口。

所幸成修竹不在意这些，他想。

正值中午，学生午饭过后回班自习和午休，徐秉超趁这个时间来到楼顶陪伴成修竹，这是养成已久的习惯。他已经从最初的惶恐到如今选择性忽略老师或者其他学生的目光。

"你会在意别人对你的看法吗？"他问。

"许多事无法争辩，即使你是对的也根本没有争辩的必要。你不应该放任自己囿于外界带来的情绪变化中，而是要做更重要的事情，唯一重要的事情。"

"什么样的事？"

"真正关乎自我的事。"成修竹望着对面走廊里来来回回的学生们，"如果你种下善良的种子，你就不会收获坏的结果。但你要去播种，要在自己的体内留下这样的可能性。大部分人只是冷漠地看着别人，很少关心自己。"

"修竹，为什么你会觉得我很特别，让你偏偏找到我？"

"那你为什么觉得我很特别？"她反问，"我忽然出现，在人群中拉着你来到这里，我的行事和大部分人不同。你认为我独特正如我认为你独特一样，你的眼睛中缺失了他们共有的狂热，甚至表现出难以察觉的极度的冷淡。你的性格是阴郁的，只有黑暗可以造就阴郁。但你无法像我一样诸事不顾，因为你还沉浸在黑暗中没有习惯，你在迷失。"

"我只是还没有想清过去发生的事情——忽然转学，失去母亲，我好像活着不再是为了快乐，而是为了某个目的。"

"你是否想过，此世所有历经死亡的人，他们的一部分在见证死亡的时候也死去了。在这之后，大部分的事都失去它们原本的意义。有时我看着一件事的发生，竟想不出它的原因何在。黑暗能够让你专注。你周围越黑，你就越能看见那一层黑暗背后的光亮，不是吗？"

成修竹摘下她的眼镜，徐秉超看见一双完整的眼睛，眼神中露出荒芜的光。

·回声

这是一双绝不属于少女的眼睛,在那双眼睛背后隐藏着巨大的世界,他无法得知,但他为此感到难过。

"修竹,你和我只有十四岁,以后会发生太多难以预料的事,不用这么早就下结论。"他试图安慰她,内心明白自己的安慰无力且笨拙。

"是啊,我们无法预料以后的事。可是当你明白生命终有完结之日,当你深刻地明白这一点后,与其把希望寄托于未来,不如寄托于现在;与其把希望寄托于这个世界,不如寄托于孩子。在遇到你之前,我已经想好自己的去路——如果有一天你感到绝望,去支教吧!去尽力帮助天生纯洁的孩童!"

他有些错愕,来不及理解她的话。他从未想过支教,而她却已将此作为自己的退路。

"你是个温柔的人,我希望有一天你也能如此,即便对世界感到绝望,也不要轻易放弃自己的生命。你能做的远比我多,如果有一天你可以感受到我所感受的,带着我的意志,习惯黑暗,深入世界,理解所有的苦难,你会像我一样——在这个世界上留下自己的回声。"

"但我必须按照父亲的想法一步一步实现,否则我会辜负他。我没有想过这么多,我只知道你是我唯一的玩伴,你比我勇敢得多。"徐秉超语气直白,眼神真挚,他确信这么说可以安慰自己唯一的好朋友。

成修竹不再说话。

"没错,相信我,修竹,未来一定是幸福的。"徐秉超坚定地说。

下午的课即将开始,徐秉超也要离开。临走前,成修竹拉住他的手,他看着狡黠的少女,有些手足无措。她松开手,示意他离开。

"秉超,我多么希望我们可以一起看晚上的月亮。"

"秉超,可以不离开吗?就一节课,留下来陪我。"

"秉超,原谅我的自私,我有办法将你一直留在我身边。"

7

她看着他掏出钥匙,铜黄色扁平钥匙被插入铁门的锁中发出一阵噼里啪啦的声响,扭动钥匙拉开铁门,再换一把钥匙打开里面的木门。

她有些恍惚,觉得眼前这扇破旧陈腐的门会通往一个陌生的世界。这个世界里满是她没有见过的人,平俗、陌生,会贫穷,会衰老,他们全拥挤在逼仄空间里,朝着某个她所不知的方向前进。

念善进了门,林霏跟在他后面。进去看见的是客厅:深灰瓷砖,黯淡的长久没有粉刷过的墙壁。有限的空间里还堆放许多物品,或者是一些袋子,五颜六色,说不清是什么东西。

总之他们进入了一个拥挤的房间,这个房间连接着卧室、厨房、洗手间。在进入房子的一瞬间,念善便已融入同样的色调,拥有同样的气场,而林霏看上去毫不协调,她即使穿着最普通的衣服,也无法掩盖自身散发的高贵气质。

从卧室走出来一位中年女人,围着暗红色围裙,朝念善迎上来。

"孩子,你回来了。"

念善笑着应了一声"哎"。

接着,念善站在林霏和母亲中间相互介绍,林霏弯腰问候眼前的长辈。念善的母亲面露红光,咧着嘴拉林霏进屋坐。

念善的母亲已经五十六岁,是个矮胖的女人,腿有疾病,不能长久站立和行走。她同林霏一起坐在卧室的床边,卧室里只有昏暗泛红的光线,一切都被笼罩在混沌中看不清周遭事物。

来自陌生房间的浓烈气味扑入她的鼻腔:那是一股温暖湿润的气味,轻微刺鼻,与新鲜空气有鲜明差别。

她第一次闻到这样的味道,感到自己已被完全吞没进这样的世俗中,就像是一个上门见丈母娘的腼腆儿媳。

"姑娘多大了?是做什么的?怎么认识念善的?怎么保养自己的?"

林霏不习惯这样的氛围,同时却又受到吸引。她被长辈热心地关切,那些不痛不痒的问题像细微的小刺不停扎在她心上,产生轻微的瘙痒。

"阿姨,我二十二岁了,做广告行业的……也巧,经常去餐厅吃饭,渐渐就认识他了……做这一行的,得靠这吃饭啊……"

她的手被温暖粗糙的手掌覆盖,她看向那双手,如同树皮一般粗糙的皮肤覆盖在骨架上,暗黄色皮肤上布满细密纹路。而在那双手中间是属于她的没有一点褶皱的纤细素手。

· 回声

人最终会变成这样吗？失去一切的光泽吗？她这样暗自地想，有些心慌的感觉。

念善换好在家穿的衣服进来问："林霏，你会做饭吗？"

林霏看了一眼念善的母亲，接着摇了摇头。她有些羞涩，以至于脸有些发烫。此刻像极无法回答老师问题的窘迫的学生。

念善笑着说："没关系，今晚我来做饭吧。"

"我来帮你。"林霏趁机离开这个房间，同念善一起进入厨房。念善耐心地告诉她应该做些什么，如何帮他打下手。

"这个我来吧……希望你别介意，她从来没有这么兴奋。"

"她第一次见你带女孩回家？"

"嗯，她更没想到我会带这么漂亮的女孩回来。"

"我喜欢你的母亲，大方、朴实，和我母亲有很大的区别，我从没被这样对待过。"

"她腿脚不好，但我经常会带她出去走走，我是说比较远的地方，比如郊区。平常她也会自己去散步。她的腿一直在恶化。"

"你应该带她治疗，这样会越来越严重。"

"谁都知如此。治疗需要钱，可我没有那样的条件，即便我为此一直攒钱，母亲也会生气，她觉得我应该用钱做更有意义的事情，比如学些什么，或者找个对象。"

念善接过林霏手里的菜，随后又背过身去洗。

"可每当她这样说，我便觉得很惭愧。她知道我负担不起治疗的费用。总有一天她不能下地行走，但我们都明白这无法阻止。"

林霏停下手里的活，抬头看着男孩的侧脸。

"念善，"她唤他，"你是这样善良。"她踮脚亲吻他的嘴唇，将自己薄薄的唇贴在他的唇上。鼻腔里是来自男性的味道，那是一股干燥的清新气味，只属于他。

他抱住她，从双臂下方穿过搂住她的后背，直到她难以呼吸才挣脱开来，满面红晕。

念善说："也许你不相信，我第一次与异性接吻。"

他望着女人的眼睛，那双眼睛闪烁着泪光，或者是一层薄薄的雾气，他一时抓不住她的眼神到底在看向哪里。眼前的女孩在猛烈地呼吸。

"但你令我着迷。"她说。

林霏从厨房端出最后一道菜后，三人一同坐在一张木桌前，她和念善一起为母亲夹菜，这样的情形触动林霏柔软的内心。

"林姑娘，阿善能遇见你真是他的福气呀！"阿姨说。

"不，阿姨，能遇见他是我的幸运，念善是个很会照顾人的男孩，在他身边我很快乐。"林霏所说的每个字眼都出自她的真心。

"好好好，快乐就好。我不大懂年轻人的感情，但是能在这个世上相遇，足以说明你们有足够的缘分。"

"阿姨说得对。"

"哈哈哈，林姑娘，你别怪阿姨多嘴，如果……他能有你一直照顾，阿姨会很欣慰的。"

念善低着头吃饭，他感到自己的脸热热的。

林霏停下筷子有些迟疑："是……如果可以，我也希望能够同他长久在一起。"

她看着男孩的眼睛，男孩的眼睛里满是惊讶。她也为自己感到惊讶，自己从未这样坚定。

饭后，念善照常为母亲擦腿。这是他养成的习惯，用湿热的毛巾将母亲双腿擦洗一遍可以减缓来自关节的疼痛。

他在洗手间里拧好了毛巾，林霏忽然说："我来吧。"随即接过毛巾，蹲在念善的母亲面前，开始一点点地擦洗那双腿。

一双干瘦的腿，骨骼有些变形。表面散布黑色斑点，脚踝以下皮肤干裂，一双衰老的脚掌。林霏情不自禁地完成一系列的动作，丝毫没有嫌弃这双陌生的脚。

触感、样貌、气味，她尽然接受，仿佛这一切都是她本应做的。念善不可置信地站在一旁看着眼前绝美的女子为一个年迈的女人擦拭腿脚，任谁都无法相信。

内心有一股巨大力量促使她完成这些，她甚至比念善还要细致，她想要更加细致，想要将这双腿上每一寸肌肤都反复地擦拭。

眼前这一幕是真的吗？那个我在高档西餐厅看见的身着华服的美艳女子，自带高贵气场的绝美身影，此时以再普通不过的姿态蹲在自己的母亲面前完成这样

•回声

的琐事!

　　念善的心里充满无数疑问。

　　到了晚上,念善和林霏到楼下散步。
　　"为什么你一点也不介意我的母亲?"
　　"也许因为我不想对你和你的家人有任何保留。"
　　"可也远远没有到你做这些的时候。"
　　林霏停下来,有些不悦:"我说过,我想和你长久一些。"
　　当我看见那双手,那双脚的时候,我忽然意识到未来有一天我也会如此衰老。或许在某个瞬间,我看待那副身体如同看待我自己一般,我既是在为你的母亲擦脚,也是在接受自己的结局。
　　"真的吗?"
　　"念善,"她转过头,"当我服侍她的时候内心很平静,那是短暂的平和的境界。也许你也如此,当你照顾你的母亲,你内心也会平静,仿佛你本应该这样做。在那个瞬间,我成为你们中的一员,我所做的一切是出于我的意愿,没有人强迫我。与此同时我意识到过去我所做的一切都是被人强迫的。"
　　"在我身边,没人会强迫你。"
　　我要一直做你的太阳,太阳只会给你温暖,不会强迫你做任何事。他想。
　　她说:"在你身边很安稳,这种安稳很彻底,不同于我的世界的安稳,它根本上推翻我的一切煎熬,让我感到重生。你说过会有人理解我,有人会接纳我的黑暗。念善,你是那个人吗?"她亲吻男孩的嘴唇,再一次与他接吻,并且在他耳边轻声地唤:"你是吗?"
　　她这样俘获他,没有任何目的。她爱他,纯粹的强烈的爱。
　　他们在一起,恍惚间可以看见一片茫茫的宇宙,宇宙里是混沌的黑,有无数白色的小点在闪烁。寂静的肃穆的太空里,精神同彼此连接,电流般的触感成为引导星体撞击的巨大引力。

8

徐秉超在房间里听见钥匙转动的声响，紧接着是门口灌进来的风声和脚步声。在此之前他还不知道宋墨的存在，当他和林霏都在房子里而门被打开的时候，徐秉超有些愠气。

他走出自己的房间，看见走廊里站着一个男人，那个男人同样回看了他一眼，并且只有面无表情的冷淡的一瞥。男人从徐秉超身边经过，敲了林霏的卧室门。

两个卧室靠得很近，徐秉超站在宋墨旁边，没有后退的意思。对他而言，一切都是预料到的，因此并不感到意外：一个混迹于社会的美艳女子从来不会缺少同异性的联系，无非是他看见与否。

唯一让徐秉超感到愤懑的是，眼前的陌生男子有房门钥匙，并且自顾自地开门走了进来。

他观察眼前的男人，一个穿着黑色夹克略显肥胖的中年男性，脸上带着压抑的愠色，敲门的同时压着嗓子不断唤着林霏的名字。而徐秉超站在原地没有离开，他在近距离观察这出好戏。他知道林霏就在里面，不论多长时间，她最终一定会出现。

在宋墨重复第三遍林霏的名字后，门被打开了，林霏靠在墙上慌张地看着男人，紧接着看了看站在一旁的徐秉超。在极为短暂的时间里，她可以明白宋墨的情绪，但无法看透徐秉超异样的眼神。

他就像幽灵一样站在宋墨身旁，带着淡漠的神情无聊地打量着眼前的一切，那一瞬间她似乎察觉到来自徐秉超眼神的灼烧——自己此时活生生是一个被追情债的艳俗女人，而剩下的一切都无须解释，造成这状况的过去都可以被轻易想象。

林霏想要保全自己的脸面，慌张地拉着宋墨离开了房子，不顾及自己只穿着睡衣。她将房门轻轻带上，站在楼道里同宋墨对话。徐秉超看着二人逃离他，缥缈的对话声时不时传进他的耳朵，但他没有选择靠近。

林霏头发凌乱，没有想到宋墨就这样找到自己，他从未如此。

• 回声

"林霏，你说过让我一个月不要找你，现在已经快一个月，你没有对我的联系做出任何回应，"宋墨看见林霏那双带有惊疑的眼睛，不再像之前那样强硬，"我只是担心你。"

"我很好，没什么好担心的，这段时间里我不想和任何人产生联系，包括你，我需要休息。"

林霏的眼睛望着别处，带着明显的不耐烦的语气回应他。宋墨感到被轻视，他一直清楚林霏悲喜无常，但这次他深深地被刺中，两个人已经越来越远了。

"你永远都是这样。"

"是的，我永远都这样。"她转过来看他，"一个月没有见到我，心慌了吗？"她眯起眼睛盯着宋墨的眼睛，想要挖出他眼睛里隐藏的恐慌，以此断定他的真实目的。

"是的，宋墨。你来无非是想要在我身上发泄，正如过去一样。我的离开让你恐慌，因为你担心失去了一个极好的可以控制的人偶。承认吧，不论你假装多么为我担心，最终还是为了你自己着想！"

宋墨钳住林霏的双肩："自从你我来到这里，我一直在保护你，过去所做的种种仅仅是因为我想要你成为一个人偶吗？我比你大十岁，或许你还没有看清到底谁才是自私的人！"

林霏比宋墨矮一个头，但此时她几乎要跳起来和宋墨平视了："你背叛了自己的未婚妻！"

没等她反应过来——毋宁说没等宋墨反应过来——他下意识地紧紧捏住林霏的肩膀，进而把她推到墙边。

林霏连忙扯住宋墨的手，在孔武有力的宋墨面前她就像一只被叼住脖子的猎物。她的眼睛里满是惊怖，眼珠仿佛马上要跳出来。

宋墨见她脸色涨红，很快松开了手，林霏就像一张飘在空中的碎纸，轻轻落在地上。

"我们需要谈一谈，晚上我们一起吃饭吧，就像过去那样，我下午再来接你。"他离开时又看了一眼木讷的林霏，然而最终也没有多说，转身下了楼，留下林霏一个人站在原地神情恍惚。

有种强烈的渴望挣扎的欲望吞噬了她，这欲望像是蛰伏了几年的野兽重新苏醒过来。五年前的她有着相同的感觉，她被囚禁在无法逃离的牢房里，那时她对着天空充满了逃生的幻想。可如今当她又产生相似的窒息的绝望后，又该如何摆脱呢？

当念善出现之前，她不曾对自己和宋墨的关系产生过任何动摇。可是念善出现后，她似乎看见了一个被控制的自己，过去的生活，遭遇，人事都如同泥泞沼泽使她沦陷。

那么，如果非要在宋墨与念善之间选择，我会做出什么样的决定？我所做的决定是否能够保证自己不会后悔？一个无比安稳的明亮的归宿，一个照顾和保护我数年的成熟堡垒。该怎样选择不会受到来自另一方或是自己的谴责呢？

林霏回到房子里，发觉徐秉超仍然站在原地。

"你在看什么？"她质问他。

和徐秉超合租的可怜的女人，此时正处于复杂世界的旋涡当中，并且他明白，她一定会失败——她最终会失去任何一个人，这样的结果对于徐秉超而言显而易见。

没有什么东西可以脱离私心长久地存在，这是林霏同其他人最大的不同，因为林霏不会属于任何人，也不会属于任何关系。那些想要锁住她的人只会失去她，而她追寻的东西或许永远不会在他人身上实现。

冥冥中，他像是在她身上看见了自己的影子。

隔着房门，徐秉超听见林霏走进厨房，从冰箱里拿出酒瓶来，一阵玻璃杯清脆的响声后是无声，他知道她喝了许多酒，即便他看不见她，他的眼前也分明是林霏饮酒的样子——一手拿着酒瓶，一手举着玻璃杯，反复地倒，反复地喝，酒水顺着嘴角流下来，印出一道浅浅的痕。那些热烈的酒精顺着喉咙进入体内，灼烧肺腑，融入血液，与她化为一体。

这些轻微的细节此时如同洪钟在徐秉超耳边敲响。他忍受不了这样的伤害，迅速走了出去。

他一把夺过林霏手中的瓶子，林霏瞪大眼睛看着他。

"我是如此看不起你，林霏。你不断地伤害自己的身体，挥霍自己的生命，破罐子破摔，所以你看不见的东西太多，更不可能找到解脱！"他激动地说，这些话像憋了很久。

她多么希望他能够继续说下去，让她认清自己，正如他所言那样的破败和无

• 回声

能——或许是为了给当下的境地一个合理的解释——她不过是躲在完美面具下的胆怯之人。

可是，徐秉超在说完这些话后，停止了。似乎原本还想说出口的话又被咽了回去。

"或许都是我的幻想罢了。"

"可我该怎么办？"

她低声地言语，不再如以前那样反驳徐秉超对她的判断。一股巨大的悲伤升腾而起笼罩着她，禁锢了她的双腿，捆绑了她的思维。

他的话，或许是对的。

我们这样的人，早就失去对爱的希望了，不是吗？

她被囚禁在这些烦琐情欲中，或许从前她因为对此漠不关心而没有弱点，可现下她同念善的联系打破了一直以来维系的生活，进而打破她对这生活一如既往的信任。

9

她望着镜中的自己，双眼失神。沐浴后残留的雾气仍然盘踞在镜面四周，只能依稀看见自己的五官和上半身。擦干后的身体表面像吸满水的豆腐般发光，纤细手臂与腰臀之间的曲线像是一场美丽的幻梦。

一切不过是虚空，在雾气缭绕中，她看见的自己是十七岁的自己，那个记忆中的少女以相同的姿态出现在镜子中。相同的场景，五年过去了，她的身体没有任何衰老的迹象，只是她并非像幻想的那样洒脱与自由，她被困在一场命运精心设计的游戏中。

林霏从浴室中走出，脸上带着明显的忧愁。她注视着站在窗前的不远处的男人向她一步一步走来，他安慰性地微笑，不愿惊动如同古代神话中安静的女神般的她。

宋墨对她全是虔诚与敬畏。在宋墨眼中，获得林霏永远是一场庄严的过程。

男人的靠近总是充满了耐心，缓慢的动作是他调情的手段，游走的眼神是他庄重的瞻仰。在他身边，林霏从未担惊受怕，这点无人可以取代。

可是宋墨之于林霏到底是什么样的角色？

情人？父亲？骑士……

她不禁张开了嘴，想要获取这稀薄的空气，想要把握仅存的意识，在她完全臣服于自己欲望之前，最后感受现实生活的存在，直至思维混沌，一切变为虚幻光点。

我到底是否有罪。

可是现在同过去不再一样，我的心中还留有另一个人的位置，我所说的誓言能否做数，我这样背叛了我的心，可我又无法背叛安抚我的男人。我不过是命如草芥的普通女人，内心充满了矛盾，如若有一天我被曝于众目之下，接受道德伦理的审判，我又该需要多大的惩罚来偿还我的罪恶？我的神思不断地游移，无法明辨是非，自己爱着念善，然而宋墨，宋墨对我的意义又是如此复杂……救救这个可怜的女人吧！

她悄悄落泪，不愿面前的男人看见，只能用胳膊遮掩。她的声音充满了哽咽，在本能与抗拒之间挣扎，那些梦幻的潮水般的情绪将她带到黑暗境地，在这空间里，她的灵魂已完全脱离了她的身体。她的身体被扰动，而她的灵魂则入定，在静止中窥视羞耻脆弱的自我。时间的概念也被抽离，她只感到平静与哀伤并存。

宋墨内心清楚，她魂不守舍。红肿的眼睛将她内心完全暴露，自己不再是她唯一的靠山，自己在某一瞬间已经成为她的敌人。

林霏不敢去看自己的手机，因为她明白念善会找她，而她无法忍受自己以这副模样面对他。

"林霏，到底是什么使你哀伤？"宋墨望着林霏的后背，某个瞬间她看上去和五年前一模一样。

许久，她说道："我爱上了一个人，我没有过这样的感觉。"

他有些慌张，假笑两声："这，这是你的自由。我是说现在你不需要工作，你可以花些时间在这上面，不过最好别影响到你的生活，等以后……"

"我爱上了一个人，"她转身打断他，"是爱！也许你觉得这次和以前差不多，可这次不同。我已经不想再继续这样的生活了。"

• 回声

他的脸色有些挂不住，反问她："难道我给你的安稳还不够吗？"

"不要这样问我，宋墨。我说过你得不到我的心。我已经给了你想要的东西，我们是平等的，没有谁亏欠谁。你对我有着非凡的意义，可我不能沉溺在这里一成不变。我找不到自己的意义在哪里。就连我的……"

"林霏，你从来不知道我想要什么。我对你有着同样的爱。我想要你一直待在我身边，你知道我为此做出了多么大的牺牲。是你带我走上这旅程，是你指引我，你不能说走就走。"他感到恐慌，拉住林霏的手不愿松开。

"无数人觊觎的身体也有自己的私心，我不会永远附属于某人，宋墨。对你的回报，总有一天会结束，如果我要离开，没人可以阻拦。"林霏的声音有些沙哑，但她很快找到了对抗宋墨的勇气，"你知道为什么这些年来，我毫不在意自己吗？"

宋墨望着眼前的女子，此刻的她咄咄逼人，像极了发怒的幼兽。

"因为这是别人威胁我的唯一手段，我不在乎，没有人可以威胁我。我是自由的。"

他已忍受不了林霏的傲慢，他的语气已经有些颤抖，相识五年的女子即将离开这个房间，他害怕一旦她离开，便再也不会回来。

"你爱的这个人，清楚你的工作吗？"宋墨试图用最后的办法挽留她，"别天真了，林霏。想想你做过的事，你已经不再是从前懵懂的少女了，你的经历超过绝大多数女性。你爱的他真的可以承受你的过去吗？"

"停下！"她不敢相信宋墨这样谈论她。

"他给你的安稳只是建立在你的谎言上而已。林霏，在你爱上他以前，你被无数人注视和欣赏，你又该怎么承担你的过去，你是怎样同那些男性打交道，你为他们做过什么，你如何忍受自己对他们的屈服？这些黑暗的过去永远不会被磨灭，只会存在你的心里。他给的安稳只会使你继续欺骗自己，直到有一天你无法承受。"

她睁大眼睛，错愕地愣在原地。

"重要的不是他能否接受你对其他人的谄媚，而是你能否坦然接受他对你的爱！"

她无声地流泪，随即小声抽泣。她忽然觉得自己变成众矢之的，而这一切不过是她亲自酿成的苦果。

宋墨也意识到自己言语过激，随即舒缓了语气："林，只有我一直接纳你的好坏。你还年轻，需要时间成长。我快四十岁了，不会像你这样莽撞，我可以耐心地等待你回到我身边，我明白有一天你会理解我的。"

"不！"她嘶吼，"你跟那些人一样，无非是想控制我。你，还有这生活的一切，我宁可全都不要。"

"除了我，没有人可以接受你，你记住！"他的话最终回荡在林霏身后，凌晨时分，林霏从宋墨家出来，她不惮黑暗，只想远离这个房子。

走在无人的清冷的深夜，寒冷和潮湿一并攀爬上她的身躯。此刻她同任何人的关联如同天边星辰一样遥远，唯独羞耻感清楚而强烈地存在。

念善浅笑的模样远远出现在街的尽头，可是她永远也触摸不到！

在这一夜，她看清自己的身份——一个索要尊严的卑微的可怜的女子，一个失去获得幸福资格的人，一个带着巨大的无法被理解的痛苦的独行者。任何世俗的幸福都与她无关，任何世俗的伦理都不能定义。她自出生起披着这身招惹无数罪恶的皮囊，她的灵魂将无处安放。

她背负着可怕的诅咒，并且通过这诅咒终于明白接近她的男人从来只是为了拥有。而她试图接近的男孩却无法理解和接纳她的痛苦。这一切不过是循环，直至有一天她对此世失去了憧憬，任由这幅身躯衰老和腐化。

10

她回来的时候已经凌晨三点多。凌乱的妆容，发红的双颊，疲倦的眼神，右手无力地拎着精致的欲坠的小包，全身上下唯一完好的或许只剩指尖华丽昂贵的装饰。

眼前的屋子黑暗无声，只有走廊尽头一侧的餐厅散发光亮，照亮走廊的一角。她想起徐秉超的存在——那个平日里十点钟关灯睡觉的男人今天却出现在凌晨三点多的餐厅里。如今，在林霏模糊混乱的意识里，徐秉超成了世界上唯一活着的人，而那束光也成为黑暗里的生机。

林霏忽然出现在门旁，像是跌倒在门框上一样突兀。她知道自己发出的声响惊动了徐秉超，然而他没有转身，而是自顾自地做事。

· 回声

她看着他从微波炉里取出热好的牛奶,并且注视他一口一口喝掉。

徐秉超喝完牛奶后才转过身来,毫无表情地看着她,如同早就预见她的挫败并耐心地在这里等候。

"我有些睡不着,喝碗牛奶应该好一点。"

一个待在黑暗中,精致却疲倦的女子。一个待在灯光里,干净、冷静的男子。徐秉超穿着睡衣,宽松的裤管盖住拖鞋,只露出脚趾。

林霏面对那张平静、轻松的脸,一股巨大的愤怒汹涌而来,令她浑身颤抖,表情扭曲。她着了魔一样丢掉手里的包,朝徐秉超一步一步逼近。

"在你心里,我只是个可悲的女人吧。在你看见我的那一刻就已经明白,我做过多少卑微的事。在你看不见的地方,我对着其他男人低声下气,没错,你就是这样想的,所以你也明白你有机可乘,所以你愿意同我住在一个房子里,你和其他男人一样,只要有机会,便想立刻占有我。在你们眼里,我不过是个肮脏的玩具,是个言听计从的人偶,没有人关心过我的感受,对我只有下流龌龊的幻想……"

恶毒的字眼被声嘶力竭地抛出,她如同一只被逼到断崖的幼兽,羞辱、攻击、嘲讽,语气里带着对自我的否定和绝望。她在这一刻失去对形象最后的把持,任由手臂挥舞,表情狰狞,头发散乱。

和徐秉超之间的十米距离像是永远走不完,心里的愤怒之火也像是永远燃烧不尽,她用最猛烈的言语刺激他,试图从他脸上看出任何人类都会有的变化。

可他沉默又冷漠,如同没有感官的机器,除她以外的一切无声事物似乎都成为帮凶,以最令人无力的方式回应着她的疯狂。直到她站在徐秉超身前,拿起刚才盛放牛奶的瓷碗用力砸在地上,她抬头怒视他的双眼,可他仍旧连头也不愿低下,以居高临下的姿势,眼神里什么也没有。

僵持很久,林霏忽然笑了,笑容像盛开在龟裂土地上的花。她整理了一下自己的散发,然后用勉强能听见的沙哑声音说:"我知道你想要什么了。"

她忽然明白了,明白的事实甚至使她感到前所未有的放松。

打开旁边的冰箱,从里面取出一瓶酒,倒一杯举在手中。修长的手指把玩杯子,随后一饮而下。她张开双臂,直勾勾地看着徐秉超,眼神里纯洁与魅惑并存。没有人可以抵挡她的眼神,水盈盈的梦幻的双眼可以让任何一个男性失去力量。她一向明白这一点。

二 惊世骇俗

"来吧,徐先生。"她抬起下巴,忽然变得娇俏起来,"就在今晚,把你的印记刻在我的每一块骨头上。"

她引诱他,她愿意付出任何代价,只为改变那令人讨厌的沉默。

她露出自己一侧的肩膀,踮起脚,凑近徐秉超的耳旁轻声说道:"只这一次,好吗?"

"不。"

他正色直言。

林霏愣住了,她满心以为自己已经掌握了他,可是当她再去打量徐秉超时,她看见了一个无情的巨人站在他面前,以冷漠甚至是厌恶的目光看着她,并且对她重复了一声:"不。"

林霏绝望了,她察觉自己处在巨大的矛盾中,既体会不到自己的价值所在,又无法彻底丢弃自己的尊严。

她希望在他身上找到答案——她宁愿承认自己不过是个脆弱的无耻的女人。

"每一个男人,都渴望我。"她缓慢地咬牙切齿地说,"你不过是他们其中之一,你这个虚伪的人。"

徐秉超倒了一杯水,递给林霏示意她喝掉,林霏无动于衷,徐秉超忽然举起手里的杯子,将水泼在她脸上。

冰凉的液体触碰发烫的皮肤,突如其来的刺激令林霏有些窒息。滚烫的皮肤表面形成冰冷的阻隔,同时也阻隔她的思维在短时间内运行。

她忽然发觉自己已经毫无形象可言,如同小丑一般,发丝粘连在她的脸上。"要多丑陋有多丑陋",这是她对自己的评价,如此窘迫的状况如同利刃刺进她的内心。

徐秉超没有停下,他攥住林霏的手腕,将她生硬地拉扯进淋浴室里。他拿起莲蓬头对准林霏,按下水龙头,冰冷的水柱瞬间打在林霏身上,像巨大的匕首刺穿她的身体,刺穿她的尊严,刺穿她的内在。

林霏大叫着蹲下,蜷缩在墙角,用手臂和腿护住身体。水柱令她无法睁眼和呼吸,她在极度恐惧里挣扎,凄绝地喊叫,她的喊叫被水声淹没。

林霏的内心瓦解了,她的尊严支离破碎。她无处遁形,她的伤口,她的脆弱,她的羞耻,全部被展示在这逼仄的空间里。她甚至对冲刷产生了幻觉,对现下的一切感到麻木,沉浸在过去所有遭遇带给她的痛苦之中。她浑身湿透,她在大喊,

•回声

痛哭,像要用尽全部的气力。

徐秉超一直喷洒她,或许持续了十分钟,直到她再也发不出任何声音,再也不逃避水的冲击力为止。他关掉水龙头,看着一个失了神的女人呆滞地看着地面,从发丝、脸颊、肩膀不断滴下水珠,打在地面的水泊中,散开一道道波纹。

她的身体在颤抖,只有神知道她经受了多么大的折磨!

徐秉超将她抱起,全然不顾打湿自己的睡衣。他慢慢将她扶进卧室,没有开灯,两个人沉没在黑暗里。林霏站在床前,他找来一条毛巾,耐心地擦干她身上的水分。

徐秉超让她躺进被子里,随后帮她整理好被角。他俯下身,对着林霏的眼睛轻声说:

"我知道这是什么感觉。当你出生的时候,你就被判处极刑——没有人试图理解你。"

林霏在黑暗中无声地流下眼泪,极度的疲倦甚至令她没有听清徐秉超的话。她只察觉到他语气里的认同和孤独,而这种认同与孤独正是她需要的感觉。

她在一片白光里混沌睡去。

三
寂寞蓮花

三　寂寞莲花

1

巨大音浪席卷而来，低沉鼓点和心跳分享相同节奏，每一下都敲击到最深处的欲望。炫目的彩灯变幻莫测，难以看清周围人的面目神情，他们摆弄腰肢仿佛这一刻即为永恒，心甘情愿做了自己的奴隶。人群拥挤，被裹挟其中无法逃离。

人群的尽头又是什么样子，还是根本没有尽头。

她凭借本能不断前进，想起缥缈的有关《桃花源记》的内容：初极狭，才通人，复行数十步，豁然开朗。可能前方有属于自己的开阔之地，不愿就此放弃而埋没于人头攒动之间。意识模糊，视线混乱，像是黑暗中有无数双手拉扯着她的身体，身上的衣服马上要脱落，一旦在此地浑身赤裸将万劫不复。

周围样貌又发生瞬息变化，人群全部消失，自己失去重心跌落在地。原本变得空旷的环境又站满了人，只不过全是围着她的男人，看不清脸，只有宽大黑影遮挡住所有逃离的出口。

她大喊起来，挣扎着想要站起来，然而地面又变得泥泞如沼泽，将她的双腿和双手禁锢不能动弹。她还是不停地挣扎，奋力嘶叫，恐惧已经占领高地。她的眼前出现被撕碎的画，倒塌的建筑，崩裂的星体，红色沙漠上风暴骤起。

一具女人的身体如同墙壁上斑驳的壁画破碎倾落，碎片之下是一道又一道不规则的伤痕，还未长全的伤口显露红色内里，表皮外翻，象征着尊严的通道不过是身体上另一处疼痛。弱点，人类天生带有弱点。他们做的从来不是保护它，而是控制。

林霏忽然惊醒，思维还滞留在梦境中无法及时拉回，尚未完全清醒的她难以研判梦境里的事是否真实，或许梦境本就是还没有发生的现实。

•回声

她意识到自己头发散乱不堪，黏腻的泪痕还留在脸上，肌肤和被子完全接触。始终难以记起入睡前发生过的事，记忆从回到自己住处便戛然而止。这或许是某种应激反应。

林霏像是忽然想起什么，猛地掀开被子，把自己的身体检查了一番，有些失神地坐在床上。

她终于想起昨晚徐秉超如何把她带到卧室，她太过疲惫，已完全失去抵抗，不知在自己睡后徐秉超的所作所为。

可是她真的担心吗？如果徐秉超真的对她做了什么，她还会在乎吗？

林霏站起身，找出干净的衣服穿上，随后出了房间。她在洗漱后来到餐厅，恰好看见徐秉超坐在里面，桌上摆着简单的早饭。

她是不饿的，只是为了找个借口询问关于昨晚的事。但是没有等林霏开口，徐秉超便说起来了：

"你不必问我。昨晚我什么也没有做，请你相信我。"

"为什么？"

徐秉超愣了一下，而林霏若无其事地反问道，"为什么呢？明明我失去抵抗，而且也是我最先开始。"

徐秉超平静地说："是的，任谁都会这么做。别说什么高尚的假话，一个正常的男人面对像你这样的毫无还手之力的女人，一定会毫不犹豫。是这样的。"

他停顿了，把身体前倾靠在桌子上，眼睛眯起来："可是我看不起你。从我认识你开始我便看不起你，尤其是昨晚，在我亲眼看见你是一个多么破败的人之后，我对你的期望已经消失不见。"

林霏苦笑一声："是，我不过是个满身情伤的女人，怎么配得上清高孤傲的你呢？不用你说我也明白昨晚我有多么难堪，或许我根本上就不是一个和美沾边的人……"

"不，这不是我看不起你的原因。"他打断她。

在他眼中，此刻的林霏已经褪去所有光环，成了一个无比俗气的女人，仍然在用感情为自己开脱——感情从来不是借口，它是悬置在高阁中难以把握的倩影，而在到达这高阁以前，生命中应有更多要素被关注和重视。

"是因为你在浪费自己的生命。一个健康的好的生命，却这样被你滥用而不自知。你自以为经历了黑暗，用这样或那样的理由为自己的伤痛找借口，但你不知这世上有多少人遭受着比你更甚无数倍的苦难，可你甚至没有重视自己健康的身体。在我眼里，你的美绝非出于你的胸或者屁股，而是出于健康。你不知道我有多羡慕你，多么嫉妒你，甚至在你消失的时候，当我想象到你利用自己的身体不过是为了满足私欲，我是多么深刻地恨着你。而这一切，你都不自知。"

林霏呆滞地望着徐秉超，她看见徐秉超颤抖的唇。在那张毫无情绪的面孔背后，他抑制着强烈的情绪。

"健康……"

她第一次被这样评判，以一个全新的陌生的角度！

她回想起昨晚，乃至过去的一言一行，那个出现在公共场合，穿着精致礼裙的完美女人，或者是被拍摄时展示自己肉身的女人，或者是同异性私会沉浸于迷乱快感的女人——她意识到，自己的身体在不同人群中走过，停留，如同一个超负荷运转的机器，从未停休过。

徐秉超重新降低了音量，最终只是低声地呢喃着："一个健康的生命，我是多么想得到啊……"

随后，是一阵沉默。

他为她感到悲哀，也许她遭遇过很多痛苦才会变成如今这样，在这复杂的世界里，她所处的境地或许是最好的结果。

徐秉超起身将立在墙边的相框拿了起来对林霏说："这是昨晚我在你的房间里无意看见的，原谅我私自把它拿了出来。这张照片原本是挂在餐厅的吧，如果你不介意，我还是希望可以把它挂起来。"

画面是黑灰色，从肋骨延伸到腰臀处的曲线处于中央，平滑的线条包裹着毫无杂质的皮肤，如同一块天然无瑕的美玉。即使是黑灰色调，画中部位也无比大方地展现出年轻的神韵。刚刚成年的少女的腰际，小腹隐约看出肌肉，外侧线条被光影放大。

林霏没有拒绝，她本就不在意这些，只是在刚得知要与徐秉超合租的时候为了安全起见还是将它拿下来了。

这张照片是她最喜欢的，因为这是宋墨给她的第一套摄影。

"这是我十八岁时照的。我是个模特，这是个小众的职业，是个复杂的职业。在我即将踏上这条路的时候，我就清楚自己面对的是什么。这些年，我已太过疲

• 回声

惫，只想要安稳的归处，这是我唯一想要的东西。"

林霏从某个抽屉里拿出一沓杂志放到餐桌上，杂志封面上是穿着奢侈品的精致女人。看到这些，徐秉超才终于明白为什么他一直对林霏很熟悉——两年前，林霏是火遍全国的时尚模特，不是出现在杂志和网络上，就是出现在商业街的巨幅海报里。那个时候，林霏这个名字几乎与"艺术""时尚"等同。

而徐秉超之所以一直没认出她来，不仅因为这样一个曾经风靡一时的时尚女郎忽然成为他的室友，这种转变也许任何人都没办法将两者联系起来；另一个原因是尽管林霏本人和封面上的看起来别无二致，但她明显比两年前那个年轻气盛，高傲决绝的形象成熟得多，眼睛里也满是饱经沧桑后的冷淡清绝。

"两年前，我和宋墨得罪了一些人，最后不得不来到这里销声匿迹。从前那个不可一世的林霏已经被杀死了，只留下现在这个困在皮囊里的孤独女人。"

徐秉超默不作声地看着她，他内心清楚眼前的女人永远也无法得到她想要的归宿。

两年前，全国闻名的地产大亨盛情邀请林霏至府邸做客，当天却又另设模特行业深度研讨会，半软半硬地请宋墨作为资深经纪人发表演讲。要是进展顺利，他们二人能拿到一笔天价赞助和商业巨头的广告资源。

那位地产大亨此前因为私生活混乱被曝光不少次，这一回他们这么做实际上是故意拆散宋墨和林霏，没了宋墨这道防火墙，不知道在私宅会发生些什么，林霏一不小心就可能将自由亲手断送。

林宋二人婉言谢绝了邀请，那位赫赫有名的老总狠狠撂下一句话："我有我的立场，你有你的下场！到了明天，别说是上海，就是全国都容不下你。"

他们反抗过，争取过，隐退过，职业道路仍然变得越来越艰难，林霏很快陷入强烈的抑郁情绪中。

"你知道言论暴力最恐怖的事情是什么吗？是你看得太久了，直到最后你开始相信自己真的如此。"她的眼神里不再有傲视群芳的光芒。

"林，放手吧，我们离开这儿。"宋墨说，"我知道你是什么样子，在这个行业，没有人比你更干净。"

"我干净，我漂亮，我当模特，我不是为了男人！我……我是为了我自己，我自己……这世界，非得围着男人转不成？"林霏冷笑一声，"围着男人转倒简

三　寂寞莲花

单了。"

"对不起，亲爱的。这个世界有阴暗的地方。"

"这不是你的错，你已经做得很好了。是我错了，我不该这么傲。我就应该成全他……"

"不，你再也不许这么说！"

"可我们已经输了，宋墨。我们输了。"她失神地看着地面。

没过多久，他们停下手里的所有工作，将自己从上海流放到西南的这座小城里。林霏再也没了往日的傲气和清高——她陷入另一个极端，变成了宋墨感到无比陌生的林霏。

变成那个对他说"我不在乎"的混迹于夜店酒吧、几乎毫不拒绝的迷茫女人。

"我只是想寻找我的答案，可是当我才看见一点希望的时候，我的生活便立刻陷入混乱。我只是想和我爱的人在一起，可所有人发现后便会疯狂地阻止我，从前如此，现在也是如此。我或许永远不能如愿。"

徐秉超靠近她，靠近这个比自己小十岁女孩，轻声回应道："我明白你的感受，你的内心只是个向往安宁的女孩，想要的不过是一个稍好看的面容，一个稍圆满的生活。可自从你出生起，你便承受着来自命运的折磨——所有人看见你，扑向你，捆绑你，占有你，直到最后你被无数枷锁裹挟，难以脱身。"

她抬头看着他，泪水顺着泛红的面颊汩汩地流下来。

"我到底该怎么办？"

徐秉超有些犹豫，这世上的人都在努力地活着，不论幸与不幸，他的所为对此世没有任何影响。他或许会帮助林霏，但在她之后，还会有其他林霏出现，而每每想到这里，徐秉超便忍受不住来自心里的悲哀。

人之生命，本就是在无法掌控的世界里挣扎求存。别说林霏，连他自己的事都不能解决，更何谈帮助别人。林霏最后怎么样，于他也毫无意义，这浑水要是蹚了，岂不离自己的目标更远一步？

刹那间，他的眼前闪过成修竹的模样来，成修竹那双冷静的摄人心魄的眼睛直直盯着自己。而此刻，他在林霏眼中，在那一片泪光里，似乎看见来自成修竹的目光。成修竹的声音在他耳边响起——

• 回声

"秉超,秉超。你遭遇太多苦难,你的心无法安定。但你注定遇到一个同你一样的人,你可以分享自己的痛苦,你可以同化那个人,你们将成为同类,一起孤独地活在这世上。届时,没有人会记得你们,你们是荒野上的游星,没有名字,也无法死去。这是我看见的事,我相信它会发生。"

他轻声地叹气,一些冥冥中早就注定好的命运的情愫在他内心升腾,驱使他选择吸收来自这个少女的一切。那双眼睛背后隐瞒的世界,或许只有他可以进入。

"林霏,你和我是一样的。普通的爱情已无法适应我们。在此之前,我们依凭它获得朴素的生活;在此之后,我们却难以长久忍受撒谎的自己。这是一个印记,林霏,而印记是不能消除的。"

2

她出生的时候就是一个精致的美人,即便是婴儿,也能从她那小巧的鼻子和发亮的双眼中看出以后一定会是个亭亭玉立的娇俏姑娘。

"她太美了!"母亲抱着她这样赞叹道。

"是啊。"父亲眉头紧皱,眼睛里是温柔的光。

不过要是个男孩就好了。

父亲心里的"更好"是对于老一辈人而言。林霏的父母来自农村,母亲怀孕的时候,爸爸奶奶用各种偏方土法增加生男孩的概率。父亲虽然对此有些反对,但基于"无后为大"的想法还是默许了这样的行为。

这让林霏的母亲吃了一些苦头,可最后还是生了个女儿。

林霏十岁时,她的样貌出乎了所有人的预料。那被包裹在稚嫩五官中的美感环绕在她身旁形成与众不同的气场,这股气场将她同其他孩童区别开来,同她的父母区别开来,浑然天成出世的矜持与凝练。

老一辈人因为她和父母一点也不相似而始终充满疑虑,他们对这个远嫁过来的女人没有一点好感,因此总是怂恿着儿子再要一个——很快,他们的第二个孩子出生了。

几乎所有人都宠爱这个后来的男孩而选择性忽视了长女。父亲碍于长辈的压力,自然也开始偏爱儿子一些。那个时候,他外出经商,很长时间都不会回家。

三　寂寞莲花

一到家，就用赚来的钱满足弟弟的所有要求，轮到林霏的时候便说："女孩子还是勤俭一些好，等爸妈走了，就只有你们姐弟俩陪伴彼此，你要成熟一点，你还有个弟弟。"

母亲成为唯一在乎她的人，但是越来越骄纵的弟弟不得不让她花费更多的精力和时间。林霏习惯于分担家务，只有这时候，她才有和母亲长时间聊天的机会，其余时间里，母亲要照顾弟弟，她只能独自出门玩乐。

村里有几个年龄相仿的男孩，林霏经常跟着他们上山或者在城镇里闲逛，回家的时候总是灰头土脸，母亲见此总是奚落一番："成天就知道和坏小子鬼混，哪天把腿摔断了没人要你。"虽然这么说，她还是会帮着女儿洗干净。

母亲望着白白净净的林霏，出神地说道："将来你一定是个大美人，你要好好念书，以后到大城市生活。"

林霏不知道大城市是指什么，或者说她压根没有想过自己有可能去北京或者上海；她也不知道母亲嘴里的"大美人"是什么意思，但她更喜欢和男生们待在一起时无拘无束的感觉。

再大一点，林霏的身体开始发育，不再和那些男孩子玩了，她遵循父母的意见，没有化妆，没有做发型，穿保守朴素的衣服，有一段时间还因为近视戴了眼镜。在周围人看来，她不过是隐藏在人群中不起眼的小女生，五官被黑框眼镜和刘海遮挡，身型被宽大衣物包裹，似乎从未有人注意到她。

林霏没有亲密的朋友，从来独来独往，人们只知她是个孤僻的女生，没有什么特长，没有突出的成绩。

然而，这却是她活得最轻松的时光。

她的世界只有这样小，没有向外界扩张，没有新鲜的陌生的事物。她的生活中只有父母（主要是母亲）、老师、同班同学，每天发生的琐事也可想而知。

身边渐渐有男生向女生表白，可这样的好事总也落不到她头上。

后来，林霏一家搬到城里，但是只有在父亲难得回来的时候，一家人才会团聚在一起吃饭。

"应该让儿子报个兴趣班，我看其他孩子都会点什么。"

"他还小呢，倒是女儿想学唱歌。"

• 回声

"唱歌？"父亲的语气很平缓，"唱歌有什么用，能拿来赚钱吗？还是多看看书吧，别搞什么花里胡哨的东西。"

"她学习一直都好，是吧？"母亲向林霏示意。

林霏既没回答，也没点头，而是自顾自地吃饭，她对这种刻意的附和感到排斥。

"做姐姐的，应该这样。过两天，我带你们去买衣服去吧，霏大了，有些衣服该换了。"

"是，她最近长得很快，个子要超过我了。"

"爸妈那边，我也太久没回去了，抽空回去看一下，顺便带儿子回去玩几天。霏就不必去了，学业紧张。"

其实学业并没有什么好紧张的。她知道爷爷那边不喜欢自己，也不喜欢母亲。父亲从来没有说过这些，他小心翼翼地维护着这个家庭和公婆之间的平衡。

有的时候父亲也会望着林霏出神，好像他每一次看见自己的女儿，女儿都与之前不一样。也许他心里也为这个女儿感到骄傲，但他几乎没有表现出来过。

林霏进入高中开始跟着身边的女生学习化妆和穿搭，几乎只在半年的时间内，她便被一大半的学生熟知。

不良少年骑着摩托停在她放学的路上，年轻教师经常留她在办公室询问学业，女生们开始共同疏远这个散发光芒的女孩，就连最木讷的男生也懂得主动找她聊天，而几乎每一次学校活动都由这位亭亭玉立的少女主持。

那些对她赞美或嫉妒的只言片语，如同在心窝上的瘙痒，她享受着这一切，冥冥中这一切也好像是必然到来的结果。这份随她一同降生于此世的命运，以各种方式改变她的生活，将她从传统普通家庭中拉扯出来，丢进混沌陌生的庞大世界里去。

很快，她开始认识到自己的美，再后来，她开始意识到自己的美同其他人的美已经完全不是一个量级。

十七岁，她在一家饮品店里遇到了宋墨。

"宋墨，要是我们被发现了该怎么办？"

"那就叫他们发现吧，我们什么也没做。"

三　寂寞莲花

"要是他们发现了，我就铁了心去做模特。"

宋墨听到这句话大笑起来，随即捧起林霏的手说道："你做或者不做模特，都不应该是为了别人。你得为你自己，为一个未来，而不是这些和你没有什么关系的人。"

过了一会儿，他补上一句："你不要相信你的父母，他们没有这样的高度。除了我，你没有可以相信的人。"

"我可以一直相信你吗？"

"当然。"他的脸上闪过得意的笑容。

很快，一张成年男人亲吻林霏的照片开始在学校里流传，原本隐藏的攻击力量顷刻间崛起，如同海浪拍打在她身上。

校领导知道以后请来林霏的父母。她在办公室看见父母到来，眼睁睁看着男人和女人从远处走过来，而就在这几秒钟时间里，她那一双冷酷如刀般的双眼已经彻底洞穿了他们——一个面色疲惫的妥协的中年女人，一个鲜少回家的陌生的发福男人。那样貌，那姿态，那面孔上细微的油脂都被她锋利地解构了。

我到底是谁？我到底有怎样的命运？在这没有任何温暖的家庭里，我几乎透明，只有出了事，他们才会履行父母的职责，那我是什么？是他们认领回去的令他们蒙羞的物品吗？

在那一个瞬间里，林霏明白眼前的两个人同自己已再无关系，他们苦口婆心的说教，已经无法击穿她早已形成的思维屏障。

林霏就坐在卧室里，好像什么也没想，大脑停滞，只有眼泪不断往下流。卧室外面是男人暴烈的声音，女人凄绝的哀号，夹杂着年幼男孩的哭泣。

"你天天待在家里，居然不知道她和一个男人厮混了那么久！你有什么用！"

"这全是我的错，我怎么会想到霏儿……"

"你以为我很轻松吗！哪边的压力不是我担着……"

紧接着，就是锅碗瓢盆的碎裂声如期而至。

好梦幻。

这些人似乎和她都没什么关系。

在林霏最重要的岁月中，她的母亲选择沉默和持家，她的父亲不断减少着回家的频次。林霏的生活中缺失了一部分父亲形象，并对母亲的形象产生了误解。

•回声

她开始厌恶原生家庭中的一切。尽管那时她尚未意识到随她而生的美带来的命运,那份对朴实传统的家庭环境的厌恶已在她和父母之间撕开一道深渊。

自己已是孑然一身,自己不属于任何群体,自己无法被理解,自己唯有逃离。

林霏清楚地记得,那天下了暴雨。她逃跑后不知该去哪里,失神地走在雨中,单薄的衣服被打湿粘在皮肤表面。而此刻的她内心平静,仿佛潜藏的另一个身份忽然苏醒淡漠注视着自己。

耳边巨大雨声,偶尔轰鸣的雷声同内心静寂世界完全隔绝,她在冷静的思索中,走向宋墨的家。

她在宋墨家中换好干净的衣服躺在沙发上。疲倦至极的她再无力气担心宋墨会对她做些什么。毋宁说,她那时已经放弃了抵抗,所有人都已经认为她是个不洁的少女,她再纯洁又有什么意义?

到了半夜,林霏忽然惊醒,借着月光看见宋墨躺在地毯上靠着沙发均匀地呼吸。旁边的杯子里泡着感冒药,早就没了热气。

他是唯一可以信任的人!

林霏凑近观察男人面部的细节,从抬头纹到胡茬之间的纹路,在黑暗中,她面对自己所爱之人充满了仰慕与珍重。

林霏失去了所有倦意,伸出双手轻抚男人的脸颊,温热的触感顺着指尖流过来,心脏剧烈跳动,她的本能已接近无法抑制的边缘。

她就这样轻轻抚摸男人的脸,既希望他能醒来,又不希望他这样快地醒来。

正是在这莹莹的月光里,在静寂的深夜里,从窗户吹进的微风也带着撩人的温柔。宋墨渐渐醒来,感受到来自林霏的轻触,他看见窗外的月亮,以及挡住月亮的少女。她是这样的近,她的眼睛里满是含情的雾气。

男人来不及多想,一把搂住少女。

林霏的大脑变为空白,她的意识在崩溃的边缘。片刻之后,她慌忙地停下了,惊恐地看着失措的男人。

"对不起。"宋墨轻声道歉,少女起身去洗手间用冷水拍打自己发烫的脸。

"林霏,林霏。"

她在黑暗中听见他轻声地呼唤,女子摸索着扎好头发。他伏在沙发边借着月光看她，黑暗里他的眼睛熠熠闪光。

"林霏，我必须要告诉你，我有未婚妻。"

"那又如何，"少女轻描淡写地回应。

"我该走了。"她说。

宋墨忽然抓住她细白的胳膊，她的眼神中流露出惊恐，如同受惊的鹿。

"还回来吗？"他问。

她点头，说："你喜欢我吗？"

"我可以付出一切来保护你。"他有些局促不安。

她在黑暗中看着他的眼睛，眼睛里折射的光仿佛是她解脱的船票。她内心产生隐秘而大胆的想法，这个想法令她新鲜和恐惧。

"等我十八岁，等我成年，宋墨。我要你爱我。"

她双手捧起男人的脸颊，毫无杂质的眼睛如同强光射入他的身躯。

3

天气逐渐变得清冷，早上下过的雨此时已经干了。夜幕中的人声渐渐平息，只有远处汽车经过的呼啸声裹挟一丝冰凉从窗户吹进来。白天闷热潮湿的氛围已经淡去了，唯剩下夜晚的凉意，屋外的灯光也渐渐熄灭，对面楼房已是漆黑一片。

徐秉超和林霏断断续续地交谈，她将她过往的故事一一告诉他。两个人一整天都待在房子里，大部分时间面对面坐在餐桌前。徐秉超看了看钟，此时已接近十一点，他们还没有吃晚饭。

他起身去厨房里拿出挂面，开始烧水煮面。林霏则跟随他走到厨房，靠着墙注视他的一举一动。

这更像是一次中场休息，这个时候持久的压抑的气氛被稀释，但他们清楚还有许多需要倾诉。林霏对徐秉超的过去仍然一无所知，她需要他的过去，需要从他的过去中找到自我解脱的办法。

"为什么不直接叫外卖？"她恢复以往的活泼，扬起的笑意里含着疲惫。

"我习惯吃自己做的饭。这些是我父亲教给我的，我吃了他十多年的饭。"

"你有一个好父亲。"

• 回声

"是的,"徐秉超停顿了一下,"有时觉得过好了。"

"你觉得你和你父亲像吗?"

他手里洗着菜,这会儿忽然停住了。

"不像。"他思索了一会儿,"他是个热切的人,做什么事都有动力。我对绝大部分事情没有任何兴趣,只有对完全出于我意愿的事,才有足够的热情去完成它。"

"在我还上学的时候,我听有人说我们最终都会变成父母的样子。那时我害怕极了,担心我身上有她哪怕一点影子,甚至连和她一样的皮肤褶皱都使我无法忍受。"

"我相信每个人前半生的目的就是为了认知与接受原生家庭带来的影响。这个影响不一定出自家庭的破裂,也可能出自美满的家庭。每一种家庭都会带来一个或多个特定的性格特征——一个家庭破败的人性格或许有所偏失,一个家庭幸福的人或许缺乏向外探索的勇气。你是否能够客观面对自己的弱点,最终变得独立,与家庭和自我和解,这都是对你的考验。"

"我的弱点是什么?"林霏凑近徐秉超问道。

"你有勇气远离家庭,比大部分人都要决绝和果断。但你陷入另一个极端。在这个极端中,你本能地排斥有关家庭的一切内容,强迫自己遗忘出身与幼年遭遇。你试图成为一个没有来源的不变的雕像,代表绝对高贵与独立。可是过往的印记不会因为你无视它,它就会自主消失,很多时候反映在言行举止而你难以察觉。"

"比如?"

"你无法……爱。你的父母,他们不过是万千父母之一,你没有看见他们的喜剧与悲剧,只知自己是多么厌恶他们,多么想远离他们。尤其是你的母亲,她所做的一切都是为了你。"

"我的母亲只是个懦弱的女人。"她的眼神里闪过一丝轻蔑。

"不,林霏。因为男性是脆弱的,女性是强大的。也由于男性的脆弱,他们选择占有;也由于女性的强大,她们选择妥协。"

徐秉超将面条端到餐桌上,两个人重新坐下。两碗简单的面条,青菜、鸡蛋、简单的调味料。他们开始沉默地进食,颇有默契地完成这个过程。

席间,林霏端起水壶给徐秉超和自己倒了一杯水,徐秉超看在眼里,心里有些动容。

真相是难以调和的。有些时候为了达到一个目的，就不得不做出伤害。像他们这样，很小没了家庭的庇佑，几乎所有事情都要靠自己扛，倘若再要他们向家庭，向父母这些原本天经地义的要素妥协，便再无可能。

"秉超，你能否洞察自己的弱点？你的人格是什么样？"她试探性地发问，这是一次绝佳的了解男人过去的机会。

她看着他停下手里的筷子，神情镇定地回答她的问题：

"我大部分童年时间是和我父亲度过的，缺乏母爱，但父亲一直在非常细致地照顾我，他不希望我与外界产生过多的联系。因为父亲待我过分周全，我有非常懦弱的一面；因为母亲形象的缺失，我对异性有过分的依赖。缺失的安全感就像代偿性的增生，一旦有了机会便会疯狂填补缺口。"

"那你怎么克服自身弱点？"

"弱点不是被克服的，是被接纳的。这些发生在年幼时期的遭遇会奠定一个人格的基础。它无法被改变，只能在不断认知自我的过程中与之和解，明白哪里有不足，尝试修正它。就像天平的两端，只有增加砝码来保持平衡。"

林霏忽然想起念善，那个无微不至地照顾母亲的大男孩。

"家庭圆满的人也会有弱点吗？"

"一个家庭圆满的孩子在思想上成长的速度会变慢，缺乏向外探索的勇气，性格上有依赖性，难以独立，共情力也会下降。这些都有可能是圆满家庭带来的弱点，因此每个人都有他自己要面对与和解的自我。"

林霏摆弄着自己的筷子，碗里的面没有动多少。她并不是真的想要关心念善，只是觉得自己必须这么问，徐秉超的智慧比她想象的要丰富得多。

"未来你会回去见你父母吗？"他问。

女孩脱口而出："不会。"

徐秉超没有说话，而是意味深长地看着她。

"秉超，到底什么才是爱？你爱过别人吗？"

他听后端着碗回到厨房，把碗放进池子里又走出来，似乎不愿意回答这个问题。

他们分别洗漱好后准备回房睡觉，临别时，徐秉超问起有关念善的事。

• 回声

"我知道有个人进入你的生活,我猜一定是个朴实善良的人。林霏,你该怎么面对他,同样是对你的试炼。"

"他叫念善,只是这几天我害怕见他,也不想和宋墨产生任何联系。你明白这个感受,我既希望自己得到渴望已久的爱,亦惮于欺骗别人的感情,我陷入两难的境地。"

徐秉超此时就像一个巨人笼罩在她头顶上方,然后以富有耐心的语气缓缓说道:

"我明白。自己若不是这样,那么是理解不了的。然而若是如此了,才能明白实际上人是没有自由的。很多时候你只能放任自己的情感这样或那样的变化,什么也做不了,而你明知这些不过是对早年遭遇的应激创伤。尤其在这个时代,我们的生存空间还在不停地变小,因为有太多人假冒我们的症状坑蒙拐骗,于是真正的我们却无法坦然接受来自他人的关切,生怕自己是欺世盗名的那个。"

林霏的嘴唇微微颤抖,眼圈开始发红。她站在暗处,但他能感受到来自她体内情绪的波动。林霏像个小女孩一般握紧拳头强忍眼角的泪水。

他在那一刻,脸上露出悲伤的神情来,他在她身上看见自身。

"哭吧,该发泄了。"

林霏伸出手抱住男人,将头贴在男人的胸口,从原来小声的哭泣一直到号啕大哭。

她遭遇过的无数偏见、恶语、羞辱,在这时以液体的方式肆意排出体外,如同长久化脓的伤口接受药物刺激后排出丰盛汁液,只有这时才知病状多么严重。

昨天,他用最直接粗暴的办法破解了她的防御。今天,他深入到她的内里探查她的黑暗,他在黑暗中找到自己的影子,一份说不出的悲哀和怜悯久久流露于他的眼神当中。

4

他到学校来接她。

宋墨站在车门旁边温和地看着女孩走过来。林霏打开副驾驶的车门坐了进去,

三　寂寞莲花

随后男人也进了汽车。

她转头望向自己走过来的方向，放了学的学生们一股股涌出，她确信在人群中藏着许多双眼睛盯着自己，但她已经不再在乎这些。

在她进入这辆越野车之前，林霏不过是他们其中之一，穿着相同制式的宽松校服，扎着马尾辫，背着书包。她忍受了长时间的孤立和蔑视，来自学生、教师一同的选择性忽略。

在这段时间里，她深刻地体会到一股令人窒息般的压迫，并且在这压迫之下学会冷静。她的眼睛多了一层屏障，一层可以遮蔽内心一切的阻隔。

人们不愿意瞻仰位于高处的人像，而愿意目睹他们迅速堕落毁灭。

她清楚这些终于被画上句号。

林霏放下马尾，把头靠在车窗上，看着外面的景色不断变化。发动机轰鸣带来的镇静令她几乎要进入意识模糊的状态。男人一手握着方向盘，伸出另一只手去牵女孩的手。校服的袖口被随意捋上去，露出纤细的手腕。

仅仅是那一瞬间，他也被这只手打动，他的脑海中回忆起她温柔抚摸自己的脸颊。

宋墨载她来到自己的住处，从衣柜里取出一个包裹，告诉她，这是送给她的生日礼物。

一条昂贵的精致的红色礼裙。

宋墨轻轻俯在林霏耳边温柔地说道："林，这条裙子充满了神秘，你要答应我永远不要扔掉它。"

"试试看。"他将礼裙递给林霏，随后合上卧室的门，留下她独自更换。

宋墨离开后，林霏捧着衣服有些不知所措，预感到这将彻底改变自我，而面临这样巨大的变化，内心生出无名的恐惧。

是害怕吗？可我为何要害怕自己的蜕变？那到底是什么样的情绪，既令我渴望，又使我害怕？像是面前停靠列车，只需走上去便会载着自己向着未知的极为遥远的远方前进。

宽松校服被脱下扔在地上，林霏一点一点地穿上这条礼裙，从脚踝拉起，经过双腿，腰部，胸部，最后双手穿过肩带。

宋墨应声走进，站在少女身后，一同面对着这面衣镜。

- 回声

  林霏几乎失去呼吸。
  她发怔地望着镜中的自己，一个穿着红色礼裙的窈窕美人，属于她的每一寸美都依凭这条礼裙大方地倾泻出来。她难以置信，她的美几乎要反噬自我。
  而站在少女身后的男人，内心的意志已经悉数瓦解。
  当人们面对一个绝对超越自身理解的美的时候，任何表达都将变得拙劣和无力。
  "宋墨，我好漂亮。"她怔怔地说了一句。

  到了晚上，林霏跟着宋墨来到高档餐厅。她走进餐厅的时候，几乎每一个经过的人都会侧身望向她。
  她与他面对面坐下，男人面带笑容温和地点餐。宋墨尽量让自己保持自然，这刻意的矜持是为了掩饰内心的紧张——林霏的成年意味着少女的美进入了完全鼎盛的程度，她发出的光芒让他有些不知所措。
  有一刻，他感到自己如同父亲一般。
  因为在过去，自己尚且能够凭借年龄这一借口慈爱地对待她，来保持自己不彻底沦陷在她裙下，丧失自己作为成熟男性的威严。然而如今，他忽然发现她已完完全全地成长了，再也没有过去的娇弱，他又该如何面对她，将她视作一个完整的新生的女人看待呢？
  "林霏，接下来有什么打算吗？"他一边随意地发问，一边切碎盘中的牛排，"这些流言蜚语不过是暂时的，如果你能够度过这段时间，等到你独自生活就好了……"
  "我等不了。"她打断宋墨，"同学怎样，老师怎样，父母怎样，都失去了意义——我不愿成为他们之中的任何一员，我只想成为……我。"
  "你？"
  "是。当我今天穿上这身红裙的时候，我就明白一切都回不去了。宋墨，你不知当我看着自己的时候，内心是怎样的情绪。欣喜、迷茫、悲哀、痛苦，一时间我不知道自己的身份，我的过去同我又有什么样的关联。我望着镜中的人，只是觉得我本该这样，理应这样，自始至终都必须这样！而当我一想到我的过去是那么愚蠢、传统，生活在一个流于形式的家庭中时，我感到无比悲哀。宋墨，并非这光鲜的外表引诱着我，而是我已无法选择变回那受人厌恶的可怜角色。"

宋墨没想到她积压着这么大的能量。

"我知道,林,我能理解你。"

"看着我,宋墨。"她直直地盯着男人的眼睛,"好好看看我。看我的头发,我的五官,我的脖子,我的锁骨,看着我的胸部。宋墨,这副身体有它要完成的使命,即便我现在无法告诉你是什么,但我知道这是必须要走的路。它一定意味着什么。"

他惊愕眼前女子散发的强烈气场,一个刚成年的少女如同一道深不见底的深渊横在他眼前。

"那么,你打算怎么做?"

"带我走吧。"她伸出手去牵男人的手,用食指和中指在他手背上轻点。她知道这样做男人招架不住。

"可我哪儿也去不了。我在这个城市工作,林霏,你知道我有自己的家庭。我的妻子就生活在旁边的城市,所以我走不了太远。"他艰难地说出这些。

林霏沉默了,她仔细地打量着眼前的男人,眼神中透露出冰冷的目光,如同一只伺机而动的野兽扑向自己的猎物。

如果定义她人生中最自私的时刻,那么一定是这个时候,即便是她自己也能够体会到这股不可阻止的自私的力量。

只要她想,便可绝对达到自己的目的!

她要捕获他,他是她的船票,是逃离这里的唯一可能。

"你觉得你还没有背叛你的妻子吗?如果她知道你在这里和十八岁的少女约会,她会不会原谅你?"

宋墨轻轻叹气:"这很复杂,你明知这不过是一段捆绑,你明知你的心早已不属于她,你又该怎么做?这世上多少人都有这种心理,如果任何人站在我的位置,或许也会和我有相同的选择。"

"那为什么不彻底与之告别?你不应该欺骗她,你要做的是遵循你的情感。"

"是对你的情感吗?你不知道你有多么大的魅力。任何人对你都没有抵抗力,包括我在内。你一直在指引我朝你的方向走近,可同时我无法保证你会一直在我身边。我走上这条路,意味着我再也离不开你。我需要退路。"

"宋墨,你爱我。带我走,我们一起去遥远的地方,你说过我适合做模特,那我就做模特,你做我的经纪人。你说过,我应当被欣赏,被瞻仰,被供奉。我想

•回声

完成它,你帮助我。"

她起身,凑近,越过餐桌,领口顺着少女弯腰自然垂下,露出一片无比神圣的春光。她看着男人犹豫的眼睛,以极其温柔的声音说:

"我说过,等到我十八岁,我要你爱我。你不想爱我吗?你可以一直爱我下去。我需要自由,宋墨。带我离开这里吧,如果你愿意,我将属于你。"

如同核弹一般,仅存的理智分崩离析。

他知道此生唯一要做的事,就是跟着她的指引一步一步踏上这条陌生的充满荆棘的路。

周遭的一切皆已无声,世界只剩他与她二人,他们的眼神相互碰撞。她看穿了他,他无法看穿她。

如今,她已从一个稚嫩的孩童,变为一束拥有绝对之美的花朵。

微风在流动,月光在游移。星空里的光点,宇宙中的沉寂。

他伸出双手,越过地壳碰撞山河纵横的人类盛世。文明流淌在电流交汇变幻的瞬间,空白的电磁声穿梭回绕他与她亲吻的表面。她是一堆熊熊燃烧的火焰,指向十二点钟声敲响黑夜刺破白天。他探知她,辨识她,触碰人间与神明最后一层窗纸,只怕多一分力穿透了真相,少一分力错过了飞升。

这是惩罚,这是爱意,这是祸端,这是救赎。

拿走宇宙吧,他并不稀罕;拿走时间吧,他并不需要。但千万不要拿走她,拿走她的旨意,拿走他还存活的唯一证据。沙漠、山脉、大海,那些磅礴的景象在她脑海中闪烁,自己早已辨认不清身处何方。花朵之后是丰润的泥土,泥土之上带着文明的呼吸,不要用伞遮挡天神的抚摸,我的爱人,你我一起在大雨中燃烧。

"宋墨,是你拯救了我,带我离开这里。从此以后,它将永远向你开放。"她在情意的海浪中呢喃道。

自己的身体像是要幻化成灵,或许那风也可从体内穿过。既感受不到恐惧,亦无空虚可言。从未有开始,从未有尽头,只有继续和继续。

任何事不再重要,理智、尊严、任何事。它们横在她的面前,是一道漆黑不见底的深渊。她已走投无路,她将跃下。拥抱我吧,拥抱爱意,拥抱这生命带给我们的一切荣誉。

我感到自己就像一棵参天的大树，我的大脑不断传达给我的唯一讯号，是用力地把根扎进去，扎得越深越好！我肆意地伸展我的身体，使我的肋骨快要刺破薄如蝉翼的表面。而我背后，我的身后，在我看不见的地方，我知道我的精神长出了繁盛的枝叶，茂密广大。

藏在我身体里的植物不断茁壮，最终像是要吞噬我一般，使我被囚禁在主干里，什么话也说不出，什么想法也失去了，只能叫喊，我要大叫。

只有大叫才能被听见，才能使人发觉这棵树里还有个人。

自由是在她放弃了自己的意识唯一体会到的事物。她感受到自己的灵魂在飘荡，在无边的银河里飞行。

要飞向哪里？飞向世界的尽头。世界的尽头在哪？她不得而知。或许没有尽头，可以一直向远处飞，因为她内心清楚，一定有个极限，等她到达了那个极限，她便可重生，抛却一切成为新的人。

是啊，新的人，一个只拥有美而全无痛苦的女子，她可以看见那个形象，坚决的独立的形象。只要她到达了那个极限，那个终点……

她惊慌地哭泣起来。

5

"善，回来了？"母亲从卧室里迎出来。

"啊。"他向母亲轻点头，脸上的表情有些僵硬，只好顺着佯装疲倦。

"累了吧，我炖了点汤。"母亲笑得眼睛眯成一条缝，"我看电视呢，那个谁演的剧可好看了，你洗洗手，喝碗汤然后过来和我一块儿看。"

"行，我过会儿来。"念善摆出一个比母亲还要热烈的笑容，他要靠这个笑容掩盖内心的不安。

他们坐在卧室里，墙壁上嵌着一台窄小的电视。念善和母亲分坐在床两侧，彼此无言盯着电视。气氛有些沉闷，念善早已进入自己的精神世界当中。

"遇到你爸之前，我被人骗过一次。"母亲忽然开口，声音大得让念善吃了一

• 回声

惊，但她还是继续说道，"也不是骗，是我动了情，但那个人没有。我当时以为啊，他那个家庭出身，那份工作，看不上我。可谁知道呢，可能他看我单纯，说白了，就是傻！我以为，我跟他能像一对侠侣远走天涯，你说你妈妈我笨不笨？"

"后来呢？"念善偏过头去问，问的声音很细、很软，很"不经意"。

"跟他在一起之后，我什么都给他了，每天还攒下十块钱给他买衣服。可是好景不长，他家里人介绍了镇长的女儿，比我好看，比我有文化，什么都比我好。要是他不和我分开，我都觉得自己对不起他。可是真分开了，我什么也没得到，却把自己最宝贵的东西给了他，我伤心极了，你也知道，那个时候不像现在。

后来遇到你爸，他什么也没有，就是一个穷小子，我好歹有份学校的工作。不过也是因为这一段经历，我看中你爸的人品，就这样一直到有了你。"

她在见到林霏的那一刻便知，林霏终有一天会离开自己的儿子，可是届时自己儿子是否能够承受她的来去，如同一团绚丽易逝的火焰出现后很快消失呢？

可每当她听见儿子聊起林霏，这个问题就已经不再重要了。一直以来，她对自己的儿子充满了愧疚。她不忍看见自己的孩子逐渐甘于凡俗，更不愿看见自己的孩子在甘于凡俗的过程中，偶遇了那股热切的幻想，可是那幻想因为他有限的眼界迅速地离去。

"善啊，讲到感情的时候，人们都是很矛盾的。对你有利时，你觉得自己很浪漫；对你不利时，你就无比现实。但我们不需要靠除了爱以外的任何东西去判断爱。你要接受自己的魅力，你值得任何人的爱，也要明白每个人都有选择的自由。重要的在于，她们好好地教会了你一些东西。"

他阻止自己去想那抹倩影，过往的碎片跳跃着，闪动着，在他脑海中出现又消失，直到最后剩下一个冷淡的转身离开的背影，那背影回头看他，充满了悲哀与无助。

"妈，我……"

"你不需要靠任何人来证明你自己，更不能靠任何人否定你自己。汤，好喝吗？"

"好喝。"念善看了一眼手里的空碗。

"你再喝一点吧，给妈也盛一碗。你当上主管以后，每天就不必八九点才回来了吧？"

三　寂寞莲花

"这事儿还早着呢，谁知道呢？"

"许多事不是我们想就可以实现，有些事注定要发生，有些人注定要来去，但你要尽力，尽力了就不会留遗憾。"

"嗯。"念善轻声回应，走进客厅无意看见挂在衣架上的西装。

他们逛过最奢侈的商场，林霏拉着他在男装层转来转去，看见好看的衣服便要念善去试。念善总是摆手劝她："别试了，别试了，我不适合穿这样的衣服。"

可他拗不过林霏，只好拿着她选好的衣服走进试衣间。只有当他一个人在里面的时候，才敢翻出吊牌看一眼上面的价格。念善抚摸着衣服的表面，高级布料的质感和气味都是那样陌生。

如果他能自由自在地挑选这些衣服，他就不必整日担心母亲的病。

一想到这，念善叹了口气，换上衣服走出试衣间。林霏站在他后面，愣神地看着镜子里的念善。

没错，这套西装在他身上太合适了。

"买单！"林霏豪爽地拿出信用卡递给服务员。

"林霏，这衣服太勒了，我不习惯。"他的声音有些小。

"你太帅了，亲爱的，没有比这套衣服更适合你的。就当是我送给你的礼物吧。"

"可我该怎么回报你？"

"更爱我。"林霏笑得眼睛眯成一条缝，她知道念善一定会非常开心。

她爱他，爱到后来完全忘记二人的身份差别。

"念善，我说过很多次，我可以带你母亲去看腿。"

"真不用了，林。我们的关系对我来说已经非常满足了，我母亲的事，我自己来就好。"

"可你不必这样，我只是想对阿姨好，对你好，可……"

"林，"念善打断她，"不必了。"

林霏还想说点什么，这从她迫切的眼神中就可以看出来。但是念善显得有些烦躁，快步向前走去。

"你不要误会我，亲爱的。我只是……"

回声

"我知道,我能明白你的心思,我没有误会你,也没有责怪你,今天你给我买的衣服,我很喜欢,下次约会的时候我就穿,好吗?"

林霏点了点头,乖巧地走在念善身旁。

"在你心里,我是什么样的人?"

念善手里提着林霏买的衣服,听她这么问,心里涌起一股局促不安。他说道:

"认识你之前我以为,你是个高傲倔强的人;认识你之后我以为,你是个孤独自保的女人。直到现在,我认识到的林霏,却会疯笑、转圈,无所顾忌,没有拘束。这些都是你在我面前的样子,我想也是在我面前才有的模样。

"我喜欢的林霏,能够摸清脚下的石头,看清眼前的路,知道哪里是常亮的,哪里有黑暗;她喜欢什么,不喜欢什么,都由她自己来定。她想要漂亮,想要平凡,也都是她自己的选择。我选择的林霏,不是因为容貌,而是更深处隐藏的柔软率真的灵魂。那是只有我能看见的地方。"

男生的脸红得发烫。

林霏听见念善这样说时,眼角噙着泪。她终于找到了一份绝无仅有的安稳。是在她行走于一群接着一群虚伪自私者之间,偶然看见的一处光亮。

"是不是有点俗气?"

"不俗,我喜欢。"

"你不用为我母亲操心,我会照顾好她,也会照顾好你。"

像极了救赎。

一个月前,念善去找她。

以往都是林霏到念善工作的西餐厅耐心等他下班,即便念善送林霏回家许多次,这份默契也一直被保留和执行。直到那一天,念善觉得自己应该主动去找她一次,他不允许自己总是那个被等待的人。

念善这样回想着过去的一点一滴,来到林霏家楼下,天气正好,不热不燥,阳光恰到好处照亮那幢住宅的一面,同时透过窗户照亮了楼道。

没错,如果林霏看见自己主动来找她一定会很高兴。虽然自己没有英俊潇洒的外表,至少也是眉宇分明,曾经也有不少女孩追过。他想,或许一次惊喜能让林霏对他刮目相看。

可在他步入楼道前却忽然看见林霏家的门被打开,从里面走出来一个女人和

三　寂寞莲花

一个男人。他可以辨认那女子就是林霏，可他不认识那个男人。他看见那男人站在林霏身旁，离得那样近，能够肆意触碰林霏的肩膀。

"……或许你还没有看清到底谁才是自私的人！"

他看出他们的争执，依稀听见他们的声音。也是那时，念善忽然心跳加速，面红耳赤——

这样的情形，是我想到的吗？自然不可说没有，没有出处的隐忧和幻想时时刻刻伴随我左右，类似的情形早已在心中演练千遍。只是真的接触到时，仍然不知该如何解决。

我是想到了的，是想到了的。我也是能够接受的，是吗？

那样的女孩，如果没有什么情债，才算不正常吧。她陪伴在自己身边的样子，也是发自内心的吧。如果不是我突发奇想来到这里，一切也能照旧进行下去完好如初吧。

或许平日里，她也在为割舍不断的关系感到焦虑与烦闷，她或许费了许多力气才得以将这些隔绝于我。我为何非要过来莽撞地打破这一切呢？

念善站在原地，心绪不宁。阳光开始变得晃眼，他需要逃离。可是要逃离去哪里才得以免除此刻连同日后的嫌隙？

他知道他们的缘分到此尽了，他没有能力去承载她所承载的负担。

念善趁林霏发现以前连忙逃走，一个人在大街上奔跑，他想要一路跑回家，回到自己的卧室，回到母亲身边。他觉得一切都在捉弄他。

这虚假的世界！

在这之后，念善每天都心绪不宁，过去的情景一次次重现，分不清是为了一遍遍强化痛苦，还是为了制造一个个自我欺骗的借口。

他们的身份太悬殊，他们的地位太悬殊，他们的道路，亦太悬殊了。

这一个月，林霏没有找他，一切似乎尘埃落定。如果她十天不找自己，或许还有变数，二十天也能够接受，一个月！

这一个月，林霏人间蒸发一般消失不见。如果他未曾看见那一幕，或许此刻早已心急如焚，以为林霏遇到什么危险。可正是因为他看见了那一幕，因此有无

• 回声

数幕画面被幻想了，被勾勒了，被填充了。

她的生活是丰富的，自己不过是一时的消遣。

所以还是这样吧。

他回到家，看见担忧自己的母亲，有些惭愧。

"妈，我们分手了，是和平分手。"

"怎么会呢？"

"一定是因为我没有这方面的经验，才没有把握住林霏。"

她知道自己的孩子会这样说。

"在家待太久了吧，过两天带你去郊外散散步。"

"好孩子，以后会有更好的女孩在等着你。"她迟迟才回了这样一句。

但是还有什么东西没有了结，藏在他心里。

"念善，念善。"

林霏挽着他的手轻快地重复着。

"我从来没有这么安心，就像是经过了一场漫长的跋涉，在泥泞之中，在冰雪之中，在干涸之中，在烈日之中！那些模糊的痛苦仍然带着它们的回声舍不得离开，可是现在，我已这样安稳。"

"林霏，可有时我好害怕会有离别的一天。"

林霏沉默了，如果把念善换作其他人，她一定会自然地接一句"是的"，可是如今她认定念善是最后保全的途径，她又怎能像其他陷入爱恋中的女子一样轻易地否定——否定就连她自己也心知肚明的结果呢？

"念善，你对我，对我们的质疑全部来源于你我的差异，可是你我本无差异。那个曾经站在人群中间费力斡旋的女人很快就消失了，她也没有任何勇气再回到过去了。"

"我知道，"念善无奈地笑了笑，"可能任何一个人在你身边都会有压力。既不由自主想拥有你，又充满了对失去你的恐惧，这股复杂的情绪才是你很难信任他人的缘由。"

"可是我信任你，我会一直信任下去。"

"我也是，我也信任你。"

他们一路散步，直到林霏住处楼下。分别之时，林霏回头看他，仍然看出念善眉宇间的忧扰。

爱情或许都如此,狂热过后陷入冷静和质疑,一直以来的嫌隙会被慢慢放大,成为考验二人的难关。

"答应我,念善,"她这样说,"如果有一天,我们被迫分开,你一定要相信我。来找我,拯救我。"

没错,我应该去找你。至少我们需要一个体面的告别。

他想。

6

林霏回来的时候,看见徐秉超正站在自己卧室门口打量着。她刚从超市回来,手里拎着两袋日常用品和食物,包括徐秉超让她带的茶叶和一沓纸钱。

她将东西码放在厨房,才回过身开口问他:"为什么站在这里?"

徐秉超嘴角难以察觉地扬起,回道:"我发现你没有锁自己的房间。"

"我觉得没有什么好隐藏。你看我就如同看待一件透明的器物,任何秘密都失去了意义。这很神奇,"林霏哼笑一声,"你霸占了我的灵魂。"

"有些冒犯,但我没有恶意。你看,人和人的交流正是这样神奇,我一直认为,只有深刻的交流才能真正认知和触碰对方。每个人都各不相同,无法用标签进行分类和概括。"

林霏快速地打断:"你总是说些高深的话。对于一个女孩而言,这些都很没有意思。"

徐秉超没有回应。

他想起了成修竹,想起她曾说过的话。亲历死亡以后,大部分事情变得毫无意义,能够被简化和删除。

他并不无趣,因为他拥有的趣味无须使用浅显的方式展现;他也并不刻板,他从来都不是一个刻板的人,他只是失去了对太多事应有的热情。

"这些茶叶和纸钱是买给谁的?"

"一个故人。"他简短地说。

• 回声

"自从你搬来这里以后,你就没有出过门,不闷吗?"

"闷,"徐秉超开始帮助林霏整理买回来的东西,"我只是害怕再与外界产生联系。我与你产生的联系对我而言已经是计划之外的事,按照我原有的打算,我会独居直到自己死去。"

林霏听后停下手中的活,试探性地问:"死去?"

徐秉超倒出人意料地笑了一声:"谁都不能保证将来的事,因此可以暂且这么说吧。总之这是我的打算。"

"你真奇怪,如果是我,几个月不出门会闷死的。"

"对你而言,对绝大部分人而言,独居不出意味着从海里搁了浅,难以呼吸,必要的流动和自由都被剥夺了。可对我而言,与外界产生联系就像从陆地入了海,破开海面进入水中对我而言是一件极为恐惧的事情,入海后的一切感官都变了样,不受控制。"

"你害怕和人接触?"

"我害怕亲眼所见一场争吵,一次行窃,甚至一段微小的摩擦。我已失去勇气再去面对此世的种种,因为一旦我看见,感受,我便立刻觉得难过,立刻觉得自己被莫名的巨物撕碎。让我更害怕的,是看见大部分人都平静而满意地生活,因为我无法如此,我感到自卑与自愤。"

"秉超,你被抛置在一个冷漠的充满了争斗的世界,原本作为壁垒的家庭也和我一样没能给予保护。如同一个早生的卵生生物,没有做好准备,始终充满了惊惧与怀疑。"

他有些惊异林霏能说出这番话,随即点头示意:"是的。"

林霏和徐秉超一同整理好物品,她决定带徐秉超进入自己的卧室。

在林霏崩溃之时,徐秉超进去过一回,那次已经深夜,他也没有开灯,只看见了被林霏随意放置在门旁的相片,其余一片黑暗。林霏想要让徐秉超看见这个房屋内他唯一没有仔细涉足的地方。

这间卧室相比于其他房间,更为整洁透亮。整齐的衣物,干净的梳妆台,房间角落堆放的一些箱子。任何女子都可能拥有的普通的房间。唯一使徐秉超感到羡慕的是那扇巨大落地窗,他羡慕这一点。

"为什么带我看你的房间?"

三　寂寞莲花

"这个房间很普通，它也并不真正属于我，我只是这里的租客，在此之前和在此之后都会有它的主人。属于我的东西也少之又少，没有什么秘密可言。就算有，我也无需对你隐瞒，你太了解我，我完全没有自保的手段。"

他注意到她的眼神中带着无助。

那股无助，是对自己过去的质疑，对失去重要之物的悲哀。她此时什么也不拥有——失去了一个能够保全她的男人，失去了一个她爱的男子，而现在，他亦成了那个对她的精神进行肆意洞察和揭露的人。

两个月前在楼道里同她第一次眼神交汇；听她喊"徐秉超先生"再到后来喊"秉超"；目睹男人上门来卧室堵她；也目睹她如同小女孩一般进行一场天真的爱情。他见过林霏最平凡无奇的模样，也见过最雍容华贵的模样；

他见过林霏的眼神充满伪装冷峻，也见过林霏身心崩溃无助。

短短的两个月。

晚饭过后，天色已经完全地黑了，外面又开始下起淅淅沥沥的雨。

林霏和徐秉超站在窗前，他把窗户开到最大，感受偶尔的雨点打在自己脸上，留下湿润的印记。

"我想出去透气，一场旅行。我想去乡下几天，下了这么久的雨，乡下的空气一定清新极了，新鲜泥土气味混杂着雨水湿气氤氲空中，无人打扰。你能陪我吗？你是唯一能够陪我的人了。"

"这窗户带给我的已经够了，你想去就去吧。"

徐秉超忽然瞥见楼下有个人影，只是窗外昏暗无法看清。

他看见那个人影站在楼的正下方，似乎正朝着自己所在的位置观望。

"林霏，和我说说念善吧。"

林霏有些意外，徐秉超头一回主动询问有关她的事，他没有回头，没有请求的意味，就像不论她说与不说，都在徐秉超的意料之中。

"他是一个细腻温柔的人，对我有其他人都没有的包容和理解。只是……他对我的善意太过强烈，我想要保护他和他的生活，同时却不能坦率地面对他，向他展露我的创伤。"

徐秉超听到此处，神情有些呆滞，随即说道：

"我想，真正爱一个人，是不仅对他充满慈爱，亦对他充满了慈悲。是接受

• 回声

他的光明，也是接受他的黑暗。如果一个人始终无法理解你承受的痛楚，那么他给予的再多的善意，最终都不会是解救你的药。只有痛苦，才能指引出真正的爱来。"

"可是这太难了，不是吗？"

徐秉超转过头看向林霏，他再一次注意到她的眼睛。他看着那双眼睛，看出疑惑和怀疑。

他微笑地说："是的，太难了。"

"爱情从来不是和别人相爱，而是和自己相爱。你选择的对象，或多或少出于你对自己形象的刻画。你在一段段的关系中认识到的，应该是越来越完整的自己。爱情是实践，是练习，是认知自我的途径。有的人在这样的过程中，精准地找到了那个能够信任的人，有的人却一次又一次迷失了对自我的认知，永无止境地追寻着。林霏，你要触碰自己，认识自己。你想要得到的到底是什么，到底该从哪里得到。"

"所以我必须不停地爱一个又一个人吗？"

"不，你应该学会爱你自己。"

林霏陷入了沉默。

我靠近念善，原来仅仅是出于一时的恐惧和疲惫吗？他有的不是解药，只是一时的麻醉吗？

她想起念善说的话："林霏，总有一天你会遇到一个人，他能够真正拯救你，使你获得解脱和心安。"

念善是这样的人吗？宋墨是这样的人吗？徐秉超呢？

徐秉超朝楼下指去："林霏，过来，看那是谁。"

她走近窗户，顺着徐秉超的眼神看过去，即便昏暗无光，她一眼看出那个人影就是念善，于是立刻紧张起来，心跳加快，难以自持。

她的面部开始扭曲，声音颤抖地说："是念善，我该怎么办，我对不起他，可这一切并非我意……秉超，我不敢见他！"

在那一刹那，徐秉超被忽然涌出的记忆击中，愣在原地。

三　寂寞莲花

他的眼前倏地出现成修竹的模样来——众目睽睽之下，她浑身湿透走进教室，站在讲台边，双眼直勾勾地盯着坐在座位上的自己。那双眼睛中看不出任何情绪，就像两个吞没一切的黑洞。

那短短的几秒钟里，她身上的水珠聚集地下，在大理石地砖上留下一摊深色痕迹。她什么也没有说，眼神越过无数人盯着徐秉超，随后逃出了教室。

徐秉超想起这一幕，一股巨大的失落席卷而来。

他望着林霏，用虚弱的声音请求道："林霏，下去吧，见他一面。"

林霏没有见过徐秉超这个样子，他的声音中充满了哀求。

"可……"

"林霏，去吧。有些面不见，就再也见不到了。"

7

他眼看着她一步一步从屋檐下走出，雨水就从天空落下打在她的头发上和肩上。细微的水珠，在触碰到表面的时候被打碎，跳跃，沾湿染深了一小块面料。雨水在她身上绽开，她的发丝粘连在一起，粘连在额头上，她身上单薄的衣服被染深，紧贴着皮肤。

从黑暗里，迎面走来这样一个女性，她的身体匀称无瑕，即使是透过了模糊的雨幕，也能看清毫无一丝累赘的曲线。

他看着她一点点走过来，像是初识，又或者已经过了许多年；他看着她一点点走过来，内心慌乱，佯装镇定。

他的感官异常敏锐，能够捕捉周遭发生的一切。她的每一步，沉重和悲痛，踩下去溅起的水花又落下，还有穿过她指缝间的细微的漫不经心的气流，在她身边旋转分合。他甚至可以体会到处于黑暗中看不见的林霏颤抖的嘴唇。它们上下彼此闭合，她试图挣扎张开自己的嘴，试图解释，试图掩盖，试图挽留。可是在那难以察觉的分秒内，微弱的力气难以让它们分离，覆盖嘴唇上的红色表皮相互黏合与颤抖。

他眼看女孩向前迈步，走入路灯的光线里，他看清了那张脸。也是在那一刹那，眼前出现与之相关的许多画面来：她怎样搂着自己的胳膊开怀大笑，她怎样

· 回声

转过头朝着自己扬起嘴角，她怎样面对窗户迷茫不知所措，她在夜里熟睡仍然紧皱眉头……

林霏曾经对他说：

"念善，我感到极度的疲惫。我对过去感到恐惧，我再也不想回到那个生活中去。"

"念善，我并不重视自己的存在，我想像普通人一样活着。可是我遇到的人们会朝我蜂拥而至，他们得不到自己想要的东西就会离开，没有一点怜悯，甚至觉得一切错都在我身上。"

"念善，这个世界要求我给予属于我的隐私的东西吗？它要求我将这些东西尽数分享给所有人吗？"

他无法分辨那个人是不是林霏，毋宁说到底是不是一个人。这或许是属于他自己的幻觉，他看见的人和过去相识的林霏完全不同。他几乎丧失了表达的勇气。

"念善，对不起，"她说，"这么久我都没有找你。"

"你曾经和我说，如果有一天你不来找我，一定是因为发生了什么。"

"没错，我可以向你解释。"

"不，不用。结束了，这一切。我是说，结束了更好，不是吗？你不必解释。我们彼此都清楚分开是必然的。只是，只是关于你得花多少时间放下，正如你放下过去的种种遭遇一样，像把它们放进罐子里然后放到柜子中去，和其他罐子摆在一起。"

"不，亲爱的，我没有想过要和你分开。我说过，我想一直陪在你身边，只有你对我是真心实意的好，我怎么可能舍得让你离开？"

念善苦笑一声：

"你知道，我的过去教会我的一件事就是：每一件珍贵的事物最终都会从我生命中离开。不，我没有任何怨言，我只是明白这一点。从我还小的时候，我的父亲离开之时，我就明白了。我失去了可以选择的未来，我照顾我的母亲，我继续一个普通的琐碎的生活，每一个珍贵的事物或人来到我的生命中，我拥有的只有恐惧，我知道都会离开就像父亲离开我一样。"

"我不会离开你的，你要相信我，我不会离开你的！"林霏几乎要喊破喉咙。

"所以，从你进入我的生活时我就做好了准备。我全心全意地爱你，也充满了怀疑，你不在我身边的时候这些情绪涌上来，就像恶魔一样在我耳边低语。"

"对不起，念善，求你相信我……"她的声音越来越小。

"林霏，使人痛苦的不是痛苦，是希望，是你携带着的希望。因为这个希望让我产生了动摇，让我对生活感到不满，让我充满了动力——而我压根不知道方向是什么！"

"我从来没有想过利用你或者把你当作短暂的消遣，我可以付出一切，我选择了你！"

"林小姐，我们站在这里不是为了吵架，而是为了告别。我站在这里，是因为我愿意相信你做出的努力。我们只是本不该在一起，我没有任何能力和其他出现在你世界的男人比较，就这么简单。"

林霏感到来自眼泪的温热和潮湿冰冷的皮肤形成强烈对比。她试图表现得坚强，没有举手擦去眼泪，她只希望这些泪水和雨水相混，不被眼前的男孩看见。她不希望他看见自己脆弱的一面，更不希望他觉得自己仍然在说谎和装可怜。

可是对一个女性而言，割舍最看重的感情是多么艰难的决定！

诚然，她过去也在怀疑自己和念善能否长久，可当她真正面对终结时，无比希望可以继续，多一天，再多一天，就算是过家家般的游戏也好。

"我，不敢说多么清楚你内心的感受，林小姐。但我相信你，正如我过去所说的一样，你最终会找到自己的归宿的。很抱歉，我不是那个人，但我知道那个人会出现，带你找到安稳。到了那个时候，你便不再害怕会有人离开。所以，你要做的只是继续追寻下去，你或许会做出很多错误的决定，遇到很多错误的人，就像我一样，但你会找到对的人，不是吗？"

念善转过身去，他清楚地看见了林霏的面容，这是他此行最终的目的。他会将她记在内心，并非作为拥有的对象，而是作为缅怀的对象。

一生中总会失去一些人，不是吗？他们带着光闯进你的世界，给了你最珍贵的记忆就离开了。你会很难过，但你知道自己抓不住。这光太过闪耀，闪耀到除了让她走，没有更好的办法了。

"念善，不要离开我。"林霏望着渐行渐远的背影说，"对一个女人而言，和自己爱的人在一起就是最重要的。就算所有人都要我们分开，可是我爱你！"

她眼看着男孩的背影逐渐消失在黑暗的边缘，几欲消失。

•回声

她看见他忽然转过身来，朝着她，用力地挥手并且大喊：
"林小姐，谢谢你的爱！不要爱我了，爱你自己吧！"

徐秉超将头靠在窗边，眼神淡漠地看着下面的情况。他听不见，只是看见两个模糊的人影。

他看到林霏和念善之间的对峙，内心想的却是那个出现在他年少时期的少女。

他想起那个普通的午后，少女漫不经心地问他："秉超，我们出去玩吧。"

"出去玩？我们已经把这个城市玩遍了。"

"不，我是说私奔，我们一起去看海。不远，只要几个小时的车程，我们可以在那里待几天。没有闲言碎语，没有人管着我们。秉超，我们去吧，悄悄地，他们发现的时候我们已经出了这个城市。"

"不，修竹，这不可能。我爸知道了会气坏的，不能让他知道我们的关系，更不可能让我平白无故地消失。没有人可以做到，或许你可以，但……别人不像你。"

"秉超，你在害怕什么？你害怕的东西几年以后不值一提，可如果你不去，你的人生就缺失了这一段经历。你不应该害怕，除了死亡，有太多事都是我们给予自己的枷锁，听我的，过几天我会来你家找你，你要做的只是走出你的家门，其他的事我都会准备好。"

"修竹，修竹……"

他的思绪被打断了，他听见门被用力关上，衣服湿透的林霏捂着脸跑进卧室跌倒在床上。徐秉超走近卧室的门，望着不知是因为冰冷还是悲痛而浑身颤抖的身体从被子里发出的哀号沉闷地在房间内回响。

全心全意的爱，最终只换来一句"谢谢"。而这简单的两个字，恰恰代表了横亘在他们两个世界之间的深渊。

他清楚眼前的女人此刻多么痛苦，他明白这一点。但他所做的很有限，此时此刻，他只能等待她一点点消解自己的力气。

使人悲痛的绝非只有此晚，而是此晚过后的每一个日夜。

徐秉超入神地盯着泣不成声的女子，回想起属于自己的那份煎熬与矛盾。他知道自己的生命并不长久，但也不能眼看一个距离自己如此近的女子得不到帮助。

三　寂寞莲花

他原有的计划是否应该为了这个女人做出改变呢？

"秉超，秉超。你遭遇太多苦难，你的心无法安定。但你注定遇到一个同你一样的人，你可以分享自己的痛苦，你可以同化那个人，你们将成为同类，一起孤独地活在这世上。届时，没有人会记得你们，你们是荒野上的游星，没有名字，也无法死去。这是我看见的事，我相信它会发生。"

他脑海里最终只剩下这段话。

"你说，你想要一次旅行，我答应你。我们明天启程。如果你想要摆脱痛苦，我想这是你唯一的机会。"

他听见被褥里的呜咽声渐渐平息了。

四

命運交界

四　命运交界

1

"秉超，秉超。"

他惊醒，声音犹然回荡在耳边，这现实里只有他一人。窗外微微发蓝的光勉强照亮屋内，清晨的鸟啼声越发响亮起来，他起身掀开被子，走到窗户旁边推开窗户，清冷的空气扑向他，使他忍不住打了个哆嗦。只是他喜欢这清冷的环境，毫无人间气息，安静得如同幻觉。

此刻四五点，林霏还在熟睡。徐秉超想准备好早饭后再叫醒她。他心里有顽石积压，希望早点出发。

徐秉超走近林霏的卧室门，手轻轻搭在把手上，暗自犹豫应不应该打开。

或许她在悲伤之中压根没有听见徐秉超的话。

徐秉超正犹豫时，忽然听见里面传来细微的声响。他轻轻打开门，看见林霏已经坐了起来，望着门外的自己没有一点惊讶之意。反倒是他没有料到她会起这样早。

"今天……"

"今天我们离开。"她说。他看不穿林霏脸上的淡漠，或者她的淡漠之下什么也没有。

"我去准备早饭，你可以收拾一下。我昨晚已经收拾好了。"徐秉超转身去了厨房。

她有些木讷，想不起昨天发生的事。

一个存在于清冷早晨的女子，准备启程探查关于自我的真相。

"早上的时间过得很快，天一下子就会亮起来，我们在天亮的时候上车，然后出城。"

• 回声

"你知道要去哪里吗？"她问。

徐秉超愣了一下，随即回答："任何地方。"

他在欺骗她，也在欺骗自己。

在楼下坐第一班公交车到终点站，随即转乘大巴出城。大巴会在各个村镇停靠，他们只需要选择其中一处落脚。

徐秉超和林霏一同下楼，各自背着一个包，里面装着干净衣物、水杯和一些食物，再无其他。

徐秉超走出这幢楼，双腿有些发软。他已经三个月没有出门，踏上这厚实水泥地的那刻，新鲜的感觉从脚底传来。这才发觉自己有多么想念大地，进而明白为什么人类如此依靠它。他的每一步踩在这坚硬表面，感受从脚底到膝盖再到肌肉的震颤，像是恢复良久的运动选手重新触碰属于他的器械。这三个月里，他可以感觉到大腿上的肌肉悄悄溶解，脑袋也像是一直浸在液体里。脱离他人而存在并没有带来太多改善。

"你答应我的，你该告诉我你的过去了。"二人在站台等待公交车。

"是的，但不仅是我的，也是关于成修竹的。"

"那个和我很像的女孩？"

徐秉超点了点头："你们不像，我只希望你可以从中洞察到一些只有你自己可以洞察到的事。"

"你说过她找到了自己的答案。"

"没错，每个人有他自己的答案要寻找。最重要的是，它会给你带来启迪，让你能够少走一些弯路。"

他们上了车，车里只有寥寥几人，早晨有老人会坐车买菜。他们选择了一个靠窗的二人座位，坐下以后，徐秉超把头转向窗外不再言语。

林霏上车后不久开始入睡，颠簸的旅程与嘈杂的环境逼迫她逃避，沉沉的睡意连同起床时缺失的部分席卷而来。

徐秉超看着她，像任何一个人都会做的那样在颠簸中努力保持头部的稳定，偶尔会猛地向一边倒去随后很快回归。他有点想要叫醒她，让她靠着自己的肩膀入睡，只是想了一会儿觉得没有必要。

四　命运交界

他淡漠地望着窗外不断变化的光景，有些恍惚，以为自己回到几年以前。这种熟悉的感觉迅速袭来又迅速离去，使他在一阵眩晕中分不清自己所处的时空。这些年的遭遇，来去的人群，过往如烟云。

"人们会死去。"修竹的声音又在回荡。

海、咸味的空气、身影、沙滩、厌恶、欢笑、大喊、赤裸、太阳、死亡、月亮、哭泣、恐惧。

他眼前闪回许多画面，精神再一次感到紧张起来。

身旁的林霏不知道什么时候醒来了，或许是因为她醒来也没有任何动静，她说："短短两个月，我居然变得这么狼狈。我曾经还想过控制你，让生活变得更有趣一些。最终却是一切都崩塌了。"

"崩塌是必然的，我只是偶然遇见罢了。"

"你说过我们早就失去对爱的希望，为什么你那么笃定？"

"因为我曾经也如此。一个体会到痛苦的人不能向光明索求光明的宽容，只能向黑暗请求黑暗的理解。别人如果理解不了你，再多的安慰也只是浮在水面的油，溶不进去让你清澈。你的失败是必然，但不代表你不应该尝试。你只有亲身经历，才会明白。"

车在不同的站点停靠，直到靠近城郊，车上已经没有几个人了，林霏才重新开口：

"从第一个男人爱上我开始，我便感到莫名的失落，这股失落伴随着越来越多爱慕我的人也越发强大起来，几乎要将我吞噬。几年前，我还说不清楚这种感受，现在我才明白过来——所有爱慕我的人，他们并不真的爱慕我。他们只是爱慕我拥有的身体和面容，他们爱慕这具身体以及他们幻想中的林霏。他们爱慕的林霏越完美，他们占有时的快感就越强烈。没有人在意我。

"我就像被囚禁在这皮囊之下，可怕的是这皮囊小到刚好盛放我的灵魂，没有任何办法摆脱。我被完完全全地包裹其中，密不透风，无人知晓。我不被允许拥有自己的欲望，因为他们占有我的欲望；我不被允许拥有自私与丑恶，因为他们的幻想排斥掉了这些。这些年，我像是在为了一个名叫林霏的人而活，而非为了我自己。

• 回声

"我所过的生活,让我迫切地渴望真切的关心和爱。只有念善给了我这些,也因为如此,我……"她有些哽咽,立即停了下来,不愿让徐秉超听出自己情绪的波动,只是在他没有注意的时候,眼泪还是不自觉地滑落下来,"秉超。我勾引别人,诱惑别人,拆散别人的婚姻,和陌生人发生关系,我不关心别人的感受,我彻底地自私着。我依靠这些而活,因为只有这些罪恶的行为才让我感到安稳,才让我觉得自己尚且活着。可他们无限地原谅我的时候,我的灵魂才真正地被杀死了一次又一次。"

他有些不知所措,林霏忽然将她的本质展现在自己面前;他也感到有些难以自容,因为在过去的时日,他也对林霏抱有一些"幻想"。

尽管徐秉超此时什么话也说不出,内心却对她充满了理解。

二人坐到终点站下了车,按照计划买好了票,换到大客车上。徐秉超无法忍受客车中的气味,消毒水的味道中夹杂未被清洁的汗臭,车里空调吹出的空气将这些气味一股脑儿全送进鼻腔里。他也不喜这密不透风的玻璃,将他与外界清新的环境隔绝开来。

人们拎着一个个包裹经过徐秉超的身旁,大声交谈,缓慢穿行,把过道占了个严实。他不由自主地皱紧眉头,脸上显现鄙夷的神情。

在长久的隔离后,面对突如其来的嘈杂人群,徐秉超难以适应。那些穿着朴素讲着方言的人在自己的生活中奔波,他此刻游离于他们的世界以外。

他们属于一个和自己毫不相关的世界,有自己的苦难要去承担,也有自己的幸福藏在心里。然而他坐在座位上望着他们,内心升不起一点共鸣。

有那么一刻,他忽然感到自我的渺小。也许正是这样,他不过是一个充满疑问却躲避真相的小布尔乔亚,始终沉浸在自我救赎这些不切实际的幻想当中。尽管他常常赞美生命、善良和孩子,却在真正接触他们的时候充满了嫌弃。然而,除他以外,绝大部分生活在这片热土之上的人民——尽管他们也有自己的痛苦要承担——并不真正将自我与群体隔绝开来。不论他多么对此嗤之以鼻,或是虚伪地形而上地自私地赞颂着这样的精神,他们也始终要比他更加满足和幸福。

这样的想法只是转瞬即逝,徐秉超到最后才会明白,他渴望的重生,靠他自己是完成不了的。

林霏自然地靠在了徐秉超的肩上。

她说——

我很后悔自己过了这么多年却还站在原地。我想起五年前的那场台风，自己花费了多大的力气才得以逃脱。在我成年的那一天，我就开始了自轻自贱的毁灭，直到现在才明白这些过程没有真正意义。

我将自己奉献给别人，不是出于爱，不是出于自愿，是出于逃避。我的献身岂止是为了一个男人，我的献身是为了和此世的一切敌意妥协。

2

她的献身是为了和此世的一切敌意妥协。

自打有关林霏的事情越传越广，一些男生便同校外的社会青年合起伙来堵她的路。而这一回，林霏主动找到那个领头的男生，让他放学去某个空教室找她。

等到放学以后人都走光了，男生独自走进教室看见林霏站在墙边。她穿着臃肿的校服，外套拉链被拉到最高处，严严实实地将自己包裹起来。见男生走进来，林霏无动于衷，脸上也没有任何神色，这让男生感到有些紧张。

平日里张扬粗犷的男生此时对眼前的女孩感到有些害怕，自知过去对她有不少的攻击，担心这会导致女孩与他拼命。

林霏直直地注视男生的双眼，随即缓慢地拉下校服拉链，露出里面单薄的打底衫来。她将双手从外套里抽出，然后将校服系在腰间，仅仅是此刻，十八岁的年轻的美突破臃肿外套倾泻而出，如同一道不属于此世的春光乍泄。

他曾经私下幻想林霏会怎样屈服于欲望，但是当他真正看见女孩是如此蓬勃而充满神圣意味时，一切自私的揣测都显得无比丑陋与可恨。

男生已经无法言语，她怀里是一片温柔云海。

林霏完成这个过程的时候尽力克制着恐惧和屈辱，但是她自知一切黑暗将在自己面前灰飞烟灭。

这是对外界的消灭，亦是对过去的卑微、残缺的旧我的消灭。

•回声

她将自己的衣服迅速穿上，然后忍着眼中的泪水靠近这个不断伤害她的男生。在这极短暂的时间里，林霏对男生的情绪从屈辱到愤怒再到蔑视，她的精神在直面痛苦根源时得到了快速适应和进化。

而当她靠近男孩时，看见的不再是一个强大的反面，她意识到在自己接下来漫长的生命中会不断遇到，不断遭受，不断反抗，不断解脱。

林霏轻声地说："你看到了吗？欲望、冲动、自私、贪婪，这是属于你的黑暗。你会永远记得这幅画面，而你永远不可能得到它。"

她说完快速离开教室，跑出教学楼，跑出学校，直到一个谁也看不见的地方，才放声痛哭起来，声嘶力竭，像是肚子里有一颗积蓄已久的果实撑破内里释放能量。

她是多么的恶啊！她利用一具如神明般的躯体尽情地释放自己的恶，甚至没有人教她该怎样做，她便熟知怎样才能摧毁别人的精神——

在未来的日子里，她的身体会永远地成为蛊惑，使男生再也不能正常地接触其他女性；她让他看见了不受限的欲望，而他会为了满足这份欲望追逐一生。

这份报复和她对宋墨的勾引成为林霏对待外界的基础，也正是这份报复和这份勾引，实现了林霏对所有规则的破坏，实现了对自我的肯定，成为一个没有弱点的精明女人。

也是从这里开始，她被囚禁在这个躯体中。

在她和宋墨决定好私奔之后，林霏不再关心学校里流传的言论，同学怪异的眼神或者任何外界关切。她同样不再关心父亲是否回家，母亲是否继续忍耐。旧的一切很快灰飞烟灭，同她失去联系。

林霏开始将从前的没必要的东西全部打包扔掉，直到卧室变得从未有过的简洁。至于必需的东西，她放在行李箱里，然后把行李箱藏在床下。

她知道自己做这一切谁也不会发现，就连母亲也从未主动提及。

有的时候她从卧室走出，看见母亲还在厨房里擦洗，忙碌的背影没有注意到她的存在，行动平缓，似乎不急于完成家务。她站在后面注视这个背影，眼神里充满复杂意味，掺杂若有若无的伤感，但更多时候可以明显感受到自己的冷漠。

母亲给弟弟盛了饭后问起来：

"你怎么最近都不爱说话了？"

"作业太多了，我在想题呢。"

林霏对决定好的私奔闭口不提，她不想让任何人知道自己做好出逃准备。

"告诉妈妈，你是不是很难过？"

林霏抬起头和母亲对视，眼睛里什么也没有。

"当然没有，只是……我们太久没有聊天了。"

"哦，是啊。你爸走了以后，我天天忙着做家务，顾不上你，你和妈说，心里是不是有事？"

"学习难，压力大，没朋友……还能有什么事？"林霏的眼睛眯成一条缝，做出一副假笑。

母亲顿了一会儿，看了一眼旁边专注吃饭的儿子，转过头缓缓说道：

"妈知道你对自己的生活感到不满，只是我已经没有选择的机会了，所以我把希望寄托在你身上。如果你想冲破别人给你的束缚，那你一定要有足够强大的勇气。"

她没有想到母亲会对自己说这些话，但也仅此一次，母亲把一直以来隐藏的心愿告诉了女儿。她明白自己的女儿一定有深远意义要去探寻，这是她从出生到现在与众不同的唯一原因。

"什么意思？"林霏有些慌张，她害怕自己的计划露了馅。

但是母亲却凑近她轻声暗语："不论你要做什么，妈妈相信你。"

母亲说这番话的时候，眼神里少有地露出熠熠的光亮，原本不属于她的光亮，不属于一个隐忍沉默的中年妇女的光亮。如果不是亲眼所见，林霏绝对不会相信母亲能够有如此的希望之光。

这束光刹那间就消失了，好像刚才什么也没发生过。

母亲伸手亲昵地摸了摸弟弟的头。

林霏什么也没说，轻轻点了点头，随即继续吃饭。

· 回声

3

徐秉超被走廊里传来的脚步声吵醒。陈旧木质地板发出一声声凄哑长调透过毫无隔音效果的墙体和木门清晰地传进他的耳中。醒来后仍是一股消毒水的气味，来自简易清洗消毒后仍旧夹杂陌生人味道的床单被褥。窗户被厚厚的窗帘遮住，无法得知确切的时间。室内处于昏暗，比以往感受过的昏暗更甚，他能够看见飘浮在空气中的细小微粒，又或者只是来自视觉神经的幻觉。

身后传来起床的声响，女孩起身后穿好衣服，光线顺着被打开的门泄露进来，随后很快消失。他没有起身，而是逼迫自己在这样一个环境再次入睡。

他们到达这里是今天凌晨的事。村里唯一的旅馆在一片漆黑中亮着微弱的光，路上没有人影，只有未眠的犬发出低吠。

快速地办完手续，主人递给他们一把钥匙后回到屋内休息。他们踩着嘎吱发响的破旧楼梯，每一步发出的声音都是不安的警告。二人已极度疲惫，没等洗澡就都各自躺在一张窄小床铺快速入睡。这是一个遗忘的好办法。

他做了一个无比真实的梦，梦里有成修竹，他看见了一个具体的长大后的成修竹。她的面貌、她的神情，甚至她所穿的衣服都无比具体。这个梦使他感到惊异，因为他没有见过长大后的修竹，然而，在梦中修竹的神情仿佛在和他说：

秉超，你看。我离开你这么久，你还要义无反顾地找到我。秉超，你看，那个勇敢充满了信念的少年去了哪里，如今只剩下一个破碎的形象。

徐秉超拉开窗帘，让没有杂质的光线透进来。他打开窗户，随后深吸一口气，又略带沉重地呼出。

他向楼下看去，女孩站在旅馆前不远，静站在原地观察周遭的一切——这是一个坐落在群山边缘的行政村，有千人之多。村子尽头是管理大院，旁边是一所学校；再向外延伸是西南地区原始森林，视线尽头是雪山，几乎和天空融为一色；再往前就看不见了，但那个方向是向青藏高原一路连接过去的。

林霏身旁站着几个少年，面色黝黑发红，脸上沾着些许泥土。他们目不转睛地望着眼前的女人,双手无处安放。林霏注意到他们,友善地微笑,那些少年便四散逃离。

她转过头,发现一个小女孩站在角落中拘谨地看她,林霏却有些恍惚。

一个约莫十岁的少女,眼神比其他少年蕴含的意味复杂一些,她的内心会想些什么?

林霏走到小女孩面前,从手腕上摘下自己的手链放在女孩的手心,然后伸手去抚摸她的脸颊。黑红肤色的脸庞仍然带着孩子的肥胖,林霏的指尖传来滚烫触觉,她望着那双十岁的眼睛,从中看见不安与艳羡。

"嘿,你好。"林霏蹲下来。

"你好。"小女孩灿烂地笑起来。

林霏望着那双眼睛再也没有看出任何隐藏意味,才松了口气,亲昵地摸了摸女孩的头随后站起。

她转身看见徐秉超从旅馆走出,眯着眼睛,神情专注,似乎并未注意到自己。他的手上提着之前拜托她购买的茶叶与纸钱,四处观望后径直向某个方向走去。

林霏跟在他身后,他们一前一后走到村落边缘,面对茂盛森林停了下来。她站在离他不远处,看着他席地而坐。

徐秉超倒了两杯茶,一杯摆在正对着他的地面上,接着举起另一杯抿了一口。

"父亲。"他喃喃自语,随后深叹一口气。

林霏站在徐秉超身旁,沉默望着蹿升的火光。徐秉超不断向火里撒着黄纸,神情悲伤。他能够感受到那股热浪如同一双充满哀怨的手扇在他脸上。直到他撒下最后一把黄纸,才缓慢转过身去,留下尚未熄灭的火堆呜咽最后一口气。

"到现在,我对这个把我养大的男人一无所知。他心里在想什么,妈走了他会不会感到寂寞,他年轻时是什么样的人,这些我都不知道。我只知道他是一个拼尽全力的父亲——这个单薄的刻板的印象。我已经没有机会再去好好了解他了,一想到这我便感到可惜。

"我以为只要我处处成为他希望的样子就好了,但是大部分子女只知道索取,包括我在内。在父亲成为父亲之前,他是一个人,曾经和你我一样是少年,可我对他几乎没有什么了解。"

"我背叛了他。"他说,"父亲曾用他虚弱悲愤的语气对我说,永远不准去找

• 回声

成修竹。而现在我在做什么——找到她成了唯一的出路。"

"她在哪?"她问。

"从这里进山,步行五十公里,有个地方叫恩湖。那是一个比这小得多的村落,一条从山上流下的溪水横穿村子,当地人奉其为恩湖。那里的孩子很难步行来这上学,成修竹就在那里支教。"

"你是什么时候知道这些的?"

"十四岁。"

"已经过去二十年了。"

"是,她或许在那里待了二十年。"他有些不愿继续这个话题,"林霏,我真切地以为自己只是随机地从一个地方去往另一个地方。可到头来我只是在不断接近她。而现在,我从未离她如此近,我却一时不知该怎么办。"

"为什么?"

"我很矛盾,我不知道自己该不该去找她。"

"你爱她?"

"二十年过去了,我还是没有得到这个问题的答案。我爱她吗?我不爱她吗?成修竹和我父亲代表了两条截然相反的道路,每当我选择其中之一时,另一个便立即涌上内心。他们将我撕裂成碎片,让我不知该去往何处。"

"她引导了一条什么样的道路?"

徐秉超转头看她:"黑暗。"

"既然如此,为什么非要找到她?"

"因为我的境遇唯有她能够理解,她是这场绝症的唯一解药。二十年前,修竹如同一把锋利的手术刀剖开我的外表。她控制着我的内心,指引我跟随她走向一条无法回头的道路。二十年过去了,最后只有她是我唯一的希望。"

"你怎么想?"

"让我自己待一会儿吧。"

林霏在徐秉超扔掉手中最后一张黄纸后便离开了,留下他独自陪伴呜咽的火苗。

她戴着墨镜,穿着高筒皮靴,牛仔裤,白色毛衣和米色披肩,行走在这座行政村的小路上。经过身边的当地人都在打量她,包括街边小店里百无聊赖的女人也会下意识地注视她一点点远去。

　　这里不似其他村落经常有游人光顾，除了离村稍远一些的佛寺再无其他可供观赏的地方。

　　林霏不在意这些，恰恰是这里的静谧、祥和能够治愈她心里的创伤。她大口地呼吸新鲜空气，雨后森林边的空气纯净清新，似乎能带走身体里积压良久的废气。

　　她还是忍不住回想念善，只是现在回想有关他的一切，仿佛已经不大与自己有关。

　　原来自己是这样绝情。

　　她打了个喷嚏，紧接着忽然想起念善和徐秉超在同一天说了同一句话——

　　"爱你自己。"

　　林霏望着极远处的白色雪峰，眼睛眯成一条缝。好像有什么东西就在她的脑海里，只隔着一层窗户纸，但她怎么也想不明白到底是什么。冥冥中，好像自己已经离答案更近一步。

　　到了夜里，徐秉超和林霏在旅馆旁的小摊吃烧烤。一个矮个子男人在夜里小声放着民族歌曲，一边跟着旋律轻哼，一边双手起伏制作简单的铁板烧烤。清冷的空气从晚上开始就席卷而来了，带来浓重密封质感，不论是气味、声音或者视线都似乎发散不远便消失了。

　　他们一边吃东西一边谈论接下来的打算，林霏听得出徐秉超心中迫切想要找到成修竹，但徐秉超对此始终难以下定决心。他不确定成修竹是否真的待在恩湖，他害怕自己的希望再次落空，他的希望已经落空过一次，不能再承受第二次打击；他亦难以肯定成修竹在二十年后是否能够与他相识，她是否是记忆里那个果敢决绝的少女。

　　有太多的不确定。

　　"你应该去找她。"林霏这样说，"找到她才能够结束你的煎熬。不管你多么犹豫，至少你知道她在那里，不是吗？"

　　徐秉超苦笑一声，没有回应她："我记得明天是他们的传统节日，人们会在旁边的寺庙里燃香祈祷，转山祭神，祈求保佑。来得巧，可以参与进去。"

　　"成修竹是个怎样的人？"

• 回声

　　徐秉超拿来一张纸巾擦了擦嘴角，随后站起来望向混沌的天空，像是舒展了一口积压已久的长气，一股白雾从他面前喷出随后消失在茫茫夜色之中。

　　"一个人越是习惯于黑暗，就越能够沉默着接受自己拥有的事物消失，仿佛早已预料到这样的事发生，进而慢慢明白此世的一切都不值一提，不过是去留的时间不受控制；一个人越是亲身遭遇痛苦，越能够体会别人的痛苦，因此具有强烈的共情能力，以至于任何外界的痛苦都变成他们自己的痛苦，以至于他们会提前自设痛苦。这样的人慢慢变得全知了起来，精神丰富，感知敏锐，能够把握所有的情绪。"徐秉超转头看她，"他们得以有能力在此世留下惊人的东西，留下自己的证据向永恒宣战，同时也忍受着常人无法理解的痛苦。"

　　"她留下了什么？"

　　徐秉超愣了一下，随后紧促地说："我。"

4

　　他听见窗户外传来细碎的敲击声，本以为是楼上滴下的水砸在玻璃上，后来敲击声越来越密集，他才停下手里的作业起身去看窗外。他看不清昏暗的外界，窗户上只反射出他自己的模样来。

　　熟悉的面孔忽然出现在窗户前，成修竹朝他狡黠地笑，她的个头刚好到窗户边，如果徐秉超不用劲踮脚是没办法看见她的。他被她突然的造访吓到了。

　　"你怎么来了？"他悄悄地问。

　　"嘿，我来找你，你等一下。"

　　她不知从什么地方找来了一个箱子，踩着箱子试图从窗户爬进来。徐秉超惊愕地看着她一点点从窗户进来，身体进了一大半，他才意识到应该上前去扶她。

　　他有些慌张，这里不是她应该来的地方。

　　她甚至没有说明原因，攥起徐秉超的手说："秉超，跟我走吧。"

　　他忽然想起之前修竹和他说过的话，她说他们应该逃离这里。

　　徐秉超从未如此恐惧过，奋力地挣脱成修竹的手，想要她立刻消失。父亲早就警告过他不要再和成修竹来往，而现在，父亲想要删除的人物正鲜活地站在徐秉超的卧室里。

四　命运交易

可是，成修竹的力气很大，他从来没有挣脱过成修竹的手，这次也没有。

成修竹站在原地，甚至连脚也没有动过，她宣告自己必胜的决心，俯在徐秉超耳边不断地重复着："快呀，秉超！再不走就来不及了！"

她不理解徐秉超激烈的反抗，对她来说易如反掌的事对徐秉超而言想都不敢想。

她清楚，他需要她的指引。

"如果今天你不和我走，你这一辈子都不再敢反抗。没有我，你没有胆量去做这些事。秉超，跟我走。"徐秉超的手腕已经被攥得发紫，他脸色煞白，许久才深呼一口气，转头望着卧室门。

父亲就在外面，对他的离开一无所知，直到他发现自己的儿子不见踪影，甚至在接下来的整个周末都将毫无音讯。父亲该如何承受这一切？

"和我深入黑暗，秉超。"她在耳边低语。

他的眼前分明展开一条路来，从窗户延伸到外界无边的漆黑中去。而成修竹正站在这条路的中间看着他，神情坚定，嘴角的微笑是引诱的信号。

他不知自己会顺着这条路去向哪里，只是本能地感到一股巨大的力量牵引着他。

他是被迫这样做，还是他注定这样做？

在这样一场夜里，她突兀地出现在他面前，披着湿漉漉的头发，眼睛里散发鹿一般的光芒，好像在告诉他，前方就是一片茂密的森林，他要做的只需要抬腿，跨过最后一扇窗，同她一起奔入那个良夜，再无人能够找到他们。

"算了，修竹……我不想……"

"你想！"她的头发气味真好闻。

他在那一刻，感受到的只剩下从内心升腾而起的巨大之恶。这股恶麻痹了来自手腕的疼痛，麻痹了他理性思考的神经。他意识到这件事——并不是他真的想和她逃离，而是他想满足内心的空洞；成修竹清楚地看见他内心的恶，她也并非逼迫他同意，而是早就清楚他不会拒绝。

她说："秉超，快呀，要来不及了。"

"来不及了，秉超。快跑！"

她指引他，他被她指引。两个少年把所有的事抛置脑后，一同奔入那片未知的黑雾中去。

• 回声

　　他们乘上一辆开往城外的夜间巴士，车里只有昏暗的弱光，看不见除他们以外的人影。他们选择靠后的位置，成修竹搂着徐秉超的胳膊，把头靠在他肩上。周遭只剩下轰鸣起伏的引擎声，他们如同两只幼兽蜷缩在座位上，很快陷入沉睡。

　　徐秉超再次醒来的时候，天才刚刚微亮，泛着淡淡的蓝。他转头看向成修竹，发现她早已醒来。

　　修竹的脸上布满细密的汗珠，皮肤下面透着健康的红晕。他从未见过这样精神的她，那股来自她的自然气场仿佛要透过她那层薄薄的表皮蓬勃而出。

　　一个荒凉僻静的地方，远处传来轻微响声，徐秉超不知这声音来自何处，难得使人感到平和。他们一起远离大路，穿过土路，越来越靠近响声的来源。

　　他偷偷惊愕于修竹的轻车熟路，随后很快意识到，那股来自成修竹的诡异感倏忽不见，她的形象完全融入了这里的环境，呈现出淡淡的蓝色。走在前面的少女步伐轻盈，头也不回快速向前行进，顺着一条水泥小路走向看不清的前方。风从前方吹来，裹挟一丝难以捉摸的咸味，勾引着徐秉超的神经。

　　她带着徐秉超来到村子里的一幢平房，屋子里走出来一位年迈的女人，慈祥地笑着迎接女孩的到来。徐秉超不清楚她们之间的关系，默默跟随女孩进入平房，来到一间简陋的屋子。画笔、陶碗，很多东西能让人联想到成修竹，除此以外就是一张简单的床。她住在这里。

　　"这些年我经常到这里，这个房子只有婆婆一个人，她腾了一间屋子给我，我来的时候可以在这里过夜。"

　　"她是你什么人？"

　　"什么人也不是，婆婆是住在这里的，孩子在城里工作很少回来。我来这儿的次数多了，认识了她，她就把这里留给我。"

　　"所以你有两个家？"

　　"对我而言，家不过是个住处。如果孤独的内在无法被分享，像一个沉重上锁的箱子，走到哪里带到哪里，是家与否没有意义。秉超，你明白这一点，奔波的人明白这一点，属于我们的东西还有多少部分是长久的，是否很快离去，我们不得而知。"她看穿了秉超内心的疑问，"今晚我们睡在这里。"

　　十四岁的徐秉超听见海浪由远而近，直到海水被风裹挟打在脸上。而修竹站

四　命运交易

在他面前，单薄的衣服几乎被海浪浸透，几近透明，她的身体像是被一件薄纱遮盖，被包裹着的丰腴的人类之体，在他眼前如同黑暗天空中突然炸裂的烟花。

我们亲历的痛苦是彼此唯一能够听懂的语言，它脱离声音和动作存在，我们看见的对方也不再是肉体，而是一团混沌黑暗的云雾。秉超，这是注定的吗？我无数次沉浸在我将你带到这里的幻想中。

她甚至什么也没有说，那双穿刺他皮肤表面的眼神已经无须多言。他忽然很厌恶这种感觉——彼此内心所思所想如同透明，没有办法遮掩。

这个神一样无法被控制的女孩，他只能做到看见她内心的想法，而她则轻易掌控他的一举一动。

他厌恶这种感觉，他厌恶即将发生而尚未发生的一切，他厌恶这个女孩。他什么也做不了。

她会跳进海中。

成修竹向前走了几步，像一只海鸟从礁石边跳了下去，她的身姿在空中划出一道十分优美的线条，随后便消失在翻滚的浪花中。几秒钟以后，她破开水面，望向还站在礁石上的徐秉超。她的眼睛因为海水的咸辣而不得不眯起来，她的表情却丝毫没有变化。

我会跳进海中。

徐秉超知道，成修竹的表情告诉他，她也知道。可是有什么能阻止这一切的发生吗？答案是没有。这恰恰是他们之间的核心所在，成修竹富有耐心地完成这一切——认识他，指引他，把握他。她想要看见的是他的界限，只有抓住了界限，才能永远抓住他。她知道他不会拒绝，他永远不会，她要他这样。

"修竹，为什么要这个样子？"

"因为我们是同类。"

她在黑暗的混沌中拉住徐秉超的手，这是他在冰冷的海水里唯一触碰得到的

• 回声

地方。她的长发在水中散开,光线从发丝之间的缝隙中穿透,被水平面折射,形成像万花筒般的碎片。惊慌失措的他已经被她牢牢攥在手心。

年轻的少年们在水下舞蹈,怦怦跳的心脏就像永不消失的鼓点。

5

第二天,徐秉超和林霏起得都很早。

他们很晚才入睡,彼此毫无戒备,也无过多顾虑。他们很像彼此孪生的兄妹,自然默契,并且这股默契随着相互倾诉越来越强大。

有时,徐秉超感到她像自己的镜子,照射出属于自己的细节。

徐秉超起床后从窗户打量着村落发生的一切,今天是他们的转山节日,不少人已经在忙碌了。男人们宰杀牛羊,装挂经幡,女人们制作面食,清扫屋子。一切显得杂乱,杂乱之中又井然有序。

他们从楼上走下来,看见旅馆的女主人也在装饰门口,她站在凳子上将五颜六色的小彩旗插在门上。大厅内有两三个散漫的租客,坐在沙发上各自聊天。

林霏看见女主人力不从心,快步上前帮忙。女主人一开始对林霏的帮助有些不好意思,后来二人一同装饰,慢慢攀谈起来。

"我也不是本地人,就在这开个旅馆……也是讨个清净而已……"

徐秉超无事可做,出了旅馆。他正巧看见村里的孩子奔跑追逐,偶尔发出大声喊叫,他感到浅浅的暖意。

这里的孩子自然成长,不会遇到太多变故。自己的遭遇是不会降临到这些孩童身上的,或者不会降临到未来的任何孩童身上,他因此感到轻松起来。

徐秉超自顾自地走着,最终还是走向了北面的丛林。他站在那里,那条从树林里绵延而出的小路就像一条耐心的蛇。他的内心始终被蛊惑。

她说:"秉超,永远不要试图找我。"
他说:"秉超,永远不准去找她。"

林霏不知什么时候站在徐秉超身后,看出眼前这条路和徐秉超产生极强的连结，但他内心煎熬难以选择。她只是静静地站在一旁。

徐秉超的身影没有动弹，巍峨如沉默的巨人，她没有看见他的神情，不过可以想象是一如既往的严肃，眼神坚定。

两个人就这样安静地伫立，感觉过了漫长的时间，直到从那条路里走出来一个男人，徐秉超明显有所触动了。

那是一个沧桑的年长的男人，脸上满是皱纹，干裂如树皮，手里拄着长棍辅助行走。他一步一步从那条路走出，可以看出神情疲倦。通往恩湖的路或许比他们想的要漫长和艰险。

这条路上有运输队伍在两个村子间来往补给必要的资源，其他人很少走这条路。看样子，那个男人就是运输队伍里的一员。

徐秉超的眼睛半眯了起来，远远地望着男人走进村子，拐了弯去了别处。他迫切地想要跑过去询问具体细节，但他的身体仍然没有动，只是颤抖。

直到望着男人从视线里消失，他才有所放松，仿佛经受住一次极大的引诱。

"不要来找我。"成修竹的声音在他耳边回响。

林霏说："当我认定宋墨能够拯救我的时候，我没有犹豫。他的确是我唯一的出路，即使因此背叛所有人，对我而言都可以接受。我从未在乎过其他人的感受，哪怕是宋墨。我付出的代价相比我所要的几乎不值一提。我坐上了他的车，穿越几千公里去陌生的城市，同原来的生活决绝告别，毫不犹豫。"

"如果此时此刻，只有修竹能够拯救你的话，你就应该去找她。此生到现在，你对抗自我黑暗的勇气与这相比又算什么？仅仅是一条路罢了，走进去，走出去，找到她。"

徐秉超转过头来，神情淡漠，似乎没有为林霏的话所动。林霏的想法对他而言简单得就像从数字一数到数字二。但是对秉超而言，没有一件事代表着结束，甚至没有一条明确的线指引他应该去完成什么，然后完成什么。

他的痛苦永远不会结束。

徐秉超感到头部隐隐疼痛，那股如同浪潮般的痛苦再度袭来。他忍不住去扶住自己的前额，两眼发黑，仿佛被突然抛向空中来回旋转。

林霏想要上前帮助，但是徐秉超捂着脸用极为刻薄的眼神射向她，随后快速离开。

• 回声

她看见男人瘦削的脸上，鼻血像一朵炸开的欲望之花。

"你不能只看见眼前这片海，它太小了。你应该想象覆盖在地球上的广阔的海面，每到夜晚，月球就会伸出一只手去牵扯它，就像轻轻揭开这颗星球的蓝色纱罩。多么平和的过程，内里却充满了无情的咆哮和吞噬。你看，海浪一点点后退，但是你明知道就在海的另一头，在那个我们看不见的白天里，它又一点点上岸了，那里的人们又开始新的一天。"

她兴奋地对徐秉超讲述，人人皆知的潮汐引力在她眼中却像是魔法一样充满了诱惑。成修竹，她好像是一个与这颗星球毫不相关的看客，站在一个恰当的位置欣赏着它的变化。她看见的不仅是眼前这片海的退去，而是洋被月亮牵着走；她看见的不仅是海面上抖动的蓝色光亮，而是映在月亮上的太阳的光辉。

"此世喜欢用一切手段告诉你这很正常——有白天，有夜晚，有四季，有生命和死亡。每个人被抛进这场游戏里，创造自己的规则，顺着规则游戏，最终得到自己设定的奖励。除了死亡，还有什么应该犹豫吗？这个能装下整个宇宙的沙盘，最后到底是谁在把玩？记住，不要顺着它的规则走。"

她的眼睛在黑暗中扑闪扑闪的，讲到这儿，又忽然沉默了，脸上少有地出现了红晕。

两个少年一起坐在那处土坡上，眼前是毫无遮掩的海面、天空、月光、云。耳边只有微微的风声，由远而近的海浪声，偶尔有船笛打破寂静，噪音从看不见的尽头传来，随之还有从地下扩散而来的微微震动。

"对不起，秉超。"她像是忽然找回了羞耻心，白日那股无名的冲动燃烧殆尽后，她发觉自己奄奄一息，"我不知道该怎么办，我就是一个巨大的缺口。自从父母离去以后，再也没有能够让我亲近的人。朋友，老师，任何人，我没有办法对他们撒娇和生气——我尝试过，你也看见了我的下场。我想以他们的眼光去看待我自己，变得正常起来，可是一旦我这么做，我会感到一股不可被消解的厌恶。我甚至分不清是厌恶我自己，还是厌恶他们。我就像被随意抛在陌生的人群当中，浑身赤裸沾满了泥土和污垢，他们注视着我，打量着我，没有人伸出援手。于是我努力地想冲破人群，但他们就像一堵墙横亘在我面前。我想索求安慰和理解，后来发现这不可能，于是我变得更加古怪，我想引起他们的愤怒，他们是懦弱和无能的。可我是一个巨大的缺口，大到什么也满足不了我，什么东西扔下去都听不见回声。"

"秉超，原谅我。原谅我，秉超。我看见你，识别你，可我不知道该怎么办。这让我感到愤怒，不安和失落。我需要的不是和你相处，不是彼此陪伴——因为彼此陪伴的我们还分辨着你我。我需要我们成为一体，因为你就是我所残缺的部分，我需要的是以一种超自然的力量，使你脱离了你的身体存在于我的身体里，只有这样我才能感到完整，我们才是完整的。"

此世会有这样的人，当你看见他的时候，内心自然识别，你知道对方是你的同类。你们之间再无过多言语和礼貌，再无道德与耻辱。你所说的每一句话都能够引起共鸣，那些不可被言说不可被泄露的黑暗、欲望、伤疤都能够被展示和接纳。你们之间再无性别的存在，再无身份的独立。你们是一体的，彼此了然。

月光从屋子的高窗照进来，这间简陋的屋子里，两个少年彼此安慰，远离城市繁扰洪流。

他们就像强行找到了此世的一处无人知晓的角落，在此喘息和休憩，来自内心的信任和确认让他们感到唯一的安稳。

他们都是缺口，形状互补严丝合缝，仅仅如此。

成修竹是未曾驯化的野生精灵，带着特有的强烈意志逼近他，夺取他。可她从不知道应该怎么做，两个人才可以共鸣。

"你会一直陪伴我吗？"她问。

他回答："我们都需要彼此，对吗？"

"那么我们就应该融为一体。"

"一个人的遭遇是不需要和别人说的，那些过去慢慢混沌模糊，最终成为短短'遭遇'二字，只是你看见的人身上的每一处都是遭遇带来的结果，永远不可能被消除，不可能被改变，只会被增加。"

"你想要成为我的遭遇，你想要用黑暗在我身体里留下影子。"

"是的，徐秉超。你已无法自然接受他人的爱，就让我刺入你的灵魂，把爱留在你的体内。"

林霏回到旅馆，看见徐秉超蜷缩在床上，一只手环抱自己的双腿，另一只手

•回声

按着前额，额头满是汗水。他双眼无神地看着天花板，嘴唇发白，失去生气。像是已经放弃抵抗，痛苦如同海浪一股一股打来，超过了承受的阈值，再大的疼痛也不过是机械性的反应。

在此之前，她最多偶尔觉得秉超食欲不振，有时难以入眠，额头布满细密汗珠。这是第一次看见这个男人这么虚弱，身体清瘦几近骨架，被像纸一样揉皱折磨。

过了很久，徐秉超才渐渐恢复，嘴唇已经干裂脱皮，眼睛半眯，无法思考。但他知道林霏坐在旁边的床上，于是轻声平和地说："我没有带药。我以为在这里不需要吃药。"

"到底是什么？"

他说，半年以前，自己被诊断出脑袋里生长着一颗不属于他的果实。那个时候，他将自己淹没在混乱的生活之中，那颗原本微小的雏形果实随他一起逐渐壮硕。这颗果实像是命运赐予他的一块表，计算着过去的时间，计算着还有多少时间留给他。对徐秉超而言，长寿的生命不再是馈赠，如果有一个节点能够启示他的生命，或许更能使他明白自己渴求的到底是什么。

而现在，这颗果实丰盛饱满，内里汁液饱满，野蛮如同未经教育的顽劣孩童，不断扩张和夺取，很快压迫一部分神经。徐秉超因此情绪失落不定，正常的作息进食也受到阻碍。如果没有精神类药物的帮助，很快会出现眩晕和出血。

他平静地说："林霏，一个身体健康但内心煎熬的人，或许会结束他的生命；一个内心健康但罹患绝症的人，会不顾一切去乐观地生活。如果有这样一个人，既具有极为敏感的饱受煎熬的内心，又患上了无法救治的绝症。在有限的时间里，他会选择什么作为自己的终结呢？"

林霏难过得几乎说不出话，忽然明白此前徐秉超为什么对自己厌恶和排斥。

"秉超，如果有什么必须要完成的事，不能拖延。"

徐秉超的眼前再次浮现十四岁的成修竹，还有那片海。他说服不了自己主动再次投入那股漆黑。

6

眼前中年男人巨声的咆哮几乎使他头晕目眩站立不住，不可置信的被背叛的愤怒、凄切交杂糅合一并朝他砸来。男人竭尽全力，脸涨得通红，唾液横飞，声音巨大，声音穿透墙壁足以使整幢楼的居民都听得见。

他在过去两天里疯狂地寻找警察、老师、校领导，他的儿子从自己的房间无故消失了两天两夜，毫无征兆地离开，然后毫无征兆地出现，完好无损却不以为意。

他无法容忍这样的背叛和欺骗，他朝男孩怒吼，伸手去扇他的脸，几乎把他扇到墙上。愤怒、悲哀、惊慌失措、激动、后怕，那团复杂的情绪是燃烧的干柴，发出噼里啪啦的响声，越烧越旺，可男人不论做什么都没有办法去消解这股力量。

徐秉超只是流泪，发出低沉的克制的呜咽，瘦削的稚嫩的身体在男人的身影之下显得弱小柔软，像一片叶子。他不想说话，不想辩解——没什么好辩解的，事已至此。

家门口聚满了人，街坊邻居对突如其来的热闹趋之若鹜。他们透过虚掩的房门打量着里面，依稀看见一个发狂的男人和一个沉默忍受的男孩。

"徐秉超，"他叫着自己儿子的大名，"你到底去了哪里，你是不是和成修竹在一起，你们做了什么？"

可他不说话，他不知道该怎么回答，也不想回答。成修竹说，我们这样的人会受到来自此世最大的误解，他们企图把我们抹杀，变成和他们一样。可是这个世界一定有这样一群人，他们归属于黑暗，他们在黑暗里感到安稳和确定。深入黑暗，黑暗使人庇护。

她在和他分别的时候亲吻他，告诉他接下来发生的一切都不要在意，因为他已经完全地归属于她的世界了。"秉超，这是你的本来面目，你又何必为了他人戴上面具。"

徐秉超的耳边只有巨大的响声和耳鸣声，却没有听进去父亲说的任何一个字。他脑海里是成修竹的模样，那个散发着自然气息的动物一样的女子，用勇敢的直白的眼神注视他。

• 回声

"徐秉超，徐秉超。"她这样重复。他不害怕。

他的精神飞离这个房间，飘在上空淡漠容忍屋内发生的一切，仿佛那个被扇打的肉身不是他的，而是与自己漠不相关的人。

有的时候你会恍然，始终难以理解自己身处的世界的逻辑，那一刻是最孤独的。

他听见的声音变成呼呼的飓风，他看见的一切都发黑，混沌为一团，他只知道自己内心一直缺失着什么。

驻足围观议论纷纷的人群，炙热好奇的目光，燥热的空气，出汗的身体，心跳，呼吸。防御机制自觉工作，不断暗示眼前遭受的非议将很快过去。

很快会过去。

这是一场梦境，人们无法受控，手舞足蹈跳着诡异的步伐，围着他转圈。

徐秉超干脆闭上了眼睛。他期望自己如死一般寂静，不愿发出任何动静激化父亲的状态。

这很快会过去。海浪。

直到耳边的轰鸣声突然停止了，周身陷入真正的寂静，他才睁开眼，看见父亲虚弱地坐在椅子上，闭着眼，一声不吭。这个中年男人被属于这个家庭的最后一部分背叛了，即使他怎样去挽回也没有用。他在那一刻感到突如其来的疲倦和冷漠，抑或是充血的头颅强迫他停止激烈的举动。男人仰面坐在椅子上，全然脱离了原本的状态。

"孩子，你回来就好……"

徐秉超看着这个男人，他弱小的身躯，他虚弱地呜咽，他费力地呼吸。父亲曾对他说："秉超，你是我最后的希望。我们相依为命，只为了你的未来。"

真正在这时，徐秉超重新开始思考之时，他才发觉在过去两天，父亲以多大的恐慌和不安去寻找他所剩唯一的亲人——他的儿子。

父亲！

那股属于孩子的，剧烈的悔愧如同重新翻涌而来的大浪。而这一次，他轻易地被瓦解和粉碎了。徐秉超瘫倒在地面上，用尽他所有的力气痛哭起来。他哭到自己沙哑完全发不出任何声音，然后向外干呕，苦涩的胃液几乎被呕出。

他的身体开始排斥成修竹，他要把成修竹吐出来。

四　命运交界

一个禁忌的、突然的、色情的故事，如同核弹一样在这个不大的城市里炸裂。炸裂的中心是徐秉超所在的学校，这样一个消息几乎只要一个课间足以让全校人知道。

男孩们脸上带着毫不遮掩的兴奋，女孩们遇见了都要厌恶地远离，似乎所有人都找到了合理的敌对对象——成修竹和徐秉超。

无数学生在下课后都要聚集在办公室门口尽力向里张望，然后向外通报最新消息。办公室里先是徐秉超和他父亲，然后是成修竹和她舅妈，两家人没有被安排见面，先后被校领导和班主任约谈。

对成修竹的谈话明显短而敷衍，因为他们都明白成修竹已是无法挽回的另类，仅仅出于对她父母的尊重和对她的同情，学校才愿意让她一直待到毕业。他们对成修竹不抱任何希望，警告她不要再与徐秉超产生任何联系。

而对徐秉超，他们则通过熟练的说辞轻易地攻破男孩的心理防线。他们想要看见男孩流泪，充满悔意，改邪归正。这个沉默的成绩中上游的男生还有拯救的希望。只要与她隔绝，他会自然回归。

所有人的下意识反应，都是成修竹的错。他们甚至不过问这两天发生了什么，但他们内心清楚是成修竹造成了这一切。

徐秉超流着眼泪，无声地看着办公室的窗户，有的时候会有麻雀停留在上面，蹦跳两下随即飞远。他已经麻痹了，唯一使他感到厌恶的，是来自所有人的默契——成修竹是罪魁祸首，他只不过是一个被勾引的无辜的少年。

他无辜吗？他应当无辜吗？他为什么无辜？

这件事持续到周一的下午才算告一段落，父亲回去了，校领导也离开了，班主任也说完了，他才被放回教室。徐秉超回到教室，站在门口的时候喊了一声"报告"，随后回到自己的位置上。同学们连同老师都忧心忡忡地看着他，无数双充满了探查、戒备、同情、伪善的目光照射过来。

他们说，徐秉超经常和成修竹在楼顶见面，不知道都做了些什么。没有想到徐秉超这样老实的男生也是个另类，他们做了许多下流的事情。

他们说，成修竹肯定不止勾引过徐秉超，在此之前一定勾引过别的男生，说不定就在学校里。要不然她凭什么一直待在学校里。

•回声

他们说，两个人出去了两天两夜，所以成修竹才心满意足地回来。

他们说，他真走运。

"秉超，秉超。"

她在放学的时候找他，他没有停下来，而是快步离开学校。她跟在他身后，一前一后相距不远的距离。每一个看见他们的男孩都会发出怪叫或者模仿夸张的呻吟。

徐秉超走得越来越快，耳边只有呼啸而过的风声，他想要逃离这里，想要逃离人群，想要逃离成修竹——可他离不开成修竹。他一直走，直到走进一个巷子里才停下，回过头去看成修竹。

他以为自己看见一个疲惫、失落的女孩，但她依然完好，神情自若，仿佛什么事也没有发生过。他对此充满了恨意。

"成修竹，你真冷血。"

她走近他，伸出手去抚摸男孩的脸，这时她的眼神中才透露一丝同情。她贴近他然后踮起脚在徐秉超耳边说：

"秉超，已经过去了，这场谎言终于要结束了。他们从来没有遇到过这样的情况，他们真的明白吗？他们只是在伪装。不要害怕他们，不要害怕任何人，他们全在伪装。已经过去了。"她的手掌轻轻地抚摸徐秉超的后背，细微的触觉带来的宽慰使他身体微微颤抖。

"你此时的情绪很快会消散，可你的生命将永远无法抹去这些遭遇。我们已经完整，你的才刚刚开始的人生已经准备就绪了。还有什么是你需要犹豫的呢？遭遇带给人结果，你的结果尚未到来，未来有一天你会明白——你的身体的缺口，只有我能够填补。"

徐秉超无声地流泪，他感到一种堕落，对此毫无办法，只能眼睁睁望着自己永远与她捆绑和联结。他抱住她，这个唯一可以信任的人。

"我爱的不是现在的你，我爱的是未来的你。"

7

他在纷乱繁杂的思绪中捕捉仅存的理智，忽然发觉林霏和成修竹相像的地方。与成修竹不同的是，林霏还未成长到明确自我目的的时候，她处于这个巨大混乱旋涡当中无法自拔。她是迷茫的，原生的，孤独的。

成修竹对他说："我爱的不是现在的你，我爱的是未来的你。"

徐秉超明白成修竹想要的东西是什么，她不害怕和他的分别，因为她要占有的从来不是徐秉超，而是和徐秉超联结的那部分残缺。她早就明白，只要徐秉超不能填补空白，他将永远不能割舍她。她是他的解药。

徐秉超逐渐恢复过来，再次睁眼窗外已经昏暗下来。不知过了多久，像是经历过一场极为漫长的浩劫，身体表面布满汗水黏腻湿热，浓重的汗味裹挟热气围绕周身。房间里没有任何声响，室外隐约传来呼喊和歌唱的声音。

头部的疼痛消散，仍然有余留的沉重混沌。身体虚弱，能够勉强坐起身来，他四下环视，周围无人。已经很难回想沉睡前发生的细节，方才沉浸的梦境也在快速消失。

这是什么世界。

他艰难起身走到窗前，侧着头淡漠地望向楼下。街上人群熙熙攘攘，他没有想到这里会有这么多居民。孩童在人群当中奔跑，呼喊着。小镇中央摆着巨大篝火，火光飞蹿时而发出噼啪爆裂的响声。人们围着篝火彼此搀扶舞蹈。声音在镇子里流窜混合，很快消失在黑暗上空。

他瞥见林霏站在离旅馆不远的地方，抱着双手站在路边驻足观赏，他没有办法在昏暗的光线里看清她的神情，只感受到她和近在咫尺的庆祝之间仍然存在阻隔，她没有加入进去。林霏只是表现得像是在观赏，但她沉浸在自我世界里。

即使光线昏暗，看不清她的样子，林霏静止的身形仍然令徐秉超轻叹，这是她独有的气场，仅仅是站在那里，只依稀看得清轮廓，也能从中窥探她的清绝高贵，像是一尊神像。

● **回声**

  一些女子气场强大，若即若离，她们行走专注，神情游离。即使走进人群，自持的特质也能使她们明确地同他人区别。并非来自富贵环境的傲慢，也不是纯粹同周围无情地隔离。是一种清绝，一种植物一般的平静，因此周遭细微的变化都可被自动察觉捕捉，却能够屏蔽大部分聒噪与轻浮的事物。你没有办法幻想她们行动激烈的样子，没有办法幻想她们屈服，没有办法幻想她们的任何变化。她们的存在或仅存在于这一刻，意义也仅在于她们自持的隔绝——她们的意义在于没有意义。因为她们本身完整饱满，无须来自外界的影响或者调教，自我的世界能够有所供给，没有缺口或者能够自我填补缺口——这要花费数年的进修和学习。

  他下楼去找她，脸上仍有难以掩饰的疲倦虚弱。他轻咳了一声，林霏才回过神来，看见徐秉超的模样却也不知该说些什么。她被徐秉超的痛苦惊吓到了，一直持续地发怵。

  她想起徐秉超在此之前对她说的话，关于他如何羡慕她拥有的健康，如何厌恶她挥霍这份健康。林霏意识到自己一直都在以这样的方式揭开他的伤口并且毫不自知。她对自己无意识的伤害感到苦涩。

  "对不起。"

  "为了什么？"

  "为我无知的伤害。"

  "不，你并没有。"

  徐秉超看着眼前流转的人群，神情自若地说："人们以各种各样的方式庆祝生命或者死亡，始终只是以旁观者的身份去洞察，我们对它的恐惧是中空的。在我得知关于自己的情况以后，我有过一阵子发了疯地试图拯救我自己。"

  "但是你没有办法接受自己的身体——尤其是你的大脑像罐子一样被打开，用精密仪器探入那个你从来没有觉察过的，属于你自己的部分。在此之前你以为自己的意识是凭借某种诡异的力量自动运行，你所拥有的思维、记忆、能力都是你自己的。可是它们不是你自己的，它们只是一堆肉块留存的内容。从意识到那一刻起，你的生命就再也不是高高在上的了。"

  林霏说："可是你也因此明白了重要的内容，不是吗？你放弃了原本的生活，开始追寻些什么，至少你出现在这里，你想要找到成修竹，那个和你分别二十年的人。"

"我找她不是因为我爱她。当你明白自己眼前是终点的时候，你所做的一切努力都像是在徒劳的挣扎。"

"你说她是唯一能够理解你境遇的人，我想她应该有办法。"

"能有什么办法呢？她能移走我脑子里的肿瘤还是能让我欣然赴死？老实说，到现在我也不确定自己要不要找她，我总觉得这是在自欺欺人——也许她什么也不知道反而更好。"

他心里有些动摇。

她对他说："我爱的不是现在的你，而是未来的你。"

她对他说："你遭遇太多苦难，你的心无法安定。但你注定遇到一个同你一样的人，你可以分享自己的痛苦，你可以同化那个人，你们将成为同类，一起孤独地活在这世上。"

她是否能预料到他此时的样子，抚慰他内心的伤口，安然踏上归途。

徐秉超同林霏一起前往当地的小饭馆，从喧嚣世界走进低矮窄小的木门，合上门的那一刻，身后的吵闹全部迅速变得沉闷，随即被隔绝在空间以外。室内氤氲从锅里飘出的热气，汇聚在天花板下面游移起伏。简陋的木质桌椅被拥挤排列，有零星几位本地人相互交谈，脸上洋溢着笑容。人们都出去庆祝节日，饭馆里显得有些冷清。

店主人从厨房走出，用本地语言向他们打招呼。徐秉超和林霏选择了靠角落的位置，尽量离交谈的人群远一些，他们各自要了一碗面条。

徐秉超经过长时间的折磨，虚弱且饥饿，亟须补充食物。林霏看着他一杯一杯地倒水喝掉，身体如同即将干涸的河床，表面出现深深浅浅的裂痕。

他说："有的时候我可以感受到身体上每一处的变化，细微如细胞的呼吸或者水分的补给。它是一个庞大复杂的机体，各个部分彼此配合联结，再由中枢控制和分配养分。有时喝水少了，自己会陷入焦虑紧张，并且从不接触酒精等伤害身体的东西，有时对空气的要求也会过分地严格。此世的人们不知道生活在什么样的条件之下。"

徐秉超忽然意识到自己不应该说这些。他不觉得林霏可以理解他的心情，她现在所有的不过是一种模糊的宽泛的同情甚至怜悯，这对他来说是不舒服的。

· **回声**

徐秉超从来不愿意将自己的伤口展示给别人看，这于他是一种耻辱，于别人是一处弱点。他没有继续，变得沉默起来。

店主人端来两碗面，碗沿带着深浅不一的缺口，应是使用多年。面汤浑浊，油花极少，这是当地的清汤面，盐分和调味品也用得不多。粗制青稞面，没有多少味道，但对徐秉超而言再好不过。

林霏从未见过徐秉超如此狼吞虎咽的模样，在她印象中徐秉超始终是一个不紧不慢的稳重男人。她看着徐秉超大口吃面，自己没有多少胃口，心中总有说不清的沉重无法倾吐。

"秉超，你看，"林霏示意徐秉超看向后方交谈的人们，"是他。"

那个从森林里走出来的中年男人。

"我们可以去问一下具体的路况，如果合适就去找修竹。不论你是否能够找到自己的答案，我都希望你不要留任何遗憾。尤其是这样的情况，你更不应该给自己留任何退路。"

徐秉超心里苦笑，林霏还是那个直率的林霏。她说得没有错，既然徐秉超冥冥中已经追随成修竹数千公里来到此地，还差一步之遥就可以见到阔别二十年的旧友，他有什么理由不去呢？

林霏见徐秉超没有反应，心里有些生气。于是她自顾自地走向交谈的男人们，在她快要走近的时候，男人们就已经发现了她，个个露出直率的笑容。他们用蹩脚的普通话招呼林霏坐下，脸颊透出热烈的红晕。相比之下，林霏显得矜持，点头感谢后坐在递过来的凳子上。

徐秉超忍不住暗自打量那边的情况，看见林霏和男人们交谈，她始终保持恰当的微笑。男人们则由最初的热烈变为思索，再然后显露隐忧，那个从森林里走出来的中年男人最后摆了摆手，以极低的音量告诫着林霏什么。

眼看林霏回来，徐秉超又坐正假装没有在意，脸上神情自若，似乎并不关心林霏打探的结果。林霏似乎犹豫了几秒钟，才缓缓告诉徐秉超她所知道的消息：

从这里走向恩湖的道路在几天前的雨水中被冲刷崩塌，山体仍然松动，还有难以预料的泥石流或者滚石。那个中年男人是这十来天唯一一个从恩湖回来的人，其余人还滞留在恩湖等待时日。就连经常进出的本地人也不敢随意经过，更不用提像他们这样来自城市的外地人。

徐秉超的眼神里原本具有的光亮迅速熄灭，失神地看着某处，心底里像是忽然缺失了一块碎片。林霏明白徐秉超的心情，随即补充了一句："他说山体已经稳定了，只不过大部分人还不敢冒险。如果我们执意要去的话，他可以带我们去，但是要等两天以后。"

还有两天时间考虑，不用这么早决定。

林霏带着徐秉超走出面馆，外面仍然热闹不绝。他们走入人群，林霏自然地挽起徐秉超的胳膊，两个人走在欢闹的氛围里，周身如同屏障隔绝来自外界的影响。

他们顺着人流缓慢地行走，背后不断有人越过他们，脸上的纯朴笑意被他们察觉与捕捉，即使他们没有参与其中，周身被包裹在如此纯粹的欢快之中，他们感到身体轻盈，并且远离城市混沌环境，一切如同旧去的梦境。

"你喜欢什么样的女人？"她忽然问起。

"我不知道。"

"不知道？难道你就从来没有喜欢过别人？"

"我似乎真没有喜欢过几个人。"

"那你会喜欢我这样的吗？"

"当然，不过你对我来说太小了。"

"太小了？太小了！"林霏挡住徐秉超的路，"看在山神的分上，你应该重新考虑一下措辞。"

"你这么年轻，正是痴迷于英俊少年的年纪，我只是个老男人。"徐秉超苦涩地笑。

"可你至少应该表达一下对我的赞美，对我的喜欢，或者对我的——对我的什么都好。自打我认识你，就从来没有听到过你对我的评价。"

"什么评价？"

"任何……你找不到爱的人，真的不是因为你太迟钝吗？"

徐秉超忍不住反驳："你觉得什么是爱？"

"爱不就是你愿意对一个人好，然后你自己也会快乐，两个人都能如此就再好不过了，不是吗？"

"所以你觉得你应该先爱上一个人，然后由他带给你爱的反馈？你对宋墨是这样的吗？你对念善也是这样的吗？"

● 回声

"是的,不过对宋墨有些复杂,但是对念善就是如此。我爱他,我享受这份爱。"

"那为什么他离开了你?"

林霏愣住了,随即松开徐秉超,把双手插进口袋里。

"我们可能不合适。就像你说的,他理解不了我,我再爱他也没用。"

"所以你提到的并不是爱,或者说只是自私的爱。"徐秉超语气柔软地说道,"你不过是在用爱要求对方——即便你没有做出任何要求,实际上也是通过对别人的爱来满足你自己。"

"那你说什么是爱?"

"我想真正的爱意应当首先做到自爱。你必须要满足自己,完善自己,直到你不需要通过任何人去加以证明。在这之后,爱成为一股由自身向外界发散的能量,这是由内向外,由我向他的过程,而不是把爱施加于人,再由人及我。这样的能量不需要以外界为依赖,外界也不依赖它——因此避免了任何意义上的自私。真正的爱意是可以驱动独立的。"

"为什么要驱动独立?那爱一个人有什么意思?"

"人们离开你,不全是坏事。他们可能认为已经到了必须要离开你的时候,因为这样才能实现对你的爱。我粗浅地认为,这或许就是宋先生和念善的区别吧。"

林霏没有说话。某一瞬间,她的脑海里浮现出一个十分陌生的女性形象,可很快又消失不见。

"其实这些也都不重要。重要的在于,在你学会爱自己之前,任何人都给不了你想要的。而这就是你痛苦的根源——你试图依靠他人来证明你自己,而这是完全没有必要的……"

林霏打断他:"我难道不爱自己吗?我的过去,我的痛苦,不全是自私的男人们造成的吗?如果有你说的那么轻松,这世界上就没有痛苦可言了!"

徐秉超有些诧异于她的反应,但很认同她的话。没有人说过这是一个轻松的过程,就连他自己也如此。

"在我来到这里以前,差不多四个月前,我天天混迹于夜店,和各种各样的女人约会,试图把自己埋没于欲望和酒精里,好让我不那么清醒地面对自己的病。"

"你还做过这种事?"

是的，如果他也足够自爱，也不会有这些问题始终烦恼着他了。

"在那种时候，人几乎失去理智和判断力。"过了很久，他才补充道，"这不轻松，从来都不。每个人都觉得他们爱自己，但仍然没有。他们爱的是一些自我的碎片，尤其是他们愿意看到的碎片。你爱自己吗？你可能主要爱自己的美貌，爱一个你假设的美好前途。"

"一个真正美的女人不仅因为她的长相，还因为她的智慧。这股智慧可以吸引到异性，也可以吸引到同性，以至于她实际上介于两性之间，或者根本没有性别之分。这样的女人因为有一半男人的属性，而得以兼具感性与理智，柔和与英气；又因为其另一半女人的属性，而叫男人们明白他们自己是傲慢又无礼的生物。"

他们漫无目的地行走，林霏沉默着重新挽起徐秉超的胳膊来。

时间临近凌晨，街上的人越来越少，原本上蹿的火堆此时也奄奄一息。节日接近结束时分，行人疲倦，仍体会着欢庆后的余韵。徐秉超和林霏绕着这座村镇走了一圈，空气逐渐清冷冰凉，周遭重新回归安静，他们的身体因为运动而越发亢奋起来，徐秉超的精神重新被激起，白天的痛苦如同一场浩劫，来势汹汹，去得迅速。

他们走到那条路前，只有尽头的路灯还在昏黄地发光，照亮很小的一块土地。他目光凝聚在远山，眉头紧锁。从前面吹来的清冷山风有些使他战栗不安。

面对如此的黑暗通路，他自知有些事必须要完成。此时此刻，徐秉超面前是一个明确的救赎之路，他不知结果如何，但唯有走下去才可明白。

他说："我们进山。"

"在你完成心里的夙愿后，我会一直陪着你。"她想。

林霏伫立在原地，空气中的水汽在她脸上凝结成薄薄的一层水雾，此刻空气清爽，几日前的阴雨连同世俗情爱全部被丢在背后不见踪影。徐秉超的眼前再次出现少女的样子，那段属于她的故事重新浮现，随之而来的是大脑里丰硕果实的压迫与呼吸。

呼，吸，呼，吸，它在吸吮他的生命。

· 回声

8

　　成修竹开始变得沉默寡言，再也不会做出任何异常的举动，走在人群中谁也区别不出她与其他人的不同。唯有看见徐秉超的时候会笑意盎然，喜欢跟在徐秉超左右，有时会亲昵地挽着他的手。

　　这让徐秉超反感，但每次等他反应过来的时候，成修竹已经挽着他了，徐秉超只好微笑着迅速地推开她。

　　自从学校范围里知道徐秉超和成修竹私奔的事情，人们对他们的议论似乎永远也不会停下。

　　一个诱惑的、模糊的概念。

　　他们在心中对徐秉超和成修竹无形地判了刑，没有证据，没有庭审，只是在心中建立起一堵不可撼动的墙壁。

　　她总是这样和他说："秉超，重要的是我们发现的内容，亲身的经历，或者仅仅是心中那一丝捉摸不透的感触。为了这样细微的事物需要付出相应的代价，即使这些代价沉重而漫长。"她一遍一遍催眠他。

　　可他从来不是成修竹，他没有她的勇气和自持。人们的流言蜚语就像蚊子的声音细微但极易捕捉，让徐秉超感到烦闷和惶恐。徐秉超没有办法判断是非，发生的现实已经远超是非可定义的范畴。

　　他为人们的草率论断感到愤怒，却又为这草率的论断同事实相符而感到绝望。

　　父亲每日疲倦憔悴，容貌显而易见地衰老颓唐。他无法容忍自己失去妻子后，再一次失去对儿子的掌握。徐秉超回到家后吃过简单的晚饭便迅速逃进卧室伏案写作业，他企图用学习来逃避任何可能发生的交流，因为交流最终都会指向那一次出逃。

　　卧室外传来父亲的叹息声，沉重和无望，回旋在徐秉超耳旁久久不能离散，一声一声敲击他脆弱的心脏。

　　当他还沉浸在混乱的思绪中时，卧室的门忽然被打开，发出的巨大声响吓得徐秉超摔掉了手中的笔。

四　命运交界

身后传来父亲的声音，声音中带着试探与质问：

"你说实话，你们做了什么？"

徐秉超头也不回快速而坚决地回答道："没有。"

他心里当然明白父亲指的是什么事情，这让他感到心悸，生怕被父亲看出端倪。

父亲顿了一会儿，语气有所缓和："秉超，为什么要跑出去？"

他没有回答，他也不知道应该回答什么。徐秉超的父亲见他没有回应，又合上了门，门外的脚步渐行渐远，徐秉超却还在发愣，摆脱不了刚才的恐惧。

秉超，为什么要跑出去？为什么呢？是父亲哪里做得不好吗？

成修竹想要寻找的答案是什么？黑暗是什么？巨大的缺口是什么？未来是什么？

他不知道应该怎样回答这些问题，仿佛做这些事本身就没有答案。徐秉超记不得上课教过的内容，作业里的题目让他开始感到迷茫和陌生，他只想尽快写完然后逃到床上，他想要躺着，他需要思考。

而当他真正躺在床上，周身一片漆黑的时候，他的思绪又开始不受控制。校领导的训诫、学生的嘲笑、父亲的质问、成修竹的呢喃……好像谁都要撕开他，夺走他的一部分，而最终他自己也没有明白想要的是什么。

我们在混沌中费尽心思要寻找的是什么，是爱吗？

他在第二天醒来，很快吃完早饭起身出门，临走时父亲叫住他，对他说："秉超，不要再与她往来，父亲既是在警告你，也是在请求你。我除了你什么也没有，我只希望你可以有出息，不辜负我对你的培养。秉超，不要再和对你无用的人交往，你的任务只有学习。"

他敷衍地点头，他厌恶父亲的说辞。

徐秉超见成修竹的次数一直在减少，最后只剩中午吃饭和晚上放学的时候在一起做伴，有时成修竹看见徐秉超会跑过去与他聊天，终究只是短暂地交谈。徐秉超意识到自己仍然用假面面对修竹，而修竹则前所未有地展现她的脆弱。

她说："秉超，我们应当一直这样下去。如果你准备好的话，我们可以再次出

•回声

逃，这次我们就不用再回来了。我们可以去遥远的地方，去支教，和孩子做伴。我在网上搜集了足够的消息，已经制订好路线和计划，随时都可以离开。"

徐秉超无法回应，这个举动对他而言是致命的。

他们还是会像往常一样，彼此说着没有太大意义的话题，只是对于徐秉超而言，这样的过程开始变得痛苦起来，他进入了一个陌生的世界，并且再也不能离开了。

人是脆弱的吗？他在胡思乱想，由下而上传来的阵阵慌乱仿佛不会止歇的大鼓在他耳边咚咚咚地敲打。

"秉超，你在想什么？"

"我在想我想要的是什么。"他抱着自己的双腿，没有看成修竹的眼睛，"我没有办法讲明白我的心情，没有办法看清自己到底是什么样的，没有办法判断未来该怎么办。我不知道父亲和你，到底谁说的是对的。"

徐秉超的眼圈开始变红，眼泪顺着脸颊流下来。成修竹伸出手去抚摸他的脸，将眼泪拭去，眼神里带着淡淡的悲悯。她耐心地等待他的哭声越来越大，直到情绪发泄完毕的时候。

他哭得像个孩子，她抱着他像离席的母亲。

"秉超，我们受过的伤害让我们难以获得长足稳定的安全感，来自自我的质疑和外界的攻击如刀割一般在我们身体上留下印记。我们彼此相认，在万千人群中识别和捕捉属于彼此的同类，我们在深夜相互舔舐伤痕，我们成为一体，填补别人不能填补的巨大残缺。秉超，让我们相通的从来不是爱，是痛苦。"她轻声地呢喃安慰。

成修竹想要徐秉超意识到他们之间无差别，无顾忌，无区分。

一个真正的个体是不会同自己产生分歧和怀疑的，一个真正的个体对待自己的思想和身体是坦诚和平淡的。

"修竹，你到底要寻找什么？"

"秉超，我要在痛苦中找到爱。"

他说，成修竹开始向他介绍自己的规划，关于前往恩湖，坐什么车，用多长的时间，到了那里应该怎样生活，要教孩子些什么。她将自己整理好的资料全部打印出来,一份自己留着,另一份交给我,并且叮嘱我要很快看完。有的时候我分不清到底是她在引诱我逃离,还是我在引诱自己逃离,还是所有人都在盼望着我逃离。那份资料被我放在卧室的桌子上,无聊的时候就会拿起来阅读,它承载着我许多幻想和勇气。我为自己是否应该随她而去感到无比动摇。

"那么你最后做了什么选择?"

他说:"我不知道。"

9

十天后我们出发。

秉超,你原来的世界已将大门关闭,人们质疑你,远离你,然后逐渐地忽视你。人们是自私的,你的父亲也是自私的,只有我和你向彼此完全敞开。这是我们的命途——不要顺着那既定的路线前行,考试,升学,工作,结婚,生子,将自己埋没于下一个轮回当中。你无法忍受自己被当作异类看待,更无法忍受自己被当作毫不起眼的角色对待,你心中的耻辱印记会一直伴随着你,直到你死去。

秉超,如果你没有遇见我,你会彷徨而不自知;你遇到了我,自知我就是完整而正确的答案,我们彼此契合宛如一体,无区别,无顾忌,在这样一个庞大得使你感到恐惧的世界中相互依偎和陪伴。不要顺着它的规则,而是要跳出这个游戏。

她递给徐秉超一张车票,上面简陋印着一个陌生的地名。他在脑海中搜寻片刻也丝毫不知这个地方处于哪里,但他明白这个地方之遥远,一旦前往再也不可能回来,此地的一切旧事将伴随他们二人的逃离彻底封存,无人问津。

她说,这是我们可以前往的离恩湖最近的城镇,到了那之后需要换乘大巴到旁边的行政村,随后步行进山到达恩湖。全程需要十天时间,十天过后,重获新生。

徐秉超手里捏着车票,就像握着一根拉扯他的铁索,救他于难以顺畅呼吸的黏腻空气当中。

"十天后,我们在车站汇合,在此之前我们不必再碰面。"

只有来自他内心的考量才可以支撑他完成这最后的叛逆。

• 回声

"秉超，很快我们就再也不用离开彼此了，我们每天都在一起，每天看见不同的景色，每段路程都能遇到不同的人与故事。到了恩湖，我们就可以帮助那里的孩子们，他们自由地生长，我们也可以。"

成修竹临走时将徐秉超手里的车票塞进他的口袋里，她再一次确认徐秉超的眼睛，那双眼睛里闪烁着微光。她在徐秉超的眼睛里看见了自己的样子。

一个念头有多么可怕？你明知道完成它是一去不返的，是艰难的，但如果你不完成它，那么它就会一直萦绕在你的脑海里，旋转，旋转，直到你的理智变得匮乏和疲倦，然后趁机占领你的意识。

徐秉超难以专注，任何人都能明显地觉察到他的变化——要么坐在位置上发愣，要么趴在桌子上睡觉。思考是疲倦的，这让他变得极度嗜睡，从早上到校开始，徐秉超便难以自控地睡眠，似乎周围的一切与他之间形成强有力的屏障，不论上课或者下课，他的睡眠安静得如同死寂。直到中午，徐秉超才极不情愿地睁开眼，被迫接受这个充满了未知的恐惧的世界，然后从包里拿出那张车票把玩。

他知道车票上的目的地在哪里了。一个位于西南的陌生省份的陌生小城。数千公里路，数个日夜才能抵达的地方。一个他原本这辈子都不可能到达的地方。一个可以重新开始的地方。

修竹说，这个世界已经向他关闭了大门。他没有办法继续原本的生活。他在人们眼中就是一个悲悯和同情的对象，除此以外什么也不会是了。所有任课老师默契地对他采取了无视，他的作业没有交不再会引起老师的关注。还有父亲，父亲日渐沉默寡言，任何可以省略的问候都不会出现，一切都在默许他的离开。

"快走呀，再不走就来不及了！"

他想起成修竹的神情和那个带着他飞奔入夜的晚上。

但是在这之后不久，徐秉超的父亲出事了。

"秉超！"

他在卧室里听见隔壁传来重重的砸地声，他的心刹那间变得慌乱，飞奔过去看见父亲瘫倒在地上，双眼紧闭，嘴里发出喃喃杂音。他的大脑顷刻间变得空白，机械般地拨打急救电话，告知住址和症状，然后站在父亲旁边一边等待救护车到来，一边无声地流泪。

父亲被送入手术室，徐秉超守在门口发怔。他的意识已经停止运转，脑海里再也没有和车票、与成修竹有关的想法，甚至没有和父亲有关的念头。

他的大脑如同宕机一般什么也没有。什么也没有，如同一个被动接受命运安排的提线木偶，终于在这一幕到来之时，意识到自己的无力和幼稚。

窗外下起大雨，台风过境的雨水丰沛迅猛，巨大的雨点砸落在窗户上发出巨大声响，每一声都砸在徐秉超的心上。从窗外进溅进的雨点沾湿了他的肩膀，跳跃到他脸上带来湿润、冰冷的触感。他这才意识到温热泪水不自觉地流淌。

仅仅过去了一个月而已，这一个月就像一场盛大的悲烈的喜剧，所有人都参与到其中，他们充当背景、观众和演员，一同见证着一个男孩和一个女孩的拙劣把戏。徐秉超的黑暗与恶在这场喜剧当中完全释放出来，强烈到他不能自控而不得不听命于成修竹的指引。

他的世界崩塌了，人们感到满足并且离开，只留下徐秉超独自一人，自始至终没有感受到……爱。

他开始号啕大哭，雷声掩盖了他的嘶哑号叫，闪电为他的痛苦打上伪装。他在痛哭什么，是为父亲的状况吗？是自己的可怜吗？是难以满足成修竹的委屈吗？是这个仍然在正常运转的巨大世界吗？

父亲在他面前轻声唤他："秉超，秉超。"

他抬头看见父亲躺在病房里，夹在洁白床单和洁白被褥之间，眼睛半眯，用极其虚弱的声音呼唤着他。

"秉超，告诉我，告诉我你为什么要出逃，是我不够好吗？秉超，对不起，我不是一个好父亲，我不能让你有个完整的家。"

徐秉超的表情扭曲，满脸是泪，他紧握着父亲的手，趴在父亲床边一遍一遍地重复着："我什么也没做，我什么也没做，我什么也没做。"

他分明感受到的，不是自己对父亲的歉疚，不是对父亲的心疼，而是另一股更甚的不能名状的恐惧。这份恐惧以它不可阻挡的势头瞬间击碎了徐秉超的防线，他心中具有的善良与恶，黑暗与光明，孤独与自持全部在这股恐惧面前变得渺小不堪。

一个少年被瞬间扔进这旋涡当中，并且在这旋涡之中得以一窥恐惧的真

•回声

容——死亡。

他的指尖已经深深掐进肉里,嘴唇也被咬得出血,但这些都不足以承受他缺席已久的后悔和自责。只是在一刻,作为少年的原始的害怕已经完全占据了他,他只能够以自己才听得见的声音说着:"我会好好学习,我会认真上课,我会离开成修竹,我会一直陪着你,我会弥补这一切……"

他在医院陪伴父亲两天,直到父亲脱离危险。

在这之后,父亲才真正相信自己的孩子什么也没有做,他所担心的"那一方面"并没有如洪水猛兽般侵袭徐秉超,他感到愧疚的关于徐秉超出逃的原因也不是他想的那样。心结解开,父亲便在几日后恢复正常。

等到父亲能够自由行动后,徐秉超重新开始上课,他的注意力开始集中,似乎大脑自动封存有关成修竹的记忆。

徐秉超利用每一点时间弥补课业的不足,身体重新投入充实而实际的运行,千篇一律的题目相比于人生选择来得更加容易。

到了约定离开的那个晚上,当他坐在座位上复习的时候,周围的声音忽然变小直至安静,徐秉超从题目里回过神来,抬头看向教室门口,却怎么也想不到她出现在教室里。

女孩浑身湿透,身上的水珠滴落在大理石地面,形成一摊深色印记。她的形象邋遢不洁,衣服上沾着泥土,小腿也肮脏污浊,只有面容素净,水珠布满皮肤。那双透过黑色眼镜的眼睛直勾勾盯着徐秉超,目光穿越整个教室精准落在还保持着写字姿势的男孩身上。极短的时间内,他看见女孩的双眼没有任何色彩和情绪,没有愤怒,没有悲哀,只有一片荒芜。

在场的所有人都沉默地看着这个女生,似乎期待着她大发雷霆打破突如其来的寂静,似乎期待她走进人群当中找到徐秉超,期待她发泄自己全部的愤怒,可是成修竹什么也没做,她看着徐秉超,无声地流着眼泪,随后用尽力气飞奔出去,只留下地面上深色的湿润印记。

徐秉超在那一瞬间,莫名地感到自己身体的某一部分随着女孩的离开也彻底死掉了。

只不过在现下,他因此感到的只有轻松。一切都结束了,他深知,这个女孩离开了他的生活。

成修竹。

他一笔一画地在草稿纸上写下这个名字。

10

林霏从公共浴室回来,手里还拿着毛巾擦拭自己湿漉漉的头发。她看见徐秉超站在窗边向外眺望,背影落寞。

林霏轻声提醒他:"进山之后条件艰苦,趁进山之前不如洗个热水澡,或许心情会好受,身体也没那么痛苦。"可是徐秉超丝毫未动,像是没有听见林霏的话。

很快,林霏感受到自己手背上的湿热触觉,男人的眼泪一刹那烫伤了林霏的皮肤,身体的轻微战栗也在试图冲破林霏的环抱。

"你害怕见到她。"

"二十年过去了,她以自己的方式一直存活着,二十年没有变,没有妥协,没有拥有也没有失去。而我在这二十年里,做了一切我觉得可以摆脱她的事,却还没有能够摆脱她。她对我的每一个预测都成了事实。或许在她告诫我不要去找她的时候,她就明白我一定会去找她。

"林霏,你能够体会吗?我离开她二十年,可是这二十年的每一日每一夜,她就像笼罩在我生活上空的云雾,注视着我如何一步一步摧毁自己的生活。而现在,我真的什么也没有了——健康的身体,健康的灵魂,哪怕一条退路也没有留下。如果她见到这样的我,心里会是什么感受?会不会在我跋涉了这么久以后,再一次果断地驱逐我呢?"

"她不会拒绝给予你帮助。修竹的痛苦帮助她超脱了普通的情感羁绊,她也明白彼时的你还没有和她相同的体会,如果修竹将你视作唯一的话,她应该已经准备好了答案在等你。"

"答案。"徐秉超嘴里喃喃着。

伴随着脑袋不时的疼痛,徐秉超艰难地躺下试图入睡。他蜷缩在床的一侧,抱住自己的双腿,眉头紧皱。林霏站在秉超身后看着他的肩膀,心里产生一股难以言说的酸楚。

眼前的男人有着极其敏感的洞察力和丰富的人生体会,因此才成了林霏一眼

•回声

相中能够给予自己答案的人,然而答案之人亦有他自己的答案需要寻找。或许每个人在此世都辛酸地奔波,带着自己的执念寻找答案。

她希望自己能够像年少的成修竹一般给予他力量,陪伴他。

徐秉超薄薄的皮肤下面已是骨头嶙峋。触感从指尖传来,一直传达到鼻子引起一阵酸涩。她轻轻把额头靠在徐秉超的背上,窗外传来一阵又一阵的喧闹歌声。

第二天,他们前往村里唯一的庙宇。这是本地人们庆祝转山节的重要场所之一,离村子有三四千米距离,独自坐落在靠近森林的盆地里。

在那里,他们看见了带有佛教色彩的铜像与壁画。由于这里海拔较低,周围森林密布,阳光不足,墙上壁画多已脱落残破。大门透射进来一些光线,稍微向里走便漆黑一片,只有寥寥昏暗烛光勉强照亮主堂的铜像。铜像神情自若,眼睛微闭,并无强烈气场,能够窥探的只有缄默的无情。他们驻足观察,但并未像当地村民一样跪拜,或者进行其他的朝拜仪式,林霏和徐秉超都不是这一类人。

"人们依靠信仰相互联结。"她说。

徐秉超抬头望着佛像:"真正的感同身受才能带来真正的理解和宽容。死亡,爱,相同的遭遇。这些具有类似遭遇的人们在对方身上看见自己,并且也看见那些无法看见的过去印记,疼痛经历。偏激或者不偏激的想法、行为总有它们自己的产生缘由,如果不知根本便觉得难以给予接纳,有过相同缘由的人才能互相安慰。"

"可痛苦是消极的。"

"并不是所有人都能从光明中获得力量。有些人心思敏感,缺乏信任,光明令他们感到不适,只有黑暗才能带来安稳和力量。痛苦使他们感到自我的存在并且提醒什么更为重要——善良。亲尝痛苦的人不会给他人带来痛苦,但始终替他人感受痛苦。因为痛苦以及痛苦留下的疤痕,人们才得以更为重视细微的善意和光明。这是人们向善的根本缘由。出于对死亡的天然恐惧,种群才得以保留基本善意,向死而生是每一种类和族群的根本法则。只是,在死亡到来之前,还有太多的痛苦需要体会,不是吗?"

"所以,我们同别人的区别是,我们使用自己的躯体记录痛苦,我们因此成了痛苦;也正因此,我们对他人来说便成了善良。"

他转过头看向林霏，而林霏站立在通道之中，背后大门的光亮成为漆黑通道唯一的光源，而林霏就站在这光源之中，门外的风带动林霏的头发飘散摇摆，留下一副完美而不可撼动的身形。

那一刹那，徐秉超的内心被击中，内心酸涩充满感动，似乎有什么东西在他体内被唤醒。

静谧的充满神圣意味的庙宇之中，二人没有其余的言语，共同体会着时间冲刷历史留下的残破痕迹。在这痕迹之中，人类文明的庞然沉重也同他们产生了千丝万缕的联结，使他们感受到来自此世的隐约召唤。每个人皆有使命，只是大部分人生都被荒废在寻找使命的途中。然而，此刻的二人，分明感受到自己同使命仅有一步之遥，这一步之遥却又如千里般不可触碰。

霎时，徐秉超应声倒地，发出的声响在漆黑庙宇当中盘旋回荡形成隆隆之声。紧接着，林霏发出一声凄厉的叫喊，惊动了庙宇周围的鸟群，它们扑扇着翅膀，扯着嗓子乱叫，从地面飞起遁入那茂密的森林当中。

村民帮助林霏一起将徐秉超抬上汽车，随后载着林霏和徐秉超回到距离最近的城镇。徐秉超的意识已经不再清醒，嘴里喃喃自语无法分辨。他被安置在后排座位上，头枕在林霏的腿上，她担忧地看着徐秉超。

他的鼻血淌得到底都是，毛巾已经被浸透，他的身上不断冒着汗水，额头青筋暴起，牙关紧咬。徐秉超的眼前一片漆黑，只有不断闪烁的白光如同精灵若隐若现，想要带着他的灵魂脱离极度痛苦的苦海。

"乖，秉超。一切都会过去。孩子，和过去和解吧。"

他出现幻听，却分不清那是谁的声音。他已感受不到时间的存在，每一秒钟都疼痛得难以忍受，需要耗费极大精力忍受身体的痛楚。在那些飞旋的混乱思绪当中，他唯一可以感知到的事情是，他离年少的玩伴从未有过的接近，此刻却不受控制地一点点远离。

恩湖，那个只存在于他记忆里的地方，那个他只差一步之遥的地方，现在以飞快的速度迅速远离他的世界。

"林霏，林霏。"

他细声呼唤着她。林霏伸出手去抚摸发烫的额头回应着。

"我在。"

•回声

他颤抖着指了指自己胸前的口袋,示意林霏查找。林霏伸手从他的口袋里拿出一封被叠好的信封,从里面翻出一张泛黄的纸,上面用黑色钢笔写满了密密麻麻的字。

林霏将那张纸摊开,借着车窗外的光仔细阅读起来。

秉超:

我能够想到的,唯一可以寄给你的方式就是寄到学校。即便我万般无奈,如今也觉悟到你我必将分别,对于这一点,我已没有任何多余的留念可言。因此,作为最后一次通信,我希望你可以读完。这是我的告别。

秉超,就像一个垂死的病人要回到医院,一个失落的孩子要回到母亲的怀抱。我要去往陌生的地方寻找属于我的安稳。在此以前,我的破碎的心因为你而再次完整了起来,使我惬意地觉得我们可以度过痛苦的此生,我所需要的养分极少,仅仅是有你陪伴在我身边,不远不近的距离,即使什么也不发生也好,就这样了结此生罢了。然而,你在那一晚并没有出现。

秉超,我恨你。在我们经历过如此许多后,在我以为已经完全深入你后,你还是如我预料地背弃了我,投奔入这个你并不喜欢的世界中去。我恨你,并不因为我失去了拥有你的可能性,因为我早已拥有你;我恨你,是因为我所做的一切最终在你眼中是幻灭的,无意义的,你成了众人之流,甚至有那么一瞬间,你同他们一样质疑我和厌恶我。我恨你看不清你自己,看不清这个世界。你再没有机会去旁观它了,你已成为它的一部分。

我和你说过我要去的地方,很快我就会到那里。我需要你向我保证,即便我无法看见你举起你的手,无法看见你信誓旦旦的眼神,我也执意要你向自我保证——你永远不会来找我。

因为我要记住的,是那个勇敢的无牵连的少年,是他跟随我去陌生的地方完成彼此识别。是他看着我的眼睛,眼神里流露出只有我能够读懂的悲伤。我要记住的是与我同类的徐秉超,而不是长大后妥协并无自知的你。因此请务必不要来找我,使我保存最后一点幻想。

你未来是命运多舛的。你的母亲离开了你,现在唯一懂你的人也离开了你。这使你在接下来的一生中,再无歇息的可能。你的不安全感会如窒息般围绕你,使你迫不及待地寻找安稳,你会寻找能够替代我的人,但你永远不会找到。你只有在别人身上寻得一丝一毫与我相似的部分并永远为此不满。

除我以外，再也没有人可以洞察你，你这一生就像一座充满了秘密的城堡，我是唯一能够打开它的人。对于女人而言，你的城堡是最好的诱惑和毒药，这意味着接下来你将始终充满神秘的魅力，成为女人们追捧和征服的对象。但你却无法从她们身上获取到任何长久的快感。这是对你的惩罚。

也许很多年以后，在你深入这个世界，不断学习，认知，进化以后，痛苦塑造了一个终于明白我全部心意的徐秉超。只不过届时，你要完成的不再与我有关，而是与别人有关。这是我们今生留存的证据。

秉超，秉超。你遭遇太多苦难，你的心无法安定。但你注定遇到一个同你一样的人，你可以分享自己的痛苦，你可以同化那个人，你们将成为同类，一起孤独地活在这世上。届时，没有人会记得你们，你们是荒野上的游星，没有名字，也无法死去。这是我看见的事，我相信它会发生。

因为对一些遭遇过痛苦的人来说，他们所能够想象的至高的情感，充盈全盛，往往已经超越了爱情的内涵，因此，别人如果要以爱情来对他们加以限定，这对他们而言是不能接受的。你对她的拯救正如我对你的拯救一样，并且我希望你在此世游历过后能够习得比我更加丰厚饱满的内容，使那个经你拯救的人能够比你我更加看清这个世界，能够比你我更能追寻到爱。

再见，秉超。秉超，再见。

成修竹

五
美景良辰

五　美景良辰

1

　　口袋里的手机作响，林霏掏出来看了一眼，走出病房接通电话。电话那边传来宋墨的声音。男人的语气透露着急切，他已经数十天没有与她取得联系。

　　"你在哪里？"

　　林霏四周环视，医院通道里人来人往，声音嘈杂。林霏低声回道："在外面。"

　　"我要见你，就今天。"

　　林霏没有立即回复，而是转身看了一眼病房里的徐秉超，心里有些犹豫。

　　"我现在不方便。"

　　"你和谁在一起？"

　　"你不用知道。"

　　"林，我很担心你，不管我们之前怎么样，现在都需要好好谈一谈，给彼此一个机会。不要再怄气了，我要立刻见你。"

　　"宋墨，我知道你想说什么，但我真的不方便。"

　　"不，我要告诉你另一件事，总之你快点过来吧。"

　　林霏挂断电话，再一次留恋地望向病房，她的内心在激烈斗争，但过了一会儿还是消失在人群当中。

　　她来到宋墨家，男人打开房门，带着她进入客厅。林霏对这里再熟悉不过，但这一次进入，她开始重新审视这里的环境——房间被打扫得很干净，家具整洁，风格大气，柜子上的摆件被用心安置和清理。她这才回想起来，那个她一开始认识的宋墨，那个身型良好，衣服整洁、注意细节的男人。他自始至终看重生活细节，细微之处皆透露着男人的成熟和稳重。

•回声

五年时间，一切改变了太多。

宋墨转过身来与女人对视，许久后才开口道："发生了什么？你看起来这么疲倦，衣服肮脏，魂不守舍。"

林霏双手护在胸前，自己在这个环境当中已经不再像从前那样放下戒备，自己与这里的一切已经格格不入。

"去洗个澡吧，我把干净衣服给你准备好。"说完男人就去了卧室。

林霏这才注意到自己如此不堪。她走进浴间，脱掉自己身上的衣服，衣服表面是汗渍和泥土，气味刺鼻。

她照着镜子，看见的仍然是一具姣好的身体，除了脸上有些泥迹外，脖子以下皮肤素净，连毛孔都难以察觉。

成修竹的信只有几百字，却像一枚炸弹在林霏耳边炸响。

如果徐秉超注定要拯救一个女子，这个女子是不是她自己？徐秉超能否找到可以拯救彼此的办法？但是他从回城的路上开始昏迷，已经过去了两天时间，如果他在此之前就失去生命了该怎么办？

不知道过了多久，宋墨敲了敲浴室的门："林霏，林霏。你还好吗？"

林霏回过神来，水温已经降了很多，自己陷入空洞却毫无察觉。

"没事。"她很快洗好，穿好干净衣服走出浴间。

宋墨坐在客厅，看见头发湿漉漉的林霏有些恍惚，五年过去了，眼前的女子和十七岁时没有任何变化，只有她的美越发蓬勃起来。一看见她的样子，宋墨心中原本积压的怨气便难以发泄。

"亲爱的，算上你上学的时间，我们相识已经有五年时间。在这五年里，几乎每一个重大的决定都由你来做。我们彼此配合，有过特别窘迫的时候，也有过让全世界瞩目的时候。我们从来没有对彼此隐瞒什么，不是吗？

"自从你离开这个房子开始，我们不再像从前那样袒露心声了。今天，我想给彼此最后一个机会，最后一个。我也希望你能够真正地冷静下来，好好想一想。你已经不再是一个顽劣任性的女孩了，你比绝大多数女人都要精明老练，所以不要继续你那懵懂的假面，让我们敞开心扉，毫无保留地交流。

"你还记得两年以前吗？那个时候你是多么光鲜耀眼，仿佛整个世界都在围着你转。后来，也是你信誓旦旦地告诉我，你要来到这里，远离所有人，只要我

五　美景良辰

一个人陪你——这些都是你亲口告诉我的，可每一次我答应了你的要求，你就远离我一步，你到底想要什么呢？"

"你说的对，宋墨。在很久很久以前，我就答应你，你是我唯一可信任的男人，也是在很久很久以前，我就告诉你，我们之间永远不会有安稳的生活，我可以肯定这一点——不论你说你有多爱我，这份爱都不是我想要的。"

宋墨哼笑一声："难道我给的还不够多？"

"不，这一切——这房子，你，还有越来越多我不认识的人，我的生活，任何和我有关的东西。我要了结它们，它们不是我想要的答案。宋墨，也许你没有注意，不论是五年前的逃离，还是两年前来到这里，每一次都是因为我无路可退，别无选择。你忘了我们为什么来到这里吗？"

"我记得，亲爱的，我当然记得。"

宋墨握紧了藏在口袋里的手。

"偷拍、录音、谎言、攻击、羞辱……我的信心在那段时间烟消云散，再也不敢上网，不敢出现在公共场合，两年来我一直在为此疗伤，后来发现我所做的都是徒劳。"

"林，我完全明白你的感受。我为了你放弃了手里所有的资源，就是不愿看见你再为了别人低声下气，受屈辱！我们来到这里，谁也不认识我们，不正是重新开始的机会吗？"

"不，其实什么也没变。我仍然为自己感到心疼。"

宋墨起身慢慢靠近她。他知道这不是她第一次情绪激动，也不会是最后一次。他知道应该怎么做，才能安抚这个紧张的女孩。

女孩的身体颤抖，呼吸急促，但他知道不久就会平静下来。

"我知道，林，我知道。你此时的心情我完全能够理解。我希望你可以明白，五年前你已经逃离了自己的生活选择了我。可现在你还能逃去哪里？逃避没有效果，如果你不解决根本问题，不论你去哪里都无济于事。"

"根本问题是什么？"

"你要学会放手，你关心的事情太多了，你要明白我们只是普通人，只需要做好自己的工作，过好自己的生活。你不是一个老师，一个警察，或是一个领袖，你能带给别人的只有你拥有的美和这份美承载的精神，这是谁也不能替代的东西。这难道不是命中注定给你的答案吗？"

•回声

林霏找不到可以反驳的理由，但一定有什么东西是她无法理解的，一定有什么东西比她自己更重要。

"你说有事情找我，是什么？"

宋墨摊开手心，一枚漂亮的戒指出现在她眼前。

那一刻，林霏像是受到震击愣在原地，鼻子酸涩，几欲流泪。

"我要你嫁给我，林。"

林霏一个字也说不出来，她感到自己的脑袋马上要炸掉了。眼前的这一幕令她发自内心地感动，没错，五年，整整五年，这个男人不离不弃，如果她再不做些什么，未免对他也太残忍了。

她一动不动地站在原地，咬紧牙关不让自己的眼泪落下来。紧接着，林霏猛地扑进宋墨怀里，把头贴在他胸前。这一刻，她好像发觉自己绷得太紧，绷得太久。

"林，不论你再怎么否认，你都知道我有多爱你。做我的妻子吧，给你自己一个家。"

"我不知道……"

"来，你需要休息。"他扶着她进了卧室，打开被子让她躺进去，然后低声安慰着。

"我太累了，但我必须要回去。"

"没问题，但你需要休息，休息一下吧，你不缺这一点时间。"

"时间，现在是我最缺的东西……"

"你已经快要睡着了，不要再说话了，亲爱的。你才只有二十二岁，有的是时间。"

"不，不是我……"

"你知道我在想什么吗？我在想等我们完成最后一个合同，就搬到海南去——我们在那里买一套房子，然后一直生活在岛上，再也不要回来。我们可以生一个孩子，三个人，就三个人，一起生活下去……"

林霏陷入意识模糊的状态，身体极度疲惫，但思绪仍然清醒并且飞速运转。无数个念头在她脑内盘旋。她想要起身，想要尽快回到徐秉超身边。如果他醒来发现周围没有人，一定感到孤独和失望。她不允许这样，她需要答案。

五　美景良辰

林霏再次醒来的时候，窗外已经暗了下来。

她转头去找宋墨，发现他也睡着了。

临走前，她对着熟睡的宋墨说："宋墨，我不确定自己是否应该答应你，但是我没有什么可以给你了。我想，一个女性成熟的标志，就是从依赖别人的爱转而探寻自己的爱。五年时间，我离完成这件事只差一步之遥——亲爱的，就把今天当作你我的告别吧。"

门被轻轻合上，宋墨才睁开眼，憋了很久的气息被渐渐吐出。

仍然是年轻女子充满稚气的执拗，认准一件事后不达目的不罢休，但是可以预见这一次和之前任何一次结局类似。他知道不论过去多久，林霏最终都会回到自己身边。

林霏回到医院的时候，已经到了晚上，街上华灯异彩，车水马龙。但她已经毫不在乎这些事物，医院里的白墙，拥挤的人群也和她没有关系。她重新回到病房，发现徐秉超仍然昏迷，尽管眉头紧皱，但是脸色好转。

她不确定自己离开的时候，徐秉超有没有醒过来，心里有些愧疚，伸手去抚摸徐秉超的额头，温度还是高。林霏重洗了毛巾盖在秉超的额头上，然后从被子里找到他的手握住。

"秉超，你到底在想什么，如此沉迷，不愿醒来？"

她看着陷入沉睡的男人，知道他此时此刻一定沉浸在痛苦的幻梦当中。

"黑暗，就像修竹说的那样，你要完全沉浸黑暗，然后从黑暗中汲取力量。此时此刻，你就在黑暗当中，不是吗？

"如果你可以听见的话，你要明白你的答案不在恩湖，不在成修竹，成修竹已经把答案留给你。你的困境，你的黑暗，都是在逼你向真正的终点靠近。"

高考前的那场大雨是他关于年少时代最后的记忆片段。

台风过境的当天，天空从原本的灰蓝色刹那间变得阴云密布。从皮肤感受到第一滴雨珠到倾盆大雨，前后只花了十秒钟的时间。雨势浩大，教学楼里的走廊也被彻底而不断地冲刷着，所有人都躲进了教室，一同兴奋地议论着窗户外面的盛况。

时而有巨大的雷声在耳边炸裂，不知道哪里的门没有被关紧，一遍遍发出撞

·回声

击的声音。清晰的雨幕如同浪潮一般拍打着教学楼，周围的树木也随着大风如食死徒般摇曳。

只有徐秉超还坐在自己的位置上，远远地看着门外的疯狂。原本给自己留的小缝也不得不被关上，否则窗户会立刻失去控制前后摇摆，雨水会顺着任何缝隙洒落进来浸湿课本。

他在默默体会着这场暴雨。它对他意味着什么，为什么会在这个时候出现，它是否会给自己指引。

这个不愿同别人交流的男孩，早就学会了从这些无生命的迹象中探寻对自我的揭示。不寻常的事物总有它发生的内涵，这些冥冥中决定被看见的谜题自有他需要甄别的答案。徐秉超称这些无常为"命运的低语"，只有特定的人才能听见特定的内容，并且为接下来的路给予暗示。

他坐在原位，试图揭晓这场暴雨对他的暗示。暴雨来去迅速，若干分钟后，风雨就停止了，学生们悻悻回到位置上，只有徐秉超还保持原本的姿势注视着天边的一角。

天上阴云快速变化，已经显露出澄净的蓝色，远处的西边，落日终于挣破了阴黑的表皮，从天边散射金色的光辉，那光亮从极远的一点开始扩散，很快驱散了上方的阴霾。

徐秉超走出教室，踩在湿漉漉的过道里，周围尚未散去的雨水腥气凝滞在空气中，但是一切都已过去，地平线的落日余晖成为如神迹一般的景象。太阳，重生，远方，生命。

他从来不是一个矫情的少年，但他轻易地流下泪水。这股召唤已经太过强烈，让他不得不开始幻想一场重生，就像这股黑暗过后迅速到来的光明。

一股对未来的憧憬从徐秉超心中升腾，使他暂时脱离了受困的当下，他的精神早就随着那缕霞光飞向远方，飞到一个光明的未来。

自此以后，徐秉超开始期待一次苏醒。一次在灿烂阳光下缓缓睁眼的苏醒，发生的一切都不过是一场极为漫长且细致的梦境。

成修竹，大海，黑暗，爱。

这些记忆变得无比遥远，就像一阵抓不住的风吹向天空的尽头。徐秉超站在原地倾听那些回声渐渐消失。

"还没有结束！"

五　美景良辰

"爸爸做错了什么？"

"我的丈夫，请你回来。"

"你是个骗子！"

他听见不同的声音轮回穿梭在耳边，自己落入万花筒中不断下坠。

他感到自己被撕裂成两半，一半还停留在原先的场景，另一半像是浮出水面。

他在剧烈的疼痛中睁开眼睛，眼角还有没干的泪痕。蒙眬的视线里，出现一个靓丽女孩的容貌，随后感到女孩趴在自己面前哭泣。

短短几秒钟的感觉，徐秉超便再次陷入沉睡。

只是这一次，他已不再被允许回到梦境。

2

昏迷，是什么感觉？

幻象，或者是其他。眼前忽然黑了，一开始还知道自己身体在摇晃，可能不小心踩到了什么，或者踩空了，但是这些带给你的感受却成为一种甜蜜的幻象，让你以为自己还站立着，什么也没发生。但很快就什么也不知道了，这一秒就是永恒，直到再次拥有意识和感觉，中间过了多久已没有概念。

我不清楚它和死亡有什么区别。相比于无止境的黑暗，万花筒般的幻象更加可怕，不断地坠落，从一个困境切换到下一个困境，无法得到解脱。死亡是否也会如此，在脑细胞完全停止分解以前，是更甚的幻象旋涡。

徐秉超步履缓慢地回到房间，扶着床沿坐了下来，林霏难掩心中的忧虑。

"你都看到了什么？"

"很多。过去，未发生的事，或许存在于平行宇宙。我必须珍惜这些想法，不论我是否还清醒，能够拥有想法至少说明我还没有死去。"

"你打算怎么办？"她靠在徐秉超旁边坐了下来，搂住他的肩，这样或许能够给他一些安慰。

"我想起来和修竹出逃的那几天。她曾经说，如果你有弱点，就应该暴露它，破坏它。除了真实的伤害以外，任何痛苦都是人类意志自设的陷阱。

"这是一种对自我的破除，和外界无关。如果你重视一件事物，你就会成为

•回声

它的傀儡。也许她只是太看重自我,因此借助我来破除她对自己的迷恋。"

"也许她是对的。我不止一次地想过用剪刀伤害自己的身体,但又害怕伤害之后自己会不会精神崩溃——在这之后我还剩下什么?"

"在这之后不是你还剩下什么,而是你能看见什么——也许在我离开以后,我可以看到更多的内容,就像一个幽灵。"

"你的意思是你想……"

"不,我还没有到了结自己的地步,不过如果时机成熟,我想这的确是个选择。"

"可你还有时间!"

"对我来说,死亡的意义远比它本身可怕得多。我从小总是以为自己身处虚幻世界,只有自己是主角,其他人或事都为自己而存在。其实在年少时候就明白很多道理,时常为宇宙或生命感到惊叹。死亡本身不需要害怕,只是害怕再难见到此世,落入永恒黑暗,时间无概念,以及死后这个世界如何变化都与我无关,这些使我感到惋惜。"

林霏不由得把头靠在他的肩膀上,她已经不知道该说什么才能安慰他了,毋宁说她已分不清是该安慰他,还是该安慰自己。

"接下来你有什么打算?"

"我暂时还没有决定,不过我想请求你为我完成一些事。"

"你说。"

"林霏,你要记住我要说的话——

"一个人指引你,并不是要你一直追随那个人,而是顺着他的指引,凭借你自己的感官看到更加丰富的内容,到了那时,你便能看见他的局限,不再追随他,而是独自向前走。

"我之所以从来没有逃离过成修竹的阴影,就是以为她说的每一句话都是对的。她确实游离在这个世界以外,就像一座灯塔。

"但是有一点我与她不同,她选择远离了这个世界,但我没有,在这个过程中我习得太多太多的东西,而我终于明白这些东西到底意味着什么——生命的意义从来不在于答案的追寻,而在于触碰、认知、突破,直至你无比全盛,寻找、传承、慷慨赴死。

"林霏,我希望你能全身心地信任我,完成所有我嘱托你的事。我想告诉你

五　美景良辰

一切，让你明白我的苦楚。借助我的遭遇，或许你能比我更能明白什么是爱。但我需要你完全信任我，全身心地信任我。"

"秉超，我信任你。"

他轻轻舒了一口气，瘫倒在床上。房间里没有光，漆黑一片。只是此时时间并不算晚，楼下的花园传来阵阵人声，广场舞的音乐也清晰地传进房间里。

这个夜对徐秉超来说实在短了一些。

3

二十三岁，徐秉超从学校毕业，被内招进当地一家知名券商机构。对他来说不过是从一种生活变成另一种生活，自始至终是一个沉默行事的年轻男生。除了必要的社交场合，他只顾低头工作，不关心环境里的其他要素。

毕业之后他在附近租了一间窄小的单人公寓，父亲乘坐高铁北上帮他完成搬运和整理。那几天，他带着父亲在城市里游玩，熟悉这个他已生活四年的北方都会。

吃饭的时候，父亲问起："你知道那个姓成的孩子怎么样了？"

"不知道。"

父亲若有所思，或许本想再说什么，但终究没有出口。

二人行走在夜晚繁华拥挤的步行街上，两旁路灯上挂着红色的灯笼，路上行人熙熙攘攘，共同享受着来之不易的完整的放松夜晚。他们走在人群当中，徐秉超少有地感到清闲惬意，神色已接近本地人，父亲仍保留着初来北京的欣喜。

"儿子，已经十年了，我很欣慰你能变成今天这个模样。你母亲离开的时候我感到万念俱灰，你不在身边的时候，我总是以泪洗面。但一想到你还年幼，我知道这辈子唯一目的便是把你好好地抚养成人，成为一个优秀的善良的人。"

"爸，我知道。对我来说好好赚钱照顾你就足够了。"

"在爸爸眼中没有人比你更优秀。我希望你能好好地生活，遇到一个与你真心相爱的女人，然后有一个孩子，"父亲伸手擦掉眼里的泪，"可能到了那个时候，你也能像我一样明白今生的目的所在。"

徐秉超伸手搂住父亲肩膀，一同走在嘈杂闹市中，但这闹市与二人相隔绝。

•回声

他们沉浸在温暖的、彼此理解的世界当中。他发觉父亲身形与以往相比瘦弱不少，个头也落后于他，这些年他成长迅速。

父亲，在我成长的很多瞬间，我都在想如果自己有一个圆满家庭会怎么样。我能不能像其他孩子那样对父母撒娇，而不是隐隐担心有一天你走了会怎么办；我能不能像其他孩子那样心思单纯，自由自在地活着，而不是什么小事都成为令我难过的原因；我能不能像其他孩子那样，不需要那么努力，毕生做一个普通人就好，而不是带着你的期望，始终活在没能满足自己的空白里。

我总是对过去不好的事感到后悔，对现在感到不满，对未来充满焦虑。我不知道为什么我会变成这个样子，不知道该怪谁，不知道怎么改变。

我不害怕我达不到你的要求，我害怕有一天我必须要让你失望。

"爸，我会经常回去看你的。"他的眼泪差一点就要流下来。

他想，六年，三年，三年，四年，十年。时间被划分不同部分，沉入其中极难察觉流逝之快。有些时候回忆过去的每个日夜，甚至不敢相信自己是怎么坚持下来。若有一次重新来过的机会，对他来说绝无可能接受。紧张、狂热、孤独。太多事物存在的意义只在于存在本身，历经黑暗是必由之路，区别在于从黑暗中能够认知到何种程度，做出怎样的进化。最终什么都逃脱不了忘却，唯独留下一些伤疤，一些教训，一些轮回。

就连成修竹这个人，也在四年的繁忙中耗尽她对徐秉超原本的意义，变得虚幻，似乎从前什么也没发生。

只是有一部分蛰伏在他心中，时机来临再次发挥效用。

临近工作的夜晚，照例是睡不着觉。

徐秉超在黑暗中起身，走到房间中的窗户旁边。浅蓝色光线从天上打进来，屋内一片安静如同停滞，只剩下他有节奏的呼吸，此时他已完全失去睡意。

类似的场景会重复发生。升学、搬家、高考、毕业之类的时刻前一晚都会难以入睡。一想到第二天投入崭新的旅程，心跳会不由自主地加速，会产生紧张，不可控地浮躁，即将奉献自己的漫长岁月。

徐秉超眼前浮现出高中时候的画面，放学时骑着自行车穿行在拥挤的人群当中，直到一个拐角后，一切的嘈杂人声抛却身后，自己仿佛挣脱束缚于是拼尽力

五 美景良辰

气加速。耳边有呼啸风声,衣摆拍打大腿,发丝也在眼前飘动。似乎永远不会有终点。遇到红灯停下,才会从某种虚幻意识中回到现实世界,心跳快速,面色红润,汗水蒸发带来凉意。他会故意停在其他车前面,提前起步,绿灯亮起前已经脱离人群向前飞驰。

他在这一夜,忽然觉得过去不曾注意的东西已离他远去。夏日、少年、蓬勃、爱。似乎都随着那个不会停下的骑行背影消失在拐角。

成修竹。

被父亲意外提及的名字,诡怪乖张的少女。她在哪里?在做什么?属于她的轻灵的声线是捉摸不透的精灵,未曾有降落之地。

徐秉超摸黑从柜子里翻出被夹在书里的信件,再次拿到窗边借着月光凑近端详起来。他小心翼翼地展开信纸,生怕稍一用力就会撕裂单薄脆弱的纸张。但是上面的字都还清晰地烙印在纸上,连同写字时用力而陷下的痕迹依然完整地保留下来。

他用指尖触碰字迹,体会凹凸不平的表面带来的细密挠心的触感,像极记忆中少女胳膊的皮肤。稚嫩字体提醒他这张纸属于十年前的时代,在那个时代里,他们没有爱的能力,却打开了一扇叫作爱的黑暗之门。

大学四年,徐秉超并不是自始至终独来独往。不少同校甚至邻校的异性被他吸引,向他靠近,然后不断被他拒绝。徐秉超也尝试过一些人,但最终都不了了之。成修竹的印记无法被消除,自己难以坦然接受外界的试探。

青涩的未成熟的疼痛的过程,让他对原始冲动充满质疑和厌恶。大概是拒绝别人和否定自己的根本原因。

徐秉超握着手中的信件,思绪又陷入飘游。手中的信件于他已没有太大意义。不过是年少的回忆之一,十年之后看上去更像是一场游戏。

他重新躺回床上,第二天自己将投入崭新工作,正如过去许多分隔时刻一样,终会因为疲惫而放弃自我纠结。

入睡前的最后一个印象,落在了大学里认识的一个学妹身上。她比他小两届,有独特的温良特质,活泼单纯。女孩找过他许多次,在徐秉超毕业工作后也始终保持联系。

她叫许茹生。

• 回声

后来许茹生对他说:"有些事正因为它们的困难才有了意义。这不是我们逃避它的理由,而是要努力战胜。秉超,我不了解你的过去,但我对你的未来有十足的信心。"

"我对它们已经习惯甚久,这些年以为自己忘却,实则失去应有的知觉。每当我和你在一起的时候,才突然感觉到过往的存在。我想这是克服它的唯一办法,也是我需要努力完成的业障之一。"

4

她伏在床边枕着胳膊熟睡,半边脸被头发遮掩,睫毛自然向下垂落,棱角分明的鼻梁以及鼻梁与眼睛之间的皮肤都被窗外的柔光微微照亮。卧室里没有任何声响,只有窗外淅淅沥沥的雨声传进来,除此以外再无其他。

林霏被雨声唤醒,睁开眼睛辨认不清自己在哪里。她抬起头,看着窗外若隐若现的雨点陷入沉思。她想起不久以前,自己对徐秉超曾说接下来会进入很长一段时间的雨季。但是那个时候她想不到一切会发展到这样的处境。

这场雨将林霏的思绪拉回到很久以前的那场大雨,大到最后她只记得走路时溅起的雨水浸湿了袜子,只记得车窗外的一切都被台风包裹吞没,只记得身后的城市在那一场大雨之后从她的生命中彻底消失。

身旁的徐秉超也慢慢醒过来,看见林霏趴在床边有些让他难受:"我很抱歉。"

昨天他们从医院回来以后,徐秉超还很虚弱。他一直躺在床上,林霏靠着床坐在地上同他交流,很快就到了深夜,两个人就这样睡着。

"没关系,你好些了吗?"

徐秉超摇了摇头:"我很想说好些了,只可惜这颗果实只会越来越壮硕。"他指了指自己的脑袋。

"我去给你拿些吃的。"林霏起身,身上穿的还是昨天的衣服。当她从地上站起来的时候,徐秉超有些愣住,随即难过起来——如果,只是如果,他是个正常人的话,他和林霏会不会有另一个结局呢?

徐秉超很快否定了这个想法,如果他是个正常人,他和林霏根本不会遇见,更不会产生接下来的种种。

五　美景良辰

在生命的尽头，他不得不承认，林霏于他已经意义重大了，甚至超越了一般的爱的概念。或许他应该直截了当地表明自己的心意，毕竟时间一点点流逝，他不想自己错过成修竹后再错过林霏。

林霏从厨房拿了一些面包和牛奶，重新坐在床沿看着徐秉超一点点咽下。很快，她便背过身去，发出小声的呜咽。徐秉超想伸手去触碰女孩的后背，指尖差了一点距离停留在空中，又缩了回来。

"你不必哭！"他的声音严厉极了。

林霏转过来看他，泪眼婆娑，眼睛里含着一层薄薄的雾气。她的眼睛令人心碎，就像被夏雨打落的属于春天的最后一朵娇花。

"如果你感到悲伤，就让悲伤穿透你的身体，在你体内流动。不要再沉浸于情感之中，而是与它隔绝——只有如此，你才能变得冷静，才能从中认知。如果你只是让它突如其来，控制你的理智，再等它自行消退，你什么也得不到。"

"我做不到……有太多令人心碎的事！"

"也许这就是黎明前的黑暗，如果非要有这一个过程，非要你直面死亡和痛苦的话，那么就请黎明再慢一点。"

"秉超，我从没有这样相信过一个人。如果你有什么想要完成的事就告诉我，我……"

徐秉超轻轻将手指放在唇上，随后用颤抖的声音问她："林霏，你全身心地相信我，对吗？"

"我全身心相信你！"

徐秉超吐出一口气，好像心里有一块石头落下了。这就是他想要的答案——少一分让他无法相信，多一分便显得可疑。

全身心的信任，已经充分表明林霏的心意了。他感到安慰，努力让自己镇静下来，以免让眼前的女孩看出他的情绪。

"我们之间，已经无须多说什么了，林。有关于我剩下的记忆，到了晚上再告诉你吧。接下来的时间，我想用来写一封信——你要答应我，把这封信带去恩湖，交给成修竹。"

"当然，"林霏不得不重新振作起来，"如果你需要我，喊我就行，我就在卧室外等你。"

•回声

徐秉超眼看林霏离开自己的房间,关上门,心里才猛地涌上一阵疼痛。他的泪水很快流了下来,越发汹涌,这让徐秉超不得不紧咬自己的嘴唇,努力不发出一点声音来。他害怕林霏站在门后,害怕自己再惹起女孩哪怕一丝的心痛。

几秒钟以后,他发了疯般无声地捶打自己的胸口。

5

许茹生是个单纯的女孩,目标明确,会付出足够努力实现。在学校的时候已经是优秀的学生,经由某次活动见到了比她大两届的徐秉超后,便知道自己想要嫁的人是什么样子。征服这个沉默优异的学长成为一项必须完成的使命,对许茹生来说只要能够组建一个完满家庭就已是幸福。

接下来的大学和工作时间里,许茹生基本都在追随着徐秉超的脚步,来自南方的温婉内敛女子很快成了徐秉超的异性密友。反倒是徐秉超在面对她的追求时显得犹豫不决,很多时候只是默许她待在自己身边。

并不是徐秉超对她有所不满,或者觉得自己值得更好的女子,而是许茹生温婉贤惠,让徐秉超觉得自己不太值得。

他会习惯性地问:"你值得一个更好的人。"

她会习惯性地回:"你值得像我这样的人。"

"我没有那么好,喜欢自我斗争,没有办法给你坦诚全盛的爱。"

"人们有不同的理由进行自我斗争,但不论哪一方赢,总有一部分的你要接受失败。你需要外界的帮助,需要有人爱你,用行动告诉你爱不需要被测试和验证,它是奋不顾身的。如果因为你的家庭和感情经历而对爱和自己感到怀疑的话,就更应该亲自创造一个不同的世界。"

"爱是奋不顾身的吗?"

"是的,秉超。我对你奋不顾身。"

徐秉超抱住她,娇小的身体像一块未经雕琢的柔软玉石。的确在这一刻,徐秉超感受到从外界流入的温润触觉,让他顿时察觉到自己一直封闭自我,实际已经到了偏执而狭隘的地步,太多事情本不需要过多思量,他既不是主角,也不是反派,而是同其他多数人一样普通。

五　美景良辰

在许茹生眼中，徐秉超是一个内敛沉稳的男人，比自己年长，事业稳定，一切顺心。她发自内心地认定这个男人，从大学到毕业，在这段关系中一直都是她处于主动地位，直到自己所求的一切都尽数实现。而徐秉超也这样想，对他来说三十岁结婚一直是个应该完成的仪式，能够向父亲证明自己的能力和成长，并且对自己有个交代。

他愿意许茹生成为他的妻子。

妻子，一个神圣字眼，带有拯救意味。

"嫁给我吧，茹生。"

徐秉超在三十岁和许茹生举行了婚礼。

他不喜刻意制造气氛的欢闹场合，因此没有请任何专业司仪，而是让二人的好友主持这场婚礼。双方亲人相信两位新人已经找到最好的归宿，婚礼本身不再需要成为向谁证明的形式。

父亲穿着常穿的正装，双手紧张地搓揉，顿了很久才开始说话。徐秉超牵着许茹生站在大厅的另一侧，远远地看着父亲站在台上。

"秉超能走到今日，我真的很骄傲……"

几乎是在同一时间，父亲的声音开始颤抖，徐秉超也感到自己泪流满面。很难解释清楚流泪的原因，不知是出于欣慰还是委屈，是因为自己得到想要的一切，还是父亲为此操劳太多。两个男人，站在大厅两端，他们在同一时间流泪，难以自制。

"他从来没有让我失望过……"

父亲强忍泪水继续完成自己的表达，但徐秉超已经不太关注他说了什么，而是侧身和身边的许茹生说道："我亏欠他许多。"

他没有说的是，自己考取大学，工作晋升，买房结婚，一步一步按照父亲设定的期望走到今天，唯一的愿望就是父亲能够不再为了自己到处奔波，而是能真正地放下一切安心养老。

也可能是时代在变。他想。人们越来越自私，有时难以理解父辈所做的努力，或者换成他们自己很难达到这个地步——倾尽一切，从生活的底层一点点往上爬。

"我们这一代人的想法很复杂，会思考时代、人、社会的很多东西。我不觉得自己有多好，只是很害怕独立后仍然居无定所，到处漂流。我想要的是一个安

•回声

稳的生活，这就足够了。在父亲眼里，我仍然是一个纯粹的善良的男孩。所以很多时候很难向他解释清楚一些事情，观念上存在固有的樊篱，我能做的只有继续维持这个形象。"

许茹生面带微笑地对他说："从此你可以向我分享所有想法，不管遇到什么我们可以一起解决。"

徐秉超看着许茹生的眼睛，那眼睛里什么也没有，一片温柔的大海。他亲吻她的额头回应道："你今天真美。"

他知道许茹生承受不住自己的矛盾，有些事情从今天开始需要被埋葬。

十年时间，从二十三岁到三十三岁。学历、职业、收入、婚姻，他一个一个地实现，只有在得到的那一段时间里，他由来已久的不安感才得以暂时远离，私心帮助他充满激情和毅力朝着下一个目标行进。直到已经没有什么在等着他实现后，孤独的幻觉又如烟四起笼罩住他。而这股情绪比以往更加强烈，因为已经没有现成的东西可以满足他内心的空白。

可是这种情绪在许茹生身边消失得无影无踪，徐秉超也不愿意和她解释个中缘由。他甚至可以想象这一来一去的对话会怎样发生：

"茹生，我经常会感到空虚和难过。"

"可是我没有看出你有任何问题。"

"因为在你身边我就不会这样。"

"可是你一直在我身边。"

"是的，但也有不在的时候……"

"是这个家庭给了你太多的压力吗？"

"不，不是这样，但我也不清楚为什么，可能我一直以来都如此……"

"你应该寻求我的帮助，我是你的妻子，我可以帮你。"

"你帮不了我……"

……

他知道许茹生无法体会，也无法理解。他向她索求的从来不是理解，而是安稳、陪伴。徐秉超以为这样就能够减轻心里的负担，在妻子身边当然是奏效的，只不过当她不在身边的时候，会有更多的压力席卷而来。

五　美景良辰

他不喜欢自己，他对许茹生感到愧疚。

徐秉超开始私下去找心理医生，想要改变这一切。这一次，他不是为了自己，而是为了自己爱的人。不论他收到怎样令人震惊的报告，比如他实际上是个同性恋或者性冷淡。

潜在性抑郁症，对周围事物的观察比常人更细致，对环境刺激特别敏感，能产生更广阔的思维；对周围的苦难有强烈的共鸣，无法坐视不管，他们关心别人的幸福多过关心自己；善于剖析事物内在和逻辑，会养成复杂思考的自动化行为……

也许这可以解释某种程度上，徐秉超已经形成了自己对待这个世界的思维方式，因此任何对他的开导都很难奏效。

上大学的时候，老师问学生有些什么心愿。轮到徐秉超时，他没有说自己想做什么，想得到什么，而只说了四个字"身体健康"。

那个时候，他已经感受到父亲的身体不如从前，时间在后面追着跑，每个人都要与它竞速。他无法承受亲人或者自己出现什么意外，但会经常以此为假设进行幻想。

我们做了太多努力，只是为了成为一个普通人。

他想起这件事，然后告诉了许茹生，然后告诉她，他很抱歉。

"我很抱歉，茹生。如果我是一个正常人该多好。"

说话的时候，徐秉超望着天花板，声音微小，没有要继续这个话题的意味。他知道不论许茹生说什么都无济于事，她要做的只是陪伴在身边，什么话也不要说。

这个时候，徐秉超反倒感到一阵轻松，像是重新回到十几岁时，躺在床上望着天花板，伸出一只手遮住灯光，看着光鲜从指缝间穿过，造成一阵阵的光晕。

他忽然觉得，自己已经站在分叉路的路口，在明天到来之际，种种困扰都会迎刃而解。伴随着突如其来的心情愉悦，他用力地深呼吸，很快沉睡过去。

意识混沌前的最后一刻，他的脑海里浮现出这样一个问题：

到底是我拥有了爱，还是爱占有了我？

・回声

6

当他醒来的时候，是在医院里。许茹生面带焦虑地守在他身边，看见他醒来才终于松了一口气。他根本记不起自己为什么会出现在医院，在自己睡着以前还发生了什么。

"我怎么了？"医生想要和许茹生单独沟通，徐秉超见状便立刻问起来，紧接着从病床上坐起来，又重复了一遍，"我怎么了？"

"徐先生，你没有任何问题，我和……"

"告诉我。"他没想到自己声音会如此大，但是他不喜欢有人瞒着关于他自己的事。

"额叶肿瘤，徐先生。在你的脑袋里，但发现得不算太晚，我们有足够的把握将你治好……"医生把手里的片子递给他，徐秉超看着手里深色影像中一团混沌粗糙的肉球，一时陷入了凝滞。

它看上去很可爱。他想。一时间，仿佛这份影像并非来自他的脑袋而是来自某个陌生星球，这一团混沌物种似乎是宇宙怪兽的幼崽，没有意识，没有苏醒，生的希望驱使着它不断挤压周围的空间，想要伸展手脚，就像一个躲在子宫里的婴儿。

站在床边的二人刚想说些什么，徐秉超立刻伸出手示意他们停下，随后顺势去抚摸自己的前额，目光仍然不离手中的影像。他不敢相信这样一颗肿瘤此时正存在于坚硬头骨之下，他感受不到它的存在，以为它的呼吸频率与自己相同。

医生小声地和许茹生嘱咐道："过一会儿你可以来找我。"然后就离开了。

许茹生靠近徐秉超，将他揽入怀里，手臂暗自发力，做好了徐秉超挣脱的准备。她是一个完美的妻子，她知道不论接下来发生什么，她的丈夫暴跳如雷也好，痛哭流涕也好，自己都必须要以一个妻子的身份去承载这一切，承载这个家庭遭受的无常苦难。她实在不忍心看着自己深爱的人陷入绝境，自己必须要成为陪伴他走下去的力量。

千言万语在许茹生的心里翻涌，但最终她只颤抖着简短地说："亲爱的，一切都会过去。"

五　美景良辰

"是啊，我知道。"他闷闷地回答道，"你去找医生吧，问问该怎么治疗。放心，我没事，你去吧。"

眼看着许茹生消失在门口，他终于松了口气，转头望着窗户陷入了空白。他什么也想不到，或者已经没有力气再支撑他思考。

这样一个一直以来都习惯于拒绝别人的人，此时此刻只能将生命交付给别人，他产生一股被控制被束缚的感觉，身体里的果实反倒成为盟友。

半个小时以后，许茹生回来了，脸上带着笑容。她坐在徐秉超床边，拿出影像来指给他看："医生说，如果能及时手术，对寿命是不会有太大影响的。要把肿瘤切除，难度取决于它的大小和位置。亲爱的，你的肿瘤不算大，但是位置不容易，手术可能会对大脑造成一定的影响——当然是不会太大的，这还需要进行更深入的分析。"

徐秉超微笑了一下说："我们先回去吧。"

回到家里，许茹生着手准备晚饭，徐秉超把自己关在了书房，没有开灯，靠在桌边，只有对面楼房的光亮透进窗户。

检查报告被装进档案袋里，此时摆在书桌上，徐秉超没有心情再去看它。

他想要沉浸在自己的脑海中，把混杂成一团的思路仔细缓慢地理清，然后一点点解决。

唯一可以肯定的是，徐秉超对自己缺少足够的关心，甚至不太在乎自己的身体情况，而是对由此带来的一系列影响感到烦闷——

如果徐秉超一直都是一个人的话，没有妻子，没有父母，没有工作，什么都没有，这样他或许还会好受很多。但现在他不得不去关注这些人的情绪，因为自己给别人带来的麻烦是他最难以忍受的。

实际上从来都如此，徐秉超不论遇到什么问题第一时间都想自己扛着，尽量减少对别人的影响，哪怕事情由他人造成，并且事情越严重，他就越想要后退，越不愿意接受别人的帮助或者宽慰。

他看待自己就如同看待一个冷酷的机器人，遇到问题，分析，解决，善后——这个过程中任何可以被省略或者对解决问题没有任何实质帮助的内容都可以删除，比如安慰、抱怨等所有人都会有的情绪。

不论徐秉超遇到什么天灾人祸，他唯一想做的就是不让周围人因为自己而产

•回声

生变化，即使这些天灾人祸会毁灭自己，也比影响别人要好受得多。

潜在性抑郁症，额叶肿瘤，这两个东西相辅相成，一者蚕食他的肉身，一者蚕食他的精神的同时给予麻醉。

或许换成别人早已崩溃，然而徐秉超在短时间内已经接受了它们的存在，并且试图为此寻找合理解释：

它们本身没有意义，只是在这样一个条件下，徐秉超的选择——对自己的选择，对他人的选择，更意味着某种救赎。

这种选择，一定是他人优于自我，尽量减少影响和痛苦，直到自己如同一粒沙子消失在风里而悄无声息。

"轻轻地我走了，正如我轻轻地来。我挥一挥衣袖，不带走一片云彩。"

他在黑暗里喃喃自语。

他打开床头灯，故意将灯压低了一些，以免惊醒旁边的许茹生，随后拿出一份诊断书，就着灯光仔细阅读上面的小字。

他念的时候发出细微的声音，一个字一个字地看过去，就像很久以前考试读卷子一样。那些字符没有太大意义，数值、阴阳、图形，它们只是徐秉超在心烦意乱难以入睡时寻找的安慰剂，企图在字里行间中发现之前未被发现的生存希望。

在检查无果后，徐秉超便悻悻地把诊断书丢在一旁，重新躺平，没有伸手关上床头灯。他开始回忆昨天以及今天白天发生的事，越想要记起一些细节便越觉得困难，仿佛无形中又印证了医生说的话——短期记忆力的丧失，但中长期记忆被保留。

徐秉超关上床头灯，重新枕在自己手臂上。他的大脑在快速思考，过往的遭遇和假设的未来不断重叠、交错，在其中映现出成修竹、父亲、母亲、教师、领导、同事、许茹生等面孔。

忽然之间，他从万千想法中抓住了一条思路，但是这条思路顺延下去却是没有人可以理解的痛苦。

许茹生翻了个身，伸出手抱住徐秉超，气息均匀没有变化。徐秉超知道她没有睡着，也意识到她知道自己也没睡，翻过身来抱住自己。

他被这股说不清道不明的心酸震撼到了，眼泪没有任何征兆地流下来，滑过

五　美景良辰

太阳穴，滴在枕头上发生细微清脆的声响。

他用力咬着嘴唇，努力平复着自己的情绪，生怕妻子感受到颤抖，然而眼泪却止不住地流淌着。

这个可怕而伤人的想法却因为她充满爱意的举动而在徐秉超心中被渐渐肯定了。

而当他越来越坚定这个想法的时候，便越替身边的爱人感到委屈和残忍！

许茹生以为丈夫深夜因为自己的疾病而流泪，殊不知他却为了她而流泪。谁也想不到第二天会发生什么，只剩下最后一晚的同床异梦。

第二天，丈夫没有什么异常，心情比昨日愉悦许多，她知道徐秉超会和她谈论这件事，只是需要等着他主动开口。

下午，秉超似乎终于想好该怎么说，于是叫住妻子，和她一并坐在客厅里。许茹生早就做好了准备。

徐秉超干脆地说：

"茹生，我们离婚吧。"

她愣在那里，什么也想不出来，大脑一片空白。她想过很多回答，不论他问什么，她相信自己都可以从容应对，唯独没有想到自己的丈夫——一个她追求数年，结婚不到两年的新婚丈夫，一个在她眼里始终散发着光的优秀男人——如此迅速地选择离婚。

"为什么？"

"因为我爱你。"他说话的时候面带笑意，好像这根本不是什么大事，"对不起，茹生。你为我付出了青春，付出了婚姻，付出了一切，到现在你已经三十岁了——但是我真的很愧疚，我不是一个称职的丈夫，没有办法给你正常的婚姻和爱，没办法向你保证我们的未来；我很愧疚，因为在你为我做了这么多的事情以后，我却无以回报，还不得不离开你，让你再去拥有另一个人生走向，不论有谁会陪伴你。茹生，我为过去感到如此愧疚，因此我没有办法忍受你继续为我付出，更没有办法忍受你就此毁在我身边。我……"

许茹生低着头泣不成声，她根本没有想到迎接她的是这样的结局，但是徐秉超所说的话从来不是她的想法，她未曾感到不值得，在她眼里，秉超是她的归宿。

- 回声

"可是我们可以一起度过去,不论怎么样我都会陪在你身边。就算你发生意外,我也没有想过离开你——更不必说没有什么意外会发生,不过是个手术!"她挣扎着说。

但是徐秉超此时此刻冷静得出奇,仿佛已经做好打赢这场辩论的准备:"茹生,茹生,亲爱的。我希望你可以理解我,仔细地思考接下来我要说的话——

"对我来说,疾病不重要,谁都有可能得病死掉,这一点我已经接受,但我并非就此放弃,我当然会尽可能去解决。但是我的心理和生理都出现了问题,在这夹缝中,我能做的只有尽量减少产生的愧疚和伤害。这不是一个简单的生与死的问题,而是我该如何坦荡地活。

"生活的悲剧不在于以单一的横祸为开端,而在久陷于此后漫长的波澜。我对生的渴望超过任何人,只不过对我而言,生并不单指延长寿命,它意味着太多东西,包括我的思考、我的爱、我的意义。我无法接受自己接受手术,自己的大脑被部分切除,在那之后我还剩下了什么,不过是行尸走肉而已。那对我来说同样是死亡。

"茹生。选择离开,有时也是成全爱意的方式。我爱你,所以我不愿你被捆绑在一个病人身边。什么婚姻,什么爱,对我而言都不足以拒绝让你拥有重新的生活。在那个生活中,我便不是你的羁绊,你不受任何羁绊。茹生,在我认识你的时候,我就知道你无比优秀,你独立勇敢,时至今日也是如此,我相信你。"

许茹生悲愤地打了徐秉超一记耳光,徐秉超陷入了耳鸣,听不见眼前的女人说了什么,只知道自己置身于一出无比荒诞、无比复杂的旋涡当中。

他眼看自己的妻子情绪失控,据理力争,却根本没有进入自己的内心。在那一刻,他已经拒绝了这个女人再次进入——他深信这是对她的解救,也是对自己的解救。

不知道过了多久,或许夜色已经降临,女人疲惫至极,无力感逐渐吞噬自己,却始终想不通徐秉超的意思。

爱应当是奋不顾身的。

这是很久以前,许茹生告诉他的话。

许茹生哽咽着,一字一顿地和她眼中的丈夫说:

"徐秉超,你和我在一起不是因为爱我,而是因为愧疚:你愧疚我的付出,愧疚我的一心一意。你对别人自然充满愧疚，而现在你选择离开，不是因为你爱我，而是因为这样带来的负罪感轻于其他选择。你和我结婚也是为了保全自己，以为结婚了就能和普通人一样拥有爱，但你没有，你从来没有允许任何人进入你的内心，不论我，还是你的父亲，还是你自己。"

徐秉超低下头，咬着牙，他知道这很快就会过去。但是许茹生的每一个字都如刀一般扎进他心里，疼痛感真实得令他恍惚。

7

他知道，今天是留在这里的最后一天。

徐秉超装好信封，郑重地交给林霏："你亲手交给成修竹。我已经没有机会见到她了，你代我去见她。"

林霏点点头，手里的信封平整光滑，只有正面写着"成修竹"三个字。那里面薄薄的，似乎只有两张纸。她很想知道里面写了什么，但徐秉超告诉她，有关他和修竹的一切都已经告诉她了，这里面仅仅是一些私人的话。

而私人的话，几乎已经是遗言。

"秉超，你恨过别人吗？"

他摇了摇头。

"你爸、你妈、成修竹、许茹生，还有其他人……"

"不，我不恨。"他笑着说，"一想到大家都有同样的结局，我就会原谅所有人。"

"林霏，你还有太多太多的路要走。看上去，它可能很长，要走很久，也可能当你回过头的时候，发现不过一眨眼的工夫。不论怎样，我们都是少数人，大部分人都在坚定地活着——因此有关我们的故事，没必要和别人讲，就让它消失在风里吧。我只希望你记得我，这样我不至最后孤独地离开。"

"我会一直记得你，你从来都不是孤独的，不论什么时候，都有人在爱你，不是吗？"

他指着自己的鼻子："还有太多的人和我一样混账，不论他们多么被爱着，还囿于漫长的挣扎之中。很难不批判这样的人太过自私了！"

• 回声

"没错，比我自私得多。"她浅浅地笑。

"你要我告诉修竹发生的一切吗？"

"我想不必了——当她看见这封信，什么都会明白。"

"我答应你，我一定会交给她。在这之前，你还是要好好休息，我会一直陪着你的。"

林霏不再轻易流泪了，这对他来说是个好征兆。徐秉超没有回应，他转头看向窗外，才知道外面有些不同——今天是晴朗的好日子。雨季即将要过去，西南地区的景色一定漂亮极了。

"天气真好。"徐秉超长长舒了一口气。

"今天晚上，我带你去一个餐厅吧，那里的菜超级好吃。"

徐秉超有些腼腆，手不自觉地握紧，很快扬起笑意。

她感到轻松，似乎过去三个月只存在于另一个下雨的时空中。当下好像什么也没发生过——她是个二十二岁的普通小姑娘，身旁是她心爱的人。他们一起看着窗子外面的蓝天，楼下传来孩童的嬉笑声，风也一股一股地吹进来。

林霏小声地哼起歌，不自觉地摆动起腰肢。徐秉超看着她，眼睛里满是柔软的银河。

他霎时以为这一刻是永恒，这里是他最后的归宿——他不必再被流放，只需要静静地躺在床上，林姑娘的那双眼睛，那抹倩影，便是他最后的安慰。他渴望了二十年的重生，并不是他一厢情愿的泡影，而是等在转角处，等在这里。

就这样吧，轻轻投入银河的怀抱中。在太阳的霞光里，受到所有人的原谅，林霏挽着自己的手，一同站在父母、成修竹、许茹生和其他人面前，笑盈盈地说"再见"，转身再洇下。

回过神来，林霏正痴痴地望着他。徐秉超发觉她的身体处在日光里，美得令人发怔。

瓷器。

这个忽然蹦入他脑海里的词，几乎让他感动得热泪盈眶！

他似乎马上就要脱口而出心中那一份对林霏沉甸甸的爱，但他在最后一刻制

五　美景良辰

止住自己——因为他不能再让眼前的少女囿于他人的爱中，而是，而是……

"林，还有最后一件事想请求你。"

"无论你想要什么。"林霏明白他的想法——或者她以为自己明白。

林霏的判断却出了差错，徐秉超伸出手阻止了她："你不需要这样。我想出去走走，去人多的地方，你可以陪我吗？"

他们走在白日的街上，从小区向城中心的商圈步行。因为是工作日，而且是白天，因此街上并没有多少人，车还是如往常一样多。林霏挽着徐秉超的胳膊，就像在乡村里一样——这时候，她挽着他已经成为一件必须要做的事情，否则徐秉超很容易头重脚轻地摔一跤。但是徐秉超丝毫不介意这件事，他的心情很愉悦，无论迎面走过来什么样的人，他都要朝他们微笑。

如果换作往常，他是不会注意任何一个路人的。但是今天，他却用无比的耐心去观察这些陌生人——譬如迎面走过来的这位先生，戴着黑色的运动帽，帽檐压得很低，神色从容。他很快就走过去了，可能是附近便利店的店主，正从自己家往店里走。他看上去有四十多岁，应该有自己的家庭，他的妻子或许从事另一份工作，或者是家庭主妇，如果他有孩子，大概是上中学了。

"你在看什么呢？"林霏忍不住侧头问道。

徐秉超摇了摇头，没说什么。他们路过一家五金店时，徐秉超忽然开口说道："我从来没有注意到这些店铺。五金店、路边摊之类的。进去看看吧。"

这很奇怪，不过林霏愿意陪他做任何事。

他们走进去，发现一个老太太坐在柜台前玩着手机。

"您好，这店里什么东西最贵啊？"他开口问。

"啥子？"老太太大声地回问。

"最贵的东西。"他重复了一遍。

"哦！我们这，卖锁，智能锁，你跟我来嘛。"她放下手机，一步一步走向货柜深处，然后拿出一个大物件，"这个东西最贵，你要吗？我叫我娃儿帮你装。"

徐秉超接过被装在防尘袋里的智能门锁芯，脸上笑得很灿烂："就买这个，就买这个。"

老太太一边走向柜台一边说："你等一下，我叫我娃儿帮你装，我打个电话。"

•回声

"不用了，我自己会装。"徐秉超付完账，捧着锁芯和老太太道别，林霏跟在他后面出了门。

她不知道为什么徐秉超要买个锁芯，更不知道他为什么笑得这么开心，仿佛他买的根本不是锁芯而是什么新奇的机械玩具。

"我知道这很奇怪，我知道。"他摆弄着锁芯说道，"一个五金店一天能挣多少钱，你看看这包装，谁买啊？如果我只有十岁的话，这个玩意儿够我玩一个星期，那个时候连智能手机都没有。"

"也许我们回去可以把它装在门上。"

"可以啊，你叫她娃儿来装，又不远。这样就没有奇怪男人忽然上门讨你的债了。你以后也更安全一些。"

林霏似乎听出他的言下之意，问道："那你呢？"

徐秉超并不打算告诉她自己马上就要离开，便接着回道："我住在里面，门锁防不到我。"

林霏带着徐秉超到念善所在的西餐厅吃晚饭。于情于理，她其实都不应该带着徐秉超出现在这里，但是她答应徐秉超，而徐秉超此时是最不能被辜负的人。

她进来的时候，四处张望了一番，没有看见念善的身影。这让她放松下来，心里却忍不住猜测他去了哪里。借着点餐的时机，她问了服务生，服务生说念善已经被提拔为主管了，不全天出现在店里。

徐秉超听见以后朝林霏意味不明地笑，林霏有些不好意思，忍不住反问他："怎么了？"

"你们原来是这么认识的。"他把手里的锁芯小心地摆放在旁边的座位上，就像对待第三个人一样，"十分意外，十分浪漫。"

"也许吧，最终对他对我都是好事，不是吗？"

"你说得对。"

"你能……喝酒吗？"

"理论上说，我不能喝酒。"徐秉超看着服务生端上来的葡萄酒，不论他喝不喝，林霏现在必须依靠一点酒精。

"是啊，但愿你在那边也有酒喝。"她恢复一贯的毒舌风格，还是为徐秉超倒了一些酒。

五　美景良辰

如果说林霏和徐秉超的晚餐很丰富的话，其实不然，因为桌上只有两道菜，一道牛肉和一道蔬菜沙拉——然而，林霏各点了三份，原因是这里的牛肉又贵分量又少。按她的话说，"在那边是没有牛肉吃的"，所以多点一些不为过。

而徐秉超也没有只喝一杯酒，他们喝光了一整瓶，两个人在饭后明显都有了醉意。

今天是星期五，天色暗下来以后步行街的人很多。他们瘫坐在长椅上，徐秉超的一只胳膊被林霏挽着，另一只手牵着锁芯。他们面前人来人往，有小情侣，有中年夫妻，也有年轻姐妹团。

徐秉超直勾勾地盯着不远处的一对父子，孩子只有三四岁，被爸爸举在头顶上。他们沉浸在转圈和来回跑的游戏里，这让徐秉超很羡慕，也很心酸。

"当我很小的时候，我父亲也会训我。他训我，我就会生气，不理他，但每次他都会主动过来和我道歉，我每次总会被他逗笑。我想起这件事的时候觉得很不可思议，发现原来小孩是这么不记仇的，与此同时我又很唏嘘，这种单纯的快乐怎么可以离开得那么快。"

林霏红着脸倚靠在徐秉超肩膀上，没有说话，她想让徐秉超多说一会儿。

"时间过得越久，我就越想我的家人。我的父母，还有许茹生。越临头，我好像就越觉得孤独……"徐秉超没有继续说，他的眼眶和脸一样红。

"还有我！"林霏吓了他一跳，"我陪你，我一直陪你，好吗？"她的眼睛已经眯成一条缝，她似乎已经不太清醒。

徐秉超知道她不太清醒，他很想借这个机会和她说一些藏在心里的话。但他看着她，心里满是第一次见她的场景，其实在那个时候，他就知道故事的尾声会与她有关。

因此，他不必说。他只希望林霏能亲自前往恩湖，将他的信亲手交给成修竹。

回去的路上，林霏看见一处自助照相间，怎么都要拉着徐秉超去拍照。他俩挤在一个非常狭小的空间里，实际上林霏已经坐在他的腿上了。他们拍了一张合照，然后打印出来两张，各拿一张。

回到家里，他扶着林霏去了卧室，帮她脱了鞋，盖上被子。徐秉超不知道自己哪里来的这么大的力气，他似乎完全忘记自己是虚弱的。做完以后，他在黑暗中近距离观察她的面容，但这个时候他的内心已经泛不起任何波澜了。

•回声

"并不是没有人理解你,林。"

他回到自己的房间,坐在凳子上,端详着手里的相片。人都是追求圆满的,尤其有些可能一辈子只会做一次的事情,人更是追求完美。但是这张相片并不完美,徐秉超当时眨了眼睛,因此他的眼睛看上去很诡异,而林霏也没有看向镜头,她当时已经醉了。

不过对徐秉超来说,一切刚刚好。

六
世界回声

六　世界回声

1

哗啦啦的雨声，越向前，砸落在车窗上发出的爆裂声便越大。偶尔有汽车快速掠过，车灯撕破夜幕后又飞速离去。行驶在浓重雨水中的客车如同一片摇摇欲坠的树叶，风一吹便要立即坠入旁边的山谷去。

客车里几乎没有什么人，都处于熟睡状态，任凭外面雨水飘摇。只有后面坐着一个女人，因为寒冷不得不将身体蜷缩起来，抱着双臂难以入睡。她靠在车窗上，望着外面连成一片的昏暗景色，只看得清不断坠落的水滴砸在眼前的玻璃上。

不时从对面驶过来的轿车带来一阵光晕，短暂照亮她的半边侧脸便又落入黑暗当中。她的眼睛凝滞不动，直直地盯着玻璃，或者玻璃外面变幻不停的事物。她甚至没有眨过眼睛，不知她是否还清醒，但是这辆车上没有人关心这一切。这辆车飞速前进，破入无尽的黑夜，和厚厚得像棉花一样的未知当中。

快到黎明的时候，暴雨已经停了，四周起了浓重的雾气。她在一个简陋的站台下了车，望着客车驶离自己的视线，便跨过围栏，顺着一条小路往深处走去。天亮以前，周围黑得什么也看不见，浑身发冷，空气里氤氲的水汽像顽劣的妖怪，不断碰撞她的身体想要钻进取暖。她闻到一阵又一阵湿冷的味道，夹杂泥土气息笼罩自身，已经到了有些呛鼻的地步。周围静谧无人，只有胶鞋踩在湿润泥土上的声音循环重复。

等到她走进村子里时，天空已经微微亮起来了，她将帽子取下来，露出素净清绝的面容，四处张望打量着这个不久前来过的地方。村里面只有寥寥几盏路灯发着光指引唯一的主路，主路两旁的房屋都静谧无声，这里还未苏醒。只有她独自走在路上——从黑暗里来的陌生旅人行走在这里。

• 回声

天亮得很快，随着周围的景色逐渐清晰起来，声音也丰富起来了——先是鸡犬的叫声此起彼伏，唤醒新的一天，紧接着便是门窗接连被打开，里面有窸窸窣窣的人声和锅碗声。再接着，低语和咳嗽声越来越近，直到有两三个老人走上街，穿着古老的民族服饰，手里拿着盆或者铁器。

她走进先前住的旅馆，主人已经坐在前台打理自己的事务，是一个中年女人。女人看见她走进旅馆，便侧身走出柜台迎上来，面带笑意地问道："姑娘，是不久前来过的吧？"

她点点头，把背包拿下来靠着腿放在地上，从里面拿出东西登记入住。

"先前陪你来的先生，他怎么样了？"

她明显有些错愕，不知该怎样回答。主人客气地笑了一下说："上次村里不少人都看见了，以为出了什么事。"说着，主人从柜台里拿出一串手链，上面串着玛瑙和念珠，"你把这个拿去吧。"

女子迟疑了一下，便伸手接过手链，她没有戴到手上而是团成一团放进口袋里。上楼前，她对着旅店主人鞠躬行礼。

回到房间，林霏稍做整理后前往公共浴室洗了个澡。再次回来，拉开窗帘，打开窗户，正对着村里主街的景色便尽收眼底了。此时是早上六七点钟，因为刚下过暴雨，又在山里，天空都是密云，阳光难以穿透，整个村子的光线不如上回的亮，似乎还要下雨。然而村里的人们都开始忙碌起来，街上只有孩童追赶或者老人纳凉。

她从背包里拿出几捆铅笔和几盒明信片放进随身的小包里，简单收拾了一下便下了楼。走在路上，身旁经过的孩子都好奇地打量着这个陌生旅人。

正当她四处观望的时候，林霏忽然感到自己的衣角被拉扯了一下。她回过头，看见有个小女孩站在她身后。她想起来，正是上回有过短暂接触的女孩，只是不再垂着头发，而是像林霏一样把头发盘了起来，露出黝黑通红的完整的脸庞来。

女孩伸出胳膊，林霏送给她的手链被她缠在细瘦的手腕上，随后又从口袋里掏出几块绿色石头放在林霏掌心。

她用生硬的普通话说："这是绿松石，山里面的石头，能带来福气的。"她的声音很有力量，难以相信是从一个瘦弱的女孩身体里产生的。

林霏从包里拿出铅笔和明信片送给她，指着女孩手里的明信片说："这些地方

六　世界回声

姐姐都去过，如果你也想去，就要好好学习，将来走出这里，去外面的世界看看。"

"可是大人说外面太复杂了。"女孩的眼神里满是专注。

"所以你才要把这里的善意和福气带到外面去。你觉得姐姐危险吗？"

女孩用力摇了摇头："我想像姐姐一样。"

"那就好好学习，孝敬阿爸阿妈。"

林霏又从包里拿出一些铅笔和明信片送给她，嘱咐她把这些分给其他人。等林霏回过神来时，发现身边围了不少少年，有七八岁的，也有十三四岁的，他们站在不远不近的距离打量着自己，有些顽皮的男孩蹦跳着一点一点靠近，最后都聚在女孩身后望着林霏。

她把所有带来的东西都分了出去，和他们讲明信片上的地方，顺着地方又说了许多有意思的事情。

她越发沉浸在这样的氛围中，不再像先前那样拘束或者紧张，在这些孩童面前，她不再是个孩童，而是一个装载着天马行空的有趣旅人；她又比任何时候都像个孩童，因为她似乎忘记了自己的身份，自己的包袱，自己的一切。在天真、质朴的乡村孩童中间，她已经被接纳。

讲得差不多了，小女孩拉起林霏的手说："姐姐，去我家吃午饭吧。"

她们从广场一路向深处走去，在一排村舍中穿梭，最后停在一个院子前。

院子实际上是屋子前面围起来的一小块空地，每家每户基本都如此。院子里放着笼子，有鸡在地上啄米。林霏跟着女孩进了屋子，迎上来的是男主人，他看见林霏小小吃了一惊。

"姑娘，好久不见！"

林霏一眼就认出了男人，正是上回看见从恩湖方向回来的那个人。

"伯伯好，距离上次见您已经一个多月了。"

女孩和男人说了几句话，男人便招呼着林霏进了屋。

男主人带林霏来到里屋，看见一位穿着厚衣服盖着被子的中年女人半躺在床上，女孩将床边放着的热水递给她喝。

"很抱歉，姑娘。让你看见我这副模样。"女人虽然虚弱，说话却中气十足。

"先前看望她的人不少，现在很少人来了。他阿妈的病需要静养，除了我和孩子就再没见过外人。姑娘，午饭还有一会儿才好，请你陪陪她，说说话。"男

·回声

人身材魁梧，面色黝黑，说这话时语气十分温柔，说完便点头示意，带着女儿出了里屋。

林霏惊讶于这一家人能够快速接纳和信任她。实际上这里的人都如此，心思单纯。

"您的身体好些了吗？"

"好些了。我的亲人还有朋友都很担心我，但我不觉得有多严重。村里的医疗水平不行，查不出具体病因，去县城又要花钱，还不如就这样养一养，说不定就好了。姑娘来这里是为了什么？"

"我想去恩湖看一个朋友。"

"恩湖离这里还有五十公里的山路，要翻过前面这座山才能到。遇到刮风下雨，山上容易滑坡，路都坏掉了。我丈夫知道的，这几天下暴雨，不一定能进得去，太危险了。"

"我知道，但是再危险我也要进去。"

"去恩湖的事，你问他就好了……你可以讲一下你的朋友吗？她为什么在恩湖？"

"她其实是我朋友的朋友，我没有见过她。我只是听说她来了恩湖，知道她在里面支教。恩湖到这里太远，交通闭塞，里面的孩子不能到村里上学，只能待在里面。她在二十年前就进去了，一直没有出来过。我想进去找她。"

"时间太久远了，我倒记不得有这样的事……待在恩湖支教这么久，真是难以相信。我们当地人都觉得在那里生活困难重重，近些年越来越多的人都已经从恩湖搬到村里来了。"

"是，我听说恩湖的人都迁居到这里来，毕竟这里是行政村，地方大，条件更好。"

"是的，保佑你能见到朋友。"

女人和林霏又聊了一会儿，林霏就从里屋出来了。小女孩端着一份午饭进屋，很快又出来，带着林霏和男人一起坐在桌前进餐。

席间，林霏向男主人表明自己去恩湖的诉求。

男主人为难地说："姑娘，如果换作平时，我一定答应你的要求。但是这几天下暴雨，山里面非常危险，我们也不能直接送物资进去，只能先探路看一下，顺便清理一下道路为之后做准备，等条件好些了再考虑正常运输。我们没有办法保

六　世界回声

证你的安全。"

"你们不用担心我，我跟着你们就好。"

虽然男人忧心忡忡，但见林霏神情坚定，不好拒绝，提醒她要带一些必备的东西，准备好以后明天一大早就可以进山。

女孩带着林霏走出院子，林霏蹲下来从包里取出装着钞票的袋子塞给女孩，并说道：

"这是给你母亲看病的钱，多出来的就当作你的学费吧。你答应姐姐，一定要念书，将来报答你的父母。这个袋子，你先不要告诉阿爸阿妈，等你阿爸从恩湖回来以后，你再告诉他，记住啊。"

"姐姐，我不能要你的钱。"

"听话，你阿妈需要这笔钱。钱很俗，但它很重要。相信姐姐，姐姐曾经想要帮助别人，但姐姐失败了。"

说完，林霏看着女孩回到屋子里，才起身快速离开。

回去的路上，林霏说不清楚自己心里有什么感受，或者什么感受也没有，只觉得这是她必须要做的事情。她带来的钱对当地人是不敢想象的数字，对林霏而言却不值一提。

那个躺在奢侈品和昂贵衣服中的虚荣女子，为拥有一串意义不甚明了的数字感到欣喜若狂，可把这些拿掉却什么也不剩。而刚刚拜访过的家庭，房屋简陋拥挤，面容朴素，内心真挚，他们拥有一切。

到了半夜，她努力逼迫自己入睡。明天面对极度艰险的跋涉，自己需要保持充沛的体力与精神。

潮湿的山林会放大身体的细微变化，陌生的寂静反而使她更清醒。她的思绪被带到了很远，带到几百公里外的城里，带到那个她无比熟悉的民居中。

一个月前。

徐秉超的离开是突如其来的。林霏从卧室出来的时候，已经看见他拎着背包站在门口了，似乎早就做好不告而别的准备。

林霏愣在原地，错愕地看着他。

"我早就说过，我只会在这里住一段时间。"他镇静地讲，语气里带着温柔，

•回声

生怕年轻的女孩因为他的离去而难过。

"可是你这个样子,还能去哪?"

"我们不一定非要去到哪个地方,或者有些地方,我们是永远都到达不了的。跋涉是一次修行,重要的是在这场修行结束前,我能够了悟什么。我没有什么东西可以留下,只有一些不想带走的,已经放在茶几上了。另外,记住你对我的承诺——去恩湖,找到修竹,把信亲手交给她。"

说着,徐秉超已经拎着包跨出房门,就在他要关上门的时候,林霏向前赶了过去:"连一个拥抱也不行吗?"

关门的手停在了半空,男人这才意识到,在共同生活了几个月以后,他们没有过太多肢体接触,一次正式的拥抱也未曾发生。

这的确是个遗憾。他想。于是重新打开半合的房门,走回去抱住了林霏。他感受到隔着衣服温热的身体,感受到一双手在他的背后紧紧环绕,感受到一具年轻身体内蓬勃跳动的心脏和呼吸。

"谢谢你,秉超。我想,如果我们能拥有更多的……更多的时间,我愿意一直陪着你。秉超,我对你……"

"林霏,不用说了。如果我能拥有更多的时间,如果你和我之间,不论是谁,都比现在的样子更好,这一段时间的关系便不会发生。既然它已发生,就不要再谈及如果,我们要学会脱离幻想地活着。至少,有一天你会明白真正的爱意味着什么。"

徐秉超在最后时刻,猛地嗅女孩头发上的气味,让干燥清爽的气味充满整个胸腔,随后轻轻吐出。在这之后,他便有力地推开林霏,拎着箱子一步一步消失在楼梯口。

林霏的眼泪这才从眼眶中淌了下来,在原地彷徨了很久,才缓缓坐在客厅的沙发上。

茶几上整齐地摆着徐秉超留下来的东西——租房合同、钥匙、信封和一张银行卡。那张银行卡上贴着便利贴,上面写着一行字:"有人比我更需要它"。而信封,是在此之前徐秉超嘱咐她要交给成修竹的。

"秉超。"她小声地喃喃道。我马上就要见到修竹了。我对她的印象,同你一样,都是一个顽劣奇异的少女。但她与你同岁,现在三十多岁,不知道远离世间几十载，到如今是什么样子。

如果你见到她，你会想什么呢？你会对她说什么呢？

2

"林霏。"

她睁开眼，发现自己笼罩在一片日光中。她躺在床上，没有被子也没有枕头。四周分外熟悉，但总有哪里不同，看起来干净而梦幻。

她下床走动，找遍次卧、餐厅、洗手间和客厅，发现一个人也没有。次卧里没有任何人的痕迹，就像从未被使用过。她穿过走廊，玻璃上映射出她的影子模糊不清，周遭的一切太过安静，就连自己赤脚踏在地板上也没有任何声响。

就在这时，她感到身旁的光线暗了下去，扭头看见一个挡在日光前的黑影，身形瘦高，但她看不清也记不起来这是谁。

"林霏，好久不见。"

"秉超？"

"是的。"

她惊醒，眼角还留有泪滴。先是陌生的气味钻进鼻腔，而后是窗外传来清亮的鸡鸣，天空含蓄地发蓝。林霏无法辨认自己身处何方，现实和梦境交错叠加，确认再三才认定这里是旅馆的黎明。想起今日要长途跋涉，昨天发生什么暂时难以记起。

跋涉团队约定在森林入口汇合，旅店主人知道林霏要早起出发，特意给她做了牛肉面。等她到了入口时，已经看见四五个男人做最后的清点和整理。如果换作平时，他们每人都要背一个巨大的包裹，或是两个人扛一些重物，而这一次只为了解暴雨给恩湖和沿途道路带来的影响，因此除了必备的装备以外什么也没有。

他们的装备很简陋，随处可以买到的胶鞋，使用了数年的对讲机，干粮和急救用品，衣着上他们只是选择了更加干练方便的速干运动套装。相比他们，林霏在来之前准备好的装备复杂精密，实际上有很多东西在山里起不到作用。

•回声

"这条路我们走了十几年,烂熟于心,多余的东西都是不会带的。只不过刚下过雨,比平时危险得多,你的装备兴许能派上用场。"男人到场以后看出她的窘迫,便安慰了一番。

手表指向七点时,整个队伍出发了。男人跟在林霏身后,两个人处于队伍的末尾。她原本以为男人们会相互交流,但所有人有着相同的默契,全都一言不发,埋头行走,似乎在有意控制呼吸的频率。林霏很快也学会了。

几个人很快被淹没在浩瀚的森林当中,渺小如同地面的一条蚯蚓艰难跋涉。距离上次下雨已经是两天时间,山里的水汽迟迟不散,在太阳出来以前聚在一起形成氤氲蒸腾的雾,远处会传来动物啸叫的回音,时而有飞禽掠过,掀起一阵风使枝条相互碰撞。

再回头时,已经看不见森林入口,甚至连走过的路也模糊不清,不知是从哪个方向过来的。如果不是亲身经历,林霏难以相信有这样一个环境存在,在这环境中人类渺小无助,像一片树叶游荡在大海表面。再想起以前的城市生活,才忽然觉得那些不过人类自设的囚笼。世界的意义远比人类社会广泛和深刻得多。

从这里到恩湖,要步行五十公里。穿过广袤森林,从山脚上山沿着山腰绕过去再向盆地走,需要花费足足十二小时。沿途可供休息的地方不多,上山以前会进行一次修整,在山腰上需要不停地走,会经过泥石流频发的地段,一侧就是峭壁,每年在这个地方都会摔落几个人。从山腰下去,地势越来越平缓,恩湖方向的道路会越来越清晰,两边的人都会清理和维护上山和下山的通道。

一行人刚出森林到了山脚下,天空便又开始下起细密的雨来。他们只得暂时躲在挡雨的石壁下。山里的雨水很快会过去,正好可以用来休整。只有在这个时候,男人们开始交谈起来,并且从背包里拿出食物来。这时已经临近中午,如果不查看时间,根本不会意识到已经过了这么久。在此之前,他们只是低着头,眼睛紧盯着脚下的碎石和树枝,一刻也没有停下过。

男人主动和林霏聊了起来:"姑娘,你的朋友我认识。"

"真的吗?她现在怎么样了?"

"这我不清楚,她现在很少和人交流。不是待在屋子里就是跑去山上。我认识她的时候,已经是十几年前的事情了,那个时候她才二十岁。听恩湖的人说,

六　世界回声

　　这个小女孩在十五岁的时候就来了恩湖——只不过那个时候我还不认识她——一个十几岁的姑娘居然能不远千里来到恩湖。

　　"后来听说她一直在恩湖给娃娃们上课,上了十多年,再没出过恩湖。有很多娃娃都是因为她回到了学校,从恩湖到村里面上学。近些年,恩湖人越来越少,年轻一代都搬到了行政村去了,她也就没再教。说起来,我也是看着她长大的,现在也有三十多岁了。恩湖人都认识她,都感谢她,但也不知道为什么她会来到这里。你知道吗?"

　　林霏有些恍惚,连忙回答道:"我,我不知道。所以我才来找她。"

　　"我记得那个时候还没有现在的运输队,成姑娘是一个人从外面走进恩湖的。他们发现她的时候,已经是第二天下午了,还好她摔落的地方离恩湖不远,高度也不高,但是头磕在石头上了。"

　　"她没事吧?"林霏对这个消息无比震惊。

　　"这我就不太清楚了,只是谁也不知道她从哪儿来,为什么来。现在?现在她好着呢,二十年过去了,还精神着呢。你见了她就知道了。"

　　顺着男人的描述,她试图去猜测成修竹现在的模样。一个十五岁的皮肤黝黑的少女,如今会变成什么样子。生活在这山里深居简出,或许与当地人别无二致。她是否还是从前那样勇敢机敏,或者随着时间的打磨,已经知性成熟。她不得而知,但很快就会有答案。

　　山里的雨果然很快就停下了,山路因为雨水变得潮湿泥泞,更容易崴脚或是发生小型泥石流。他们再次上路,沿着曲折的满是碎石和泥土的道路向上慢行。

　　大约过了一个小时,身后的男人提醒林霏抬头。林霏向远处望过去,视线正好高过身处其中的密林而看见一片霞光。此时是下午,山里阴云密布,日光仍然稀缺,但极远处的地平线,太阳温柔的光线像欢快奔跑的孩童,和近处的阴天对比强烈。

　　她知道人的许多希望,都藏在苦难背后。因此心中默默祈福,充满虔诚,通身净化。

　　越往上,路越模糊起来。可以看见前几天的暴雨冲刷下来太多碎石和枝条,散布在窄小崎岖的路面上,被这些东西砸过的路面更容易松动,再加上刚下过雨,泥土湿润,全是大大小小的坑。一行人这个时候几乎人贴着人走,很难再有停下

回声

的空间。一侧的石壁凹凸不平,表面湿润难以借力,另一侧就是山谷,森林像一片深绿色蓬勃的海面此起彼伏。

前面的人提醒小心的次数越来越多,快到最高点时,路面几乎已经看不清了,满是大大小小的树枝、碎石,找不到落脚的地方。前面的人会在落脚前试探一下,生怕有松动危险,确认安全以后,后面的人才顺着相同的路线前进。

林霏努力保持队伍的节奏,不论过快还是过慢都会给别人造成影响。他们必须保持固定的距离,随时前进并且相互支撑。她的眼睛已经生疼,在快速变化的地面状况中保证不发生任何意外,但繁乱的枝条、叶片、碎石,让她越来越力不从心。

直到遇到一处障碍,所有人不得不暂时停了下来。那是从山上冲刷下来的一棵树,此时横亘在路的中间,连带下来的荆棘、枝条和石头也完全堵住了树下面的缝隙。如果要跨越过去,必须先爬到树上。但没有人保证它是否牢固,很有可能顺着石壁滑进山谷。

类似的情况在这十几年间频繁发生,他们从背包里拿出绳子,一端系在第一个人身上,剩下的人抓着另一端,再由第一个人跨过这棵树。等第一个顺利过去以后,第二个人就握着绳子,直到最后一个人也穿越过去。如果发生意外,其他人可以拉住他防止摔落。

轮到林霏的时候,男人在后面为她拉着绳子,她艰难地爬上树干,就在即将站稳的时候,脚底一滑,身体立刻失去重心顺着树干摔了下去。

那一刹那,她的大脑已经一片空白,死亡的恐惧在一瞬间捕获了她,如同一只变色龙用舌头迅速捕获昆虫。

她发出凄绝的尖叫,在快要滑落树干跌入山谷的瞬间,一只强有力的手抓住了她的手腕,同时也抓住了她失重的心。男人看见她滑落时如猎豹一样向树干冲过去,一手抓住林霏,另一手紧紧握着绳子,其他人用绳子死死拽住两个人,直到他们基本脱离危险。

"林霏,好久不见。"
"秉超?"
"是的。"
林霏眼前很快模糊一片,但她不敢相信这是真的。

六　世界回声

"你去哪里了?"

"很多地方。"徐秉超靠着林霏坐下来,看了一眼她的胳膊说道,"这伤不轻啊,疼吗?"

林霏抹了一把眼泪,摇了摇头:"你是不是早就料到会这样?"

"我料到与否没有意义,这是你的选择。但林小姐再也不必囚困于这座完美的监狱了,不是吗?"

"我差一点就见不到成修竹了,我差一点就辜负你了。"林霏小声地抽泣。

"没关系,林小姐,没关系。"

"成修竹真的好辛苦,她一个人走进去的。"

"是啊,很辛苦。你也很辛苦,林小姐。但是每一条路都是辛苦的,有些路没有尽头。我也没有走完我的路,只是恰巧看见你,和你打声招呼。"

"你要去哪?我能找到你吗?"

"嗯,从物理的角度上来说,我同时存在于很多个地方。我的眼睛、心脏、肾脏之类的器官已经被安在其他人身上了。不过从精神的角度上来说,我从来没有离开过,不是吗?重要的是,你要去哪儿?"

"我要去恩湖,我要见到成修竹。"

"嗯,眼下是这样的。祝你好运,林小姐。"徐秉超起身,朝着山上走去。

林霏想伸手去够他,但一伸手,钻心的疼痛便从胳膊传来。她每看他一眼,这疼痛便愈加一分,直到她忍不住闭起眼睛,耳边才传来嘈杂的人声。

林霏缓过神时,感到自己一侧胳膊伴有剧烈疼痛。她卷起袖子发现自己的胳膊已经被粗糙的树皮磨出一条很长的擦伤,表面皮肤翻起几乎已经看不见,只有模糊的血肉交织在一起。如此的景象吓得林霏不停地流泪,鲜明的疼痛已经隔绝她的大部分感官,沉浸在剧烈的颤抖当中。

"这伤口,恐怕要留下痕迹。"男人望着伤口不由自主地说道。相比于割伤这样简单整齐的破坏,擦伤带来的疤痕无法去除,即使愈合也会留下凹凸不平的表皮。

众人拿出急救药品对林霏的胳膊进行消毒和包扎,但天色已经越来越暗,他们需要抓紧剩下的时间。从林霏身体内爆发出巨大的能量,支撑着她再次踏上下山的旅程,只不过她的内心再也不能仅仅存在于当下,而是在惊魂未定之后产生

· 回声

了无数个念头——

徐秉超想要我相信人的脆弱，自我的破坏，无常的捉弄。任何苦难都是对人心性的修行，重要的是在修行之后能够找到什么样的答案。因为他知道在面对死亡时，人才能真正激发求生的本能，穿透所有屏障看见生命本身。

这身皮囊是难以逃离的牢笼，唯有依靠破坏才能达到真正的解脱，才能够看见更多的东西，能够看见真实的自我，进而看见众生。

他希望林霏能去恩湖见成修竹，或许因为他相信去恩湖的旅途亦是一次修行，在这路上遇到的艰险都是一次又一次对死亡和恐惧的直面。

她正是在最接近死亡之后，才终于体会到徐秉超内心强烈的苦楚；也正是在自己的身体遭到剧烈破坏以后，才终于失去最后一点对自己的侥幸。

到达恩湖村，已经是晚上十点多。村里有人负责接应，得知队伍里有人负伤，立刻去叫诊所的人前来帮忙。他们护送林霏到诊所，实际是一间独立的小房子改造而成，里面灯光昏暗，只有简陋的急救物品。

他们把林霏送到这里便各自离开，留下负责经营诊所的女人给她治疗。林霏坐在房间里，昏黄的光线让她很难看清女人的面容，只知道女人穿着宽松的披肩和棉麻衣服，背对着她调制消毒药水一言不发。

"恩湖已经有十几年没有来过外地人了。"那女人忽然说起来，没有一点当地的口音。

林霏对她的话十分敏感，顺着回应道："我来找一个朋友，她叫成修竹。"

女人调制好药品，端着盘子转了过来，灯光刚好照亮了她半张脸，朴素黝黑，带有皱纹，只有一双深邃的眼睛在灯光下闪着光芒，说话的时候，眉毛轻挑起来："你找她干吗呀？"

3

女人收拾了一下诊所，关了灯，带着林霏穿过村子，一路上只有她们的脚步声和偶尔的犬吠，四周几乎暗得什么也看不见，大山的黑影像是把天也遮盖了。

六　世界回声

　　她们来到一个不太大的用土墙围起来的院子里，院子尽头是一处方正的灰墙土瓦的房子，正厅（客厅）两旁分别有一间卧室。厨房和厕所是独立分布在院子另一侧的。

　　女人干练地开门，开灯，倒水。她把杯子递给林霏后说："这间屋子没有人住过，你就住在这吧。我去给你拿被子。"

　　林霏把背包放下，凭借昏暗的灯光环视屋内，除了一张干净的床，一个简陋的衣柜和床头柜以外，再也没什么东西了。女人拿着被子进来铺在床上，有些腼腆地说："条件肯定比城市差得多，忍受一下吧。这屋子很干净，我一直打扫。"

　　"没人住为什么要打扫它？"林霏一边忍不住反问道，一边扶着床沿坐了下去。

　　"先前恩湖住满了人，有时候会有一些勘探队的人进来，我就会把这间屋子留给他们。现在人少了，屋子就一直空着。"

　　女人的双手不自觉地揉搓着，靠着林霏坐下来问道："姑娘累坏了吧，走了一天山路，还受了伤。要不要我去给你拿一些吃的？"

　　她的音色并不像本人看上去的年龄，说话时语气温柔，想要探寻来者的真实意图，却又在恰到好处的地方戛然而止。尽管说话习惯的确像个中年女人，但音色纯净细腻，如果不是亲眼所见，很难相信她有这样的声音。

　　"不用了，谢谢你。你的口音听上去不像是本地人。"

　　"没错，我不是本地人。"

　　"那你认识成修竹吗？"

　　林霏基本已经断定眼前这个女人就是成修竹，只是不知该怎么开口谈论起这件事。

　　女人没有回答这个问题，而是直直地看着她。

　　林霏面不改色地说："是徐秉超让我来的。"

　　女人听见这个名字以后，兀自低下头，不知在想什么。时间过去已经太久了，太久了。久到她已经想不起来自己为什么会来到这里，久到她已经忘了自己多准备一个房间的目的。久到她依稀想起一个自私孤僻的黑框眼镜少女，一个沉默清绝的白衣少年，还有他们做过的种种蠢事。

　　等她反应过来时，连忙起身离开："不好意思，姑娘。时间不早了，赶快休息吧。"随后轻轻拉上了卧室的门。

回声

林霏拿出手机，电量已经见底，山里没有充电设备。她打开和徐秉超的聊天页面，里面除了房租的转账记录，偶尔的通话记录以外，只剩下林霏一个人发的消息。

——你怎么样？身体如何？

——你至少可以回复我一下。

——我真的很担心你。

——这段时间我不知道该做些什么，无时无刻不在想你，不知你已经到了哪里。

……

她在对话框里不断敲击，然后发了出去，很快一个红色感叹号跳了出来提示她没有网络连接。

她望着自己编辑好的内容，躺在床上，心里有太多的想法，但她说不清楚这些想法到底是什么。疑问？感叹？她原本以为，这个徐秉超心心念念的女人理应和见到的不同。可是她不知道什么才应该是她的样子，一切都太过平常：跋涉，遇见，对话。什么也没发生，好像这根本就不是什么大事。

只是林霏已经太过疲惫，这些念头在她脑海里盘旋片刻便一起消失了。她躺在一张来自山谷深处的无依之地的床上，很快陷入沉睡。

——秉超，你还好吗？我已顺利抵达恩湖，路上有惊无险，如果不是亲身经历，很难相信有这样的历程发生。广袤的森林，滂沱的大雨，险峻的山路，天边的骄阳，朴素的孩子。我在一点一点看见你珍视的东西，我想如果你看见，感受会比我更加强烈。不知道你现在在哪儿，我很担心你的身体，看见了可以回复我吗？

翌日接近中午的时候，林霏才醒来。这一觉睡得很沉，也意外地踏实。没有带着隐隐的渴望感入睡，醒来就不会觉得空虚。仿佛这里才是她的终点。

她从房间里走出来，看见女人在客厅里准备碗筷，桌子上摆着饭菜。成修竹见她起来，不紧不慢地说道："山谷里氧气丰富，人睡得好。快吃吧，估计是饿坏了。送物资的人说，他们这几天要清理路上的东西，可能三天之内都不会动身返回。"

六　世界回声

　　林霏饿坏了。她吃得狼吞虎咽，成修竹则坐在另一边看着她。光线从院子里照射进来，正好照亮桌子和两个女人。成修竹借这个机会仔细观察她——这是个绝美的女子，只属于城市，绝对不会在荒山野岭中出现。可这样一个女人为什么会来恩湖呢？他们结婚了吗？她看上去实在太年轻了些。

　　"山里没多少肉，你将就一些。"女人补充了一句。

　　"可惜的是，秉超没有来。"林霏在吃饭时冷不丁说了一句，"他本来离你非常近，就在山那头。"

　　她觉得这么说一定能得到成修竹的回应，但是对方却很久没有回答。林霏抬起头，却看见一张和善而有些疑惑的脸：

　　"秉超，是谁？"

　　林霏不敢置信，她一字一顿地重复："徐秉超。"

　　对方微笑着摇了摇头。

　　"你是修竹吗？"

　　"我是啊，你就是来找我的吧。"

　　林霏连忙从口袋里翻出一张相片，那是她和徐秉超的合照。她指着相片上的男人问道："就是这个人，徐秉超，你不认识了？你们十四岁去了海边，你们是最好的朋友。"

　　林霏有些着急，她没想到成修竹会忘记他，但这是林霏手里唯一的照片，她也不在乎成修竹实际上根本没有见过长大后的徐秉超。

　　"为什么你知道？"

　　"他告诉我你们的故事，但你为什么会忘呢？他是你最在乎的人，你为什么会忘呢？"

　　成修竹此时有些局促不安，她很想理解眼前这个年轻女孩说的话，但是她的脑海里实在搜寻不出任何与徐秉超的记忆——毋宁说，她从来不知道自己与恩湖以外的联系。

　　林霏忽然想起运输队那个男人的话，成修竹来到这里的时候受了伤，这会不会让她丧失了记忆力？可是她为什么从来不寻找来到这里的真实原因呢？

　　此刻，眼前的中年女人有些腼腆地撩了撩头发，但并不知道该说点什么。

　　"修竹，你为什么来到这，你还记得吗？你父母在哪里，你知道吗？"

　　"你知道我父母在哪？"听到这，成修竹有所触动。

• 回声

　　林霏沉默了，随即迅速地摇了摇头："我也不知道。"

　　"他们说，我是山神带来的。"成修竹的语气十分温柔，"谁也不知道我父母是谁，我为什么忽然出现在这，我从哪里来的。当时恩湖有个教书的老先生，他收留了我，我就帮他一起教这里的孩子。恩湖人之所以说我是山神送来的，是因为我懂很多知识，老先生去世以后，只有我在给他们上课。"

　　如果不是亲耳所闻，林霏绝对不会相信这件事。

　　"林姑娘，这个徐秉超，到底是谁呀？"

　　"他是……他是你儿时的好朋友，你唯一的好朋友。"

　　"那他为什么不肯过来？他不愿意见我？"

　　林霏抬起头："是你不让他来找你。"

　　听到这里，成修竹的神色黯淡下去了。

　　她想起那个男人无数次想要找的人却一次又一次地躲避。直到现在，他再也没有机会见到梦中之人了。她不免替徐秉超感到气愤。

　　成修竹小心翼翼地问道："他现在怎么样了，还好吗？"

　　从女人的反应来看，她根本不知道徐秉超是谁。如果她知道徐秉超的近况，不知道会做出什么样的举动。想到这里，林霏便模糊地点了点头。

　　"你很在乎他，对吗？"成修竹说，"你看起来年轻得多，也漂亮得多。你们应该在一起了，对吧，所以他让你来找我。"

　　成修竹的话让林霏有些啼笑皆非，她故意说道："至少我们都因为他来到这里。"

　　听到这里，成修竹不再说话了，她也并不很想理解这个女孩言下之意，于是转身走进院子里翻着晾在院子的被褥。今天几乎没有什么云（只是相比山谷的平时而言），光线也比以前透亮许多，可以拿来晒衣服和被褥。站在院子里的成修竹，面容完全明亮起来，林霏坐在客厅里悄悄窥视着她。

　　个子不高，身材普通，藏青色宽松棉麻衣裤几乎包裹住全部身体。头发被盘成一团扎在后脑勺，面容干净，但能看出风吹日晒留下的痕迹，包括年龄增长带来的斑驳皱纹。只有一双眼睛，乌黑发亮，像是永远不会老去。算起来，她今年也有三十五岁，几乎褪去了一层年轻的光环，只留下真实的，不加任何修饰的躯壳。至少能看出内心丰盈自得，气场独特。

　　"来。"

六 世界回声

　　成修竹带着林霏来到她昨晚住的房间，此时借着屋外的光线，里面的一切都清楚起来。林霏看见床头柜上立着一个相框，走近拿起来端详。相框已有陈年痕迹，里面的照片几乎泛黄看不清楚，不论是它上面的残破印记，还是独属于那个年代的相机技术都能看出这是一张年代久远的照片。

　　"上面是我。"她轻轻说，"太久没看，我自己也有些陌生了。"

　　照片里，两个眉头紧皱的少年靠在一起。其中小女孩把头倚靠在小男孩的肩膀上。可能是他们偷溜出去找了一家照相馆拍的。

　　"这个男孩，是徐秉超吗？"成修竹问。

　　林霏点点头："这个房间，是你为他准备的？"

　　成修竹脸有些红，扑哧一笑："我也不知道了。这可能吗？"

　　成修竹扶着床沿坐了下来，嘴唇微颤，像是忽然想起什么，问道："他现在在哪？"

　　"一个月以前，他就离开了。我不知道他去了哪里，现在在做什么，怎么样。"

　　"离开了？"

　　"是的，也许他……"林霏没有继续。

　　成修竹用她乌黑的眼睛直直地看着她，眉毛弯弯的，期待着她的回答。

　　林霏憋了很久，忽然坐到成修竹身旁，以几乎凄绝的语气说道："我只能盼望他找到最终的归宿，也许在生命终结以前，与自我和解，与你和解，与心里所有的矛盾和解。他的一生，实在太过短暂而辛苦！"

　　但是林霏没有这么做，她努力挤出一个笑容回应道："他蛮好的。"

　　"哦，那蛮好的。"

　　成修竹和林霏二人陷入沉默。在徐秉超心里，成修竹一直是希望的象征，提醒他不要陷入这个世界太深，而林霏则是他在修竹的指引下最终托付的人。此时此刻，两个女人坐在一起，心里想着同一个男人。

　　"林姑娘，你爱他吗？"

　　"我……"

　　"跟我说说吧，这有什么不好说的？"

　　"这很模糊，但它一定不是纯粹的爱，或者，不止。人们总说，绝色无大德。如果没有徐秉超的指引，或许我也像其他女子一样流落风尘，无法看见真实的自我，这就是他带给我的最大的意义。"

•回声

"他指引我就像你曾经指引他一样。就像你在信里写到的,成为同类,成为荒野中的游星。"

"我还给他写过信?"

成修竹望着眼前比她小十多岁的女人,眼睛里有说不出的复杂意味。

"你们是最好的朋友,就算分开以后,他也足足牵挂了你二十年。"

成修竹听到此处,脸顿时红起来,兀自低下头去。这是她不敢想象的事情,尽管在恩湖住了大半辈子,她也没有找任何伴侣——年轻人少是一方面,另一方面她始终对这件事保持距离。现在,忽然出现一个牵挂她半辈子的人,这实在是一件难以接受的事情。

"好了好了,我现在都不认识他了,怪难为他的。"

林霏见成修竹羞红了脸,有些不知所措。

诚然,是成修竹自私的爱造成了这一切——造成他的离开,二十年不得相见;造成他颠沛一生,始终缺乏安定与轻松;造成他一生没有找到真正的归宿。如果细究下来,的确是她年少的热情灼伤了少年。

女人起身走出房间:"我去给你倒杯水吧。"

林霏在背包里翻找着,随后小心翼翼地拿出一个信封。那信封崭新平整,上面没有留下任何字样,封口被胶布小心地贴上。她把这个信封递给成修竹,并说道:"秉超嘱咐我要好好保管这封信,如果到了恩湖能见到你,就亲手交给你。"

成修竹虽然背对着林霏,但身体颤动了一下,随后努力压着情绪随意地回道:"哦,你就放在桌子上吧。"

林霏把信留在桌子上便进了屋,等她把背包放回去再出来时已经找不到成修竹了,桌子上的信也没了影子。

她听见修竹进了自己的房间,心想留在这里不大合适,便独自出了门,顺着路一直走到村口才停下。

她心中的石块终于落了地,感到一阵轻松惬意。不论徐秉超现在身在何处,他都应该放心了。然而一想到徐秉超,却又立即担心起来,不知道他此时此刻身体如何,还留有多少时日。此外,成修竹忘掉了徐秉超,那封信她看不看得懂也是个问题。

成修竹拿着信躲进自己的屋子里,脚步有些慌张。二十年来,她不仅把恩湖

六　世界回声

当作自己的家，更当成全部的世界——尽管在很多个偶然的瞬间，她的脑海里掠过一些景象，譬如特大的暴雨，海浪的嘶哑。可这些景象在出现的那一瞬间就已幻化作另外一番模样，和恩湖的环境十分相像，却又始终带着不同。

徐秉超。

一个无比陌生的名字。成修竹等了二十年，终于等来那个破旧的老照片上的男孩的名字，可当她知道的时候，却什么想法也没有。她以为自己如果知道了他是谁，那么就能解释很多事情——她为什么出现在这儿，她的父母去了哪里？

成修竹这么想着，小心翼翼地拆开信封，里面的两张信纸轻飘飘落在桌子上。她缓缓坐在床边，从阅读上面的第一个字开始，就紧张得流下眼泪。

如果要描述成修竹此时的感受，那么大概和 déjà vu（法语，意为"似曾相识"），或者说海马效应是差不多的。尽管她对信中的内容全无印象，却产生十分强烈的熟悉感觉，这种感觉和她脑海里的细碎记忆相结合，将她笼罩在一股既见又未见的氛围当中。

林霏出神很久，反应过来时，天空已经暗了下来，似乎又要下雨。她回到成修竹的房子里，果不其然外面开始飘起小雨滴来，很快染湿了水泥地面。于是她坐在客厅等待成修竹出来。

又过了半个多小时，成修竹才从里面出来，手里拿着信纸和信封，一边回头关上房门，一边努力抑制抽泣，似乎刚刚经过剧烈的情感波动。

她挨着林霏坐在客厅里，谁也没有先开口说话，只有屋外的雨水淅淅沥沥下个不停。

"从你告诉我关于他的事情，我就理解了他的用心。"成修竹说着说着爽朗地笑了起来，"尽管我现在还是不认识他，但他的想法我却完全明白。"

林霏不明白成修竹为什么笑得如此轻松："他给你写了什么？"

"林姑娘，亲爱的，我想再确认一下：是徐秉超嘱咐你亲自来恩湖找我的吗？"修竹的眼神里充满期待。

"当然是他。"

"他把你带到了恩湖。"

"对。"

"所以你也把他带到了恩湖，"成修竹把信递给了林霏，"这封信，是写给

• 回声

你的。"

林霏看见信纸上开头是自己的名字感到无比震惊。

"怎么可能？他只给了我一封信，并且千叮咛万嘱咐让我亲手交给你的，为什么这里面装着给我的信？会不会是他装错了……可他为什么又会给我写信？"

"林姑娘，我亲爱的。这信封里装着两张信纸，一张是二十年前我写给他的，另一张是他写给你的。这封信，我想就是给你的。而至于他写给我的信——"成修竹眼睛里含着泪水，却仍然面带笑意看着这个比她小十几岁的女人，"就是你啊。"

——秉超，有一天，你会遇到一个女子，一个等待你去拯救的女人。在你遇到她以前，你所做的任何对爱情的尝试都是徒劳，都会破灭。只有你遇到这个需要你拯救的女子，只有当你拯救她，你才能感到满足。因为对一些遭遇过痛苦的人来说，他们所能够想象的至高的情感，充盈全盛，往往已经超越了爱情的内涵，因此，别人如果要以爱情来对他们加以限定，这对他们而言是不能接受的。你对她的拯救正如我对你的拯救一样，并且我希望你在此世游历过后能够习得比我更加丰厚饱满的内容，使那个经你拯救之手的女子能够比你我更加看清这个世界，能够比你我更能追寻到爱。

4

给林霏：

展信安。

按照我的预期，此时你应已进入恩湖，替我见到修竹。很抱歉我起初没有说实话，其原因有二——一是保证你能按照我的话，完成我交代的事；二是了结我和修竹的心愿，把你带到恩湖，成全我对她最后的执念。

林，在遇到你之前，我不知什么才是真正的爱意。来自骨子里的那股冷漠阻碍我与他人正常的情感交流，这也是为什么修竹一直留在我心里：我们之间不需要任何证明或者自证，彼此舔舐伤口，抵御外敌，寻求自救。除此以外，我再也没有任何有关爱的感受。

或者说，我爱的是无属性的梦幻的女子。她没有名字，没有归宿，没有家属，没有性格，甚至没有性别。当我希望她是热情的时候，她是热情的；当我希望她冷漠的时候，她是冷漠的。当我希望她是女性的时候，她是女性；当我希望她是男性的时候，她是男性。她在我孤独时出现，只有我可以看见她站在角落，无表情且看向远方，带着我脱离现下的一切，使我的意志得以在大海、草原、混乱的城市、宇宙的边缘遨游。

正是冥冥的无常聚齐了一切必需的要素，使我在生与死之间饱受折磨时见到此世如神明一般的女子，并在与她的交流中得以真正了悟。

对我而言，爱不再是一个绝对的意义了。它更是一种内在的情绪，一种自发地捕捉与选择——当我选择与你产生更多的交集时，我不确定自己是爱你的；亦正如某一天我悄无声息地离开，我不确定自己是否爱过你一样。

脱离了欲望与占有后的爱，便不再纠结于自我，不再纠结于个体。我允许自己爱着所有的女人，爱着所有的男人，爱着所有的人类。我的爱不会因为面向太多人而被稀释，也不会因为只面向你而丰盛。

我们对生命的理解突破了虚假质地，而看见真正的安慰之物——爱、善良、慈悲、孩子。实际上，我们并非为了抵达最后的终点，而在于每一次下跪、祝福和前进。但这个过程漫长而又艰辛，可能要度过许多痛苦和黑暗才能看见背后的希望，才能真的完成对人类和宇宙的朝拜。

它不是一个过程，它是一种完成。

对于死亡一事，我认为不应当尝试克服对它的恐惧——不论你怕不怕它，它终将来临。它将来得迅速而温柔，像一个彬彬有礼的绅士向我招手，询问我的意见，随后我便跟着他离开此世。或许我梦寐以求的苏醒，便在此刻发生，毕竟没人知道死亡的背后是什么。

它会是一次幡然的苏醒吗？苏醒以后见到之前再也未见的人们，他们一起对你说："你终于醒了，你一定累坏了吧，快来吃点东西。"

它会是全部意义的结束吗？就像拔掉电视机的电源，原本出现的色彩、声调、震动，一刹那间都消失不见。可能过上千万年都没有一点儿感觉。这真可怕。

它会是一次重新来过的机会吗？可能在我死去的一瞬间，一个新的生命降临人世。可以是一个婴儿，也可以是一只鹿，也可以是一只蜉蝣……此后或许还要

·回声

上万次轮回，在无数种生命中来回体会，才终于又成为人类。

林，我曾经以为自己走投无路，但最终明白你才是我的答案。

我意识到我的死亡不是结束，而是开始，是我期盼已久的重生。你的身体就是如期而至的崭新容器，让我的意志得以在旧的肉体灰飞烟灭后还能继续留存在这个世上。

请你用身体盛放我的全部意志，盛放我的深刻爱意，即使我如流星般陨落，还能通过你的眼睛去观察，通过你的耳朵去倾听，通过你的大脑去思考。

林，让我成为你的回声。

徐秉超

5

第三天早上，成修竹熬了粥，她们吃过早饭来到村里闲逛。从院子走出去，向雪山方向走四五百米，就可以看见一条长溪贯穿而下。恩湖并不是被长溪平均一分为二，居住区实际上在溪水一侧，另一侧是一座庙宇，比行政村的寺庙小得多，也破旧得多。

因为常年不见阳光，墙壁斑驳，几乎脱落了一层，更不必说壁画。这座寺庙是恩湖人唯一可朝拜的地方，留存至今，不过很快也没修葺必要。这里的人都要迁出去。

修竹一边向林霏介绍，一边带着她沿着长溪向下走。村民的房子几乎都是类似的样子，不大的院子外加几处平房，由高处顺着建下去。她们来到村中央，看见的是已经废弃的学校。

说是学校，其实不过是个更大些的院子和平房，里面原先的板凳，桌子和黑板之类的东西都已经被分走了，屋子基本是空的。院子里的地面上也长满了杂草。

"这些杂草长得很快，几天不收拾，就除不过来了。"成修竹缓步走进院子，"我在这个院子待了近二十年，先前把这里当作操场，教孩子们踢球。最早的孩子现在都工作了，有些回来过，给我们置办了些东西。"

"能坚持这么多年，这是一件伟大的事情。"

六　世界回声

"是啊，这也是我的福报。我原以为自己失去了一切，其实得到了更多。"

"你和秉超的共同点，就是把希望寄托在孩子身上。"

成修竹笑着说："我们是最好的反例，所以才会觉得孩子有希望。他们很脆弱，可塑性强，教育一个孩子比改变一个成人要容易和有意义得多。"

"那为什么你不自己要一个孩子呢？"

"因为爱有时会太自私，对待别人家的孩子，反倒坦诚些。我带大的孩子们，都喜欢叫我'成妈妈'，对我来说这就够了。"

成修竹和林霏从院子里出来，迎面碰到几位老人，他们亲切地和成修竹打招呼，成修竹也用方言回应他们，随后带着林霏一路走到能够俯瞰整个恩湖的最高处。

"这是我最喜欢的地方，我经常坐在这里看着村子。二十年的时间，这里几乎没什么变化，只是人越来越少。"

她和林霏一起坐下来，望着路上的行人越来越多——再多也多不到哪儿去。有一群男人正扛着工具向村口走，他们是原先滞留在这里的运输队伍，此时正清理回去的路。

"所以你就这样待了二十年？"

"没错，二十年，弹指一挥间。你能想象吗？恩湖就像一面远远地飘在空中的旗子，指引我一路走来。而当我开始和这里的孩子相处后，我发觉自己已经与恩湖融为一体，有关自我的部分几乎被排出体外。"

"你从来不想知道过去发生了什么吗？"

"我也想过回去，但那个时候我很虚弱，没办法翻山出去，后来开始给孩子们上课，就渐渐顾不上这事了。我也想知道发生了什么，但既然我出现在这里——可能忘记它是一件好事。"

林霏听到这，便不再打算告诉她了，她明白成修竹已经不再是那个成修竹，或者说她回到"变成成修竹"之前的状态——她的父母，还有徐秉超，包括期间发生的所有事情都被打包丢在了恩湖之外。没错，这是一件好事。

"我也很难想象再过二十年，自己是什么样子，那个时候我会在做什么。"

"你只要知道自己朝着一个对的方向前进就好，在这条路上，你压根不知道会发生些什么，但不论发生什么，最后都会阴差阳错地带着你到达最后的净地。痛苦、孤独、丧失，这些业障皆不过是对方向的修正罢了。"

•回声

"所以,并不是我们找到自己的归宿,而是归宿找到了我们?"

成修竹愣了一下,随即回道:"是啊,归宿找到了我们。"

"我不希望恩湖就这样消失。"

"为什么?"

"它很冷静,外面的世界太过狂热,人们充满好胜心。恩湖简直像世外桃源,美好得不真实。或许我们压根不知道怎么做才是真正对当地人好。"

"我不知道外面是什么样子,恩湖就是我的全部。但是有些东西只会存在于某个时期,存在于时代的鼻息之间。你要知道,时代打一个喷嚏,就是花季少女也会变成耄耋老人。有些事由不得我们。"

林霏摇了摇头:"我不知道从这里回去,自己还能否适应。"

"不如留在这里算了,如果你想的话,你可以一直待在这里。"

"我无比渴望自己能抛却一切留在这里,但是心里又隐隐觉得我必须要回去。"

"当然!你不属于这里,你属于外面。你的旅程还未结束,你的归宿还没有找到你,你自然留不得。"

"我的旅程是什么呢?"

"带着我们的证据活下去——我的,徐秉超的,你自己的,还有所有你认识的人的。有一天,你教会自己什么是真的爱,才能对这个世界充满爱,进而在这个世界散播希望。"

林霏忽然发觉,有关徐秉超和成修竹的一切,全世界只有她一个人知道。

"秉超也希望如此,他想要爱全部的人类,可是人与人之间的一点争吵却令他感到痛苦万分。"

"我们都有自己的局限,每个人都是如此,"成修竹指着天空说,"也许那不过是一块遮盖真相的幕布,也许我们都在舞台上卖力演出——你不能只看见你看见的人和事,它太小了!你的心应当装下人类,装下文明,装下宇宙。只有不断突破自己的局限,才能向最全盛的爱更进一步。"

"也许我到最后也看不见一点爱的影子。"

"那就去指引另一个人,让他代你去完成。"

"就像你和徐秉超?"

"就像徐秉超和你。"

她们相视一笑,便不再说话了。话说到这,就够了。

六　世界回声·

　　到了晚上，成修竹和林霏一同躺在床上。林霏一边的胳膊用纱布包裹着。

　　成修竹躺在这个房间里，心里升起一股奇异的感觉，她说："我从来没有躺在这里，第一次竟然是二十年后和一个女人。"

　　"你是为二十年后感到惊奇，还是为一个女人感到惊奇？"

　　"都有。"

　　"修竹，我可以抱你吗？"林霏转过身问她，长发像倾泻的瀑布。随后，她趴在成修竹的肩膀上，右手轻轻搭在腰际，"我已经忘了这个感觉了——只有很小的时候，我会这样抱着我的母亲。"

　　"是啊，是啊。"成修竹意味不明地回应着。

　　林霏望着天花板，仍然觉得这三天像一场梦境。徐秉超、成修竹，还有行将消失的恩湖——只有她一个人摔进了兔子洞，如果她想把这些告诉别人，别人会相信她吗？

　　"我明天就要走了，修竹。"

　　成修竹没有说话。

　　"你还有什么想问我的吗？"林霏坐起来，望着成修竹的脸。

　　成修竹在黑暗中伸出手，温柔地抚摸林霏的脸颊，轻声地问道："你是秉超，还是林霏？"

　　林霏握住她的手。

　　"你希望我是谁，我就是谁。"

6

　　镊子捏住纱布的一角，稍加用力掀开贴合在伤口上的部分，随着纱布一点点翻开，相互粘连的血肉一点点重新被撕裂。林霏面无表情，想要克制从手臂传来的巨大疼痛，始终不受控制地剧烈颤抖，不断冒出冷汗。

　　成修竹重新调配药膏和纱布，再一圈一圈裹紧胳膊，最后嘱咐她类似的换药过程需要完成若干次，每一次都要重新撕开伤口换药，否则无法愈合。

• 回声

换完药以后，林霏晃动自己的手臂，随后穿上衣服。她收拾好自己的行李，继而和修竹一起出了门。

两个人一前一后地走在土路上，直到快要上山时，走在前面的人才停下来开口："所以，你还一直留在这里吗？"

后面的女人点了点头。

"这里很快就会被迁空。"

"外面的世界不适合我，我自有要去的地方。"

"我们不知什么时候能再见。"

"我们不会再见面了。"

"你不会感到孤单吗？"

"我从来没有这样满足过。倒是你，准备做什么？"

"我有一些事要完成，此后的再说吧。"林霏忽然想起什么，从包里拿出那个信封，把徐秉超的信收了回去，随后把空信封和成修竹的信递给她，"这个，你拿着吧。"

"好。"

"你还有什么要问的吗？"

"秉超，他什么时候来看我呀？"

林霏有些错愕，含糊地说道："很快就来看你了。"

"哦，路蛮艰险的。"

到了最后，林霏也不确定成修竹有没有想起徐秉超，她也读不懂她的心思，到底是盼着徐秉超来，还是盼着他不来。又或者，他来不来对成修竹都不重要，因为有这么一个牵挂了她二十年的男人，她就知足了，就算他不来，也不是他的责任——而是这路艰险。

"那我走了？"

"嗯。"

林霏最后一眼看向修竹手里的信封，随后转身离去。不远处，行路的队伍都等着她即刻出发。成修竹看着林霏一步一步走远，直到她的身形渐渐隐没在还未亮的黑暗中，行走发出的声音被挡在浓重雾气里，直到什么也没有留下。

成修竹转身回了村，心里好像总有什么积压着不能发泄，这让她无法再次入睡。于是，她便出了自己的房子，直直去了远处的山坡上，找了一处空地坐下来。

六　世界回声

此时空气潮湿寒冷，成修竹不得不裹紧身上的披肩，吸着鼻子，感受寒冷一点点侵袭全身。

就这样坐到天亮好了，因为她想再看一遍这里的天亮。不论从哪里都看不到太阳，只知道天空一点点发白。上一次看见太阳，不知道是多少年前的事情。

那个看见少年的最后一个晚上。

她一个人跑到了车站，满心以为少年会在车站等她，直到约定好的客车驶离站台，她才认定少年没有出现。忽然下起的大雨打湿她的头发、衣服、全身。她就那样穿越雨幕，在黑暗中又回到市区，期间不知因为愤怒或是绝望摔倒在路边，头发和腿都沾上泥水。

她一步一步跑向学校，穿越大门，没有理会保安的叫喊。保安们在后面追赶，她便越跑越快，上楼，进班，拖着一个肮脏疲倦的身体出现在徐秉超的晚自习课上。

水滴落在地上，很快染深一片，所有人呆滞地看着她，徐秉超抬起头，眼睛里什么也没有，好像沉浸在题目中还尚未清楚发生了什么。

就在他们对视的几秒钟时间里，成修竹的心里产生了千千万万个念头，她对他热烈的、自私的、盛大的、年轻的爱恋就像一个越吹越大的气球即将到达爆炸的临界。她想穿过人群，捧起那个少年冷峻的脸庞深深地吻下去；她想再一次攥紧少年的手腕，硬生生地带着他离开这个陌生的环境。

二十年后，她才猛然发觉自己对徐秉超的爱已经全然完成了它的使命。她想要和他一同完成的事物都在此时此刻被勾勒和完成了。而在这之后，她的爱变成一份更加隽永的感情，包含着告别、孤独、祝福，一同化作最终的悲伤，留在最后一眼的尽头中。

那个自私的少女飞也似的离开教室，奔入茫茫黑夜之中，在她不断地加快速度时，恍惚地以为自己牵上徐秉超的手，欢快地笑着，满足地逃离。

"秉超，快跑呀。"

"秉超，要来不及了。"

"秉超，我爱你。"

当林霏停下脚步时，他们已经走到山路最高处的转角了。她回头，再一次看

•回声

见极远处地平线的朝阳，带着一点点的温度跨越整个世界出现在她眼中。

林霏什么也感觉不到，只明白再继续往前走，这场旅途的终点就不再是村子那么近。她可能要走上几十年，走上一辈子。只是，她发自内心地了悟，自己不再是为了寻找某个归宿而出发。这场旅途没有目的地，只有一个又一个遇到的人，一个又一个碰见的故事。这些人藏在芸芸众生中，没有安全感，没有意义，痛苦、挣扎、绝望、孤独。

一想到这儿，林霏隔着衣服摸了摸自己的胳膊，稍加用力，便是一阵剧烈的灼热感。她知道以后这个地方会变成一处印记，而印记是消除不掉的。

她的心里升腾出一股奇异的感觉，以为这个印记如容器的开口。她的真正的爱人，已经顺着这个开口进入自己的身体，藏在某个她不能察觉的角落歇息。徐秉超的一部分在她体内生长、存活，从未死去。

赶路的队伍在下山后开始休整，这个时候林霏的手机发出提示音，她连忙打开手机查看，原来是有信号后，那些原本没有接收成功的信息正在一条条恢复。宋墨发了几十条，其他工作上的消息也接连不断，但林霏无暇顾及这些，打开和徐秉超的聊天记录，发现对方还是什么回应也没有。

林霏望着屏幕，想要说点什么，又觉得怎么说都不太合适。就在这时，她的手指不自觉地敲击，很快出现了四个字。

林霏对内容感到有些荒诞，忍不住浮现笑容，于是点了发送。她重新放下手机，跟着队伍一同步入森林之中。

——你好，林霏。

她回到旅店以后，即刻收拾东西准备离开。当她快走的时候，主人叫住了她："姑娘，你先别走，有人要找你，他说务必让我留住你，他不能要你的东西……"

林霏笑着说："阿姨，您就别留了，您告诉他们家，让他们好好生活，让女儿考上大学。"

"我知道我也留不住你——年轻人怎么能留得住啊！你的话，我会转达的，姑娘，路上小心。有空再回来玩，啊！"

六　世界回声

便是如此，在深沉的夜幕之中，林霏向村外走去，直到自己脱离身后的灯光，进入无人的漆黑的乡间小路，远远地看见公路进入视界。

不久之后。

念善准备好热水和毛巾，正要给母亲洗腿的时候，忽然听见手机响了起来。他放下毛巾，接通电话，而电话那头，陌生的声音传了过来："是念善先生吗？请问您明天的骨科检查还按照预约时间准时进行吗？我们需要确认一下，以免和其他患者发生冲突。您是叫念善吗？是您的母亲要进行检查吗？我这边登记的的确是您的母亲——您是问预约人吗？我看一下，她说自己姓林，林女士。对，半个月前就预约好了。如果没有什么变动的话，您就带着您母亲在明天下午过来吧，我们的地址是……"

念善举着手机，看着自己的母亲，一时不知道该怎样回答。

城市的另一头，宋墨的门被敲响，他打开门看见快递员捧着一个巨大的物件站在门口。确认签字以后，宋墨把外面的包装一点点拆开，露出里面的东西来——相框上的金属裱花已经生锈，但是装在相框里的巨幅相片还崭新如初。那副属于十八岁少女的丰腴腰际一动不动静止在画面中央，似乎从来都不曾出现过这个人，而只有一副不知属于谁的倩影。

宋墨看见这幅相片的那一刻，轻轻地叹了口气。他把手指轻轻放在上面，那完整的平滑的皮肤就像轻轻覆盖在一段短暂故事上面的白雪。

林霏把钥匙留在茶几上，最后看了一眼自己租住的房子就关上了门。她戴上帽子，拎着行李箱一步一步下楼，随即坐上出租车。她望着窗外不断变化的景色出神，出租车上了机场高速公路，很快和其他车辆汇到一起，而这条高速公路上的汽车全部向着同一个方向前进，直到区分不出任何差别来。

这样一个拥有神一般姿色的年轻女人，融入茫茫人海之中，再也找不到她的踪迹了，就像荒野上一颗遥远的星子，偶尔发出闪光，更多时候都只是藏在星河里，体会着宇宙的孤独，眼看地面上生命的生长，繁衍，进化，却始终沉默静止，没有回声。

只有在某一条无名的小街巷里，或者无数个村落之一中，在任何地方的人群里——光线昏暗，灰尘肉眼可见地飘浮旋转，很难大口吸气，生怕吸入这些细微

•回声

浮尘。但是光线之下，还是可以依稀看见女子的轮廓，贴着墙，半边脸被头发遮住，修长的睫毛和高挺的鼻梁在光影中轮廓明显。她眼睑低垂，眼神带有自持和淡漠，似乎在想些什么，人们急切地想要知道她在想什么。

尽管难以看清她的面容，也能觉察她此刻神情专注不为所动，如同一尊神像伫立。

于是，你悄悄地问：

"呼——你在等谁？"

她说：

"你来了。"

更多解读尽在此处

周珈毅

青少年法律与心理咨询热线：12355